Lyssa Kay Adams

JOGADA DECISIVA

Traduzido por Marta Fagundes

1ª Edição

2023

Direção Editorial:	**Revisão Final:**
Anastacia Cabo	Equipe The Gift Box
Tradução:	**Arte de capa:**
Marta Fagundes	Bianca Santana
Preparação de texto:	**Diagramação:**
Ana Lopes	Carol Dias

Copyright © Lyssa Kay Adams, 2018
Copyright © The Gift Box, 2023

Todos os direitos reservados.
Nenhuma parte do conteúdo desse livro poderá ser reproduzida em qualquer meio ou forma – impresso, digital, áudio ou visual – sem a expressa autorização da editora sob penas criminais e ações civis.
Esta é uma obra de ficção. Nomes, personagens, lugares e acontecimentos descritos são produtos da imaginação da autora. Qualquer semelhança com nomes, datas ou acontecimentos reais é mera coincidência.

Este livro segue as regras da Nova Ortografia da Língua Portuguesa.

CIP-BRASIL. CATALOGAÇÃO NA PUBLICAÇÃO
SINDICATO NACIONAL DOS EDITORES DE LIVROS, RJ
Gabriela Faray Ferreira Lopes - Bibliotecária - CRB-7/6643

A176j

Adams, Lyssa Kay
    Jogada decisiva / Lyssa Kay Adams ; tradução Marta Fagundes. - 1. ed. - Rio de Janeiro : The Gift Box, 2023.
    272 p.

Tradução de: Seventh inning heat
ISBN 978-65-5636-297-7

1. Romance americano. I. Fagundes, Marta. II. Título.

23-85216   CDD: 813
                         CDU: 82-31(73)

GLOSSÁRIO DE TERMOS SIMPLES

Arremessador – Posição do jogador que arremessa a bola para o rebatedor. Normalmente, um time possui 5 titulares.

Base – É o objeto fixado ao campo, onde o atacante está a salvo caso esteja a tocando com qualquer parte do corpo. Num campo de beisebol há a 1ª, 2ª e 3ª bases, além do *home plate*.

Bullpen – Local onde os *relievers* ficam se aquecendo antes de entrarem no jogo. Mas também é um termo usado para se referir a todos os *relievers* do time.

Dugout – Espécie de área separada no campo com os bancos de reservas, além da comissão técnica.

Home Run (HR) – Quando o jogador rebate a bola para fora do campo de jogo, dentro da área em diamante, geralmente acima dos alambrados. A área de home run e a distância até os muros variam em cada estádio.

Inning ou Entrada – É cada divisão de um jogo de beisebol. Uma entrada se encerra quando 3 adversários do time visitante são eliminados e após 3 jogadores da equipe mandante também serem eliminados. Na MLB, o jogo só se encerra ao término de 9 entradas, se o placar não estiver empatado.

Monte – É o local no meio do campo onde fica o arremessador. É uma área de terra com leve elevação em relação ao campo plano.

Rebatedor – Qualquer jogador com a missão de rebater a bola lançada pelo arremessador. Não existe a posição de rebatedor no jogo, podendo qualquer jogador de defesa, inclusive o arremessador, rebater durante a partida – com exceção da MBL (Liga Americana), onde existe a posição de rebatedor designado (designated hitter); esse atleta apenas rebate no jogo.

Reliever ou arremessador 'reserva' – São todos os arremessadores não-titulares. Normalmente o termo não é muito usado como reservas, porque são jogadores importantes durante os jogos e treinados para entrar em situações específicas das partidas. O termo *'reliever'* se refere ao dar um descanso para os titulares.

Eric Weaver raramente perdia um arremesso, mas ele não previu aquela 'bola curva'. E assim como uma belíssima bolada nos testículos, acabou sentindo uma vontade imensa de se curvar e vomitar.

— Você não pode estar falando sério.

Seu olhar intercalou várias vezes entre os dois homens diante dele. O dono do *Vegas Aces*, Devin Dane, estava sentado atrás de sua mesa, com os pés para cima e os braços cruzados sobre a gravata fru-fru, como se não tivesse acabado de jogar uma bomba atômica com efeito catastrófico sobre a carreira de Eric. O técnico-geral do time, Hunter Kinsley, estava de pé do lado direito, como se fosse um tenente meio arrependido que tentou persuadir seus superiores, mas que teve que acabar seguindo ordens. Atrás dos dois homens, os raios do sol poente em St. Augustine se infiltravam pela janela, iluminando o campo de treinamento da temporada da primavera do *Aces*, ao longe.

Isto só podia ser uma brincadeira. Algum tipo de piada distorcida e de mau gosto, certo? Eric esperou por um sinal, um espasmo de sorriso debochado ou algo que indicasse que Hunter e Devin estavam zombando da cara dele.

Ao invés disso, os dois o encaravam sem a menor hesitação.

— Filhodaputa...

A descrença o fez perder o fôlego e a compostura. Ele desabou contra a poltrona de couro.

Eles estavam discutindo sobre a realocação dele para o *bullpen*. O *bullpen* – área destinada aos 'reservas'. Depois de sete anos como arremessador titular, ser rebaixado a *reliever* seria não somente um grande retrocesso na carreira, como também uma baita humilhação. Ele já podia até ver as matérias dos blogs:

> Eric Weaver, filho do antigo arremessador do Texas Rangers, Chet Weaver, nunca poderia estar à altura do legado histórico de seu pai.

Ele se levantou de supetão.

— Vocês não podem fazer isso comigo.

Devin entrelaçou os dedos abaixo do queixo.

— Não se trata de você, e, sim, do que é o melhor para o time.

— Me manter no monte é o melhor para o time.

Mesmo depois de dizer isso, a dúvida interna que amargava em Eric borbulhou. Pelos últimos dois anos, ele estava sentindo a magia se esvair. Não importava o quanto se esforçasse, o quanto treinasse ou se dedicasse. Suas bolas curvas não surtiam efeito. Os arremessos rápidos perderam a velocidade. E quando era mais necessário, ele falhava de maneira espetacular. Há quatro meses, no jogo da final do campeonato, ele cedeu cinco *home runs*. Seus colegas de equipe estariam ostentando os anéis de campeões se não fosse pelo seu fiasco.

Mas, puta merda, Devin e Hunter não podiam fazer isso com ele.

— Quem... — Eric precisou parar e pigarrear de leve para continuar: — Quem vai assumir a minha posição?

— Estamos pensando em Zach Nelson — Hunter disse.

Pelo amor de Deus. Era o mesmo que jogar sal na ferida. Zach Nelson era um novato inexperiente mais conhecido pela barba de lenhador e estilo de vida de surfista do que pelo talento como arremessador.

Eric não podia permitir isso. De jeito nenhum.

— O que tenho que fazer?

— Você precisa dar o sangue nas próximas seis semanas e fazer tudo o que seus técnicos mandarem. — Ele jogou uma pasta de arquivos sobre a mesa. — Especialmente desta pessoa em particular.

— Quem?

Hunter endireitou a postura e cruzou os braços.

— Estamos trazendo um novo profissional especialista em arremessos, Eric. Com uma reputação de arrancar o couro e colocar as pessoas de volta em forma. Achamos que ela fará um bom trabalho com você.

Eric piscou diversas vezes quando assimilou uma palavra-chave.

— *Ela?*

Eric só podia pensar em uma pessoa no país inteiro que cabia perfeitamente na descrição de Hunter, e que era remotamente qualificada para ser treinadora de arremessos na liga principal do beisebol.

Não era possível que fosse tão azarado assim.

Ele encarou a pasta de arquivo antes de pegar de cima da mesa com um gesto brusco. Ao abri-la, sentiu o mundo oscilar sob seus pés.

Correção: ele era azarado mesmo.

Ele realmente se sentiu zonzo quando encontrou o olhar de Devin.

— Você só pode estar me zoando.

— É só um novo técnico — Devin disse, com um sorriso de escárnio. — Qual é o problema?

Com um novo técnico ele poderia lidar. Cacete, ele mesmo se candidataria à liga de segunda divisão outra vez se isso significasse o fim dos dois anos de merda que roubaram a velocidade de seus arremessos rápidos transformando-os em bolinhas curvas de papel.

Mas Devin e Hunter não estavam trazendo um técnico qualquer.

Eles estavam trazendo *Nicki Bates*.

Misericórdia.

Devin baixou os pés da mesa.

— Você parece ter ficado aborrecido com isso. Estou surpreso... Você e o irmão dela não jogaram juntos na Vanderbilt? Pensei que fossem amigos.

Eric deu uma risada zombeteira. *Amigos*. Ele largou a pasta de arquivo sobre a mesa.

— Isto é um desastre anunciado.

— Porque ela é mulher? — Hunter sondou. — Ela é mais qualificada do que noventa por cento dos treinadores das grandes ligas atualmente.

— Não é pelo fato de ela ser uma mulher!

Devin arqueou as sobrancelhas.

— Então, qual é o problema?

Eric enfiou os dedos por entre os fios do cabelo e engoliu em seco a onda de raiva mesclada à luxúria borbulhante. Com a primeira sensação ele estava habituado a lidar nos últimos tempos. Mas a segunda... ele imaginou que havia abafado muito tempo atrás. Sua mente invocou a lembrança que tinha dela. Longas pernas. Olhos sedutores. Lábios que poderiam fazer a imaginação de um homem ir direto para a linha de faltas.

E *esse* era o problema. Ele não seria capaz de ficar a 15 metros dela sem querer dar uma *"conferida no monte"*. Era o tipo de distração à qual ele não podia se dar ao luxo, não se quisesse salvar sua posição no time.

No entanto, ele não poderia explicar isso a Devin ou Hunter. A única promessa que ele se dignou a fazer a ela foi nunca contar a ninguém sobre os dois, e não pretendia quebrar isso agora. Ele já estava sentindo muita dificuldade de se olhar no espelho ultimamente.

Devin e Hunter continuavam o encarando, com sorrisinhos idiotas e similares, apenas esperando pela sua resposta.

Ele tentou vasculhar a mente em busca de algo mais plausível.

— Não podemos atrair esse tipo de atenção nesse momento, Devin. Os caras mal estavam se falando no final da última temporada, e isso só vai piorar as coisas.

— Entendo que a imprensa vai enlouquecer e cair em cima. A primeira mulher escolhida como treinadora de um time da liga principal acabará despertando imenso escrutínio.

— Vai se tornar a porra de um circo.

— E é aí que você entra. Os jogadores te respeitam e aceitarão sua liderança. Você ainda é o capitão do time.

Por enquanto. A ameaça implícita pairou no ar. Nenhum arremessador *reliever* seria escolhido pelos colegas como capitão da equipe.

Devin se levantou de supetão.

— O acordo já está feito, Eric. O anúncio será feito amanhã cedo. Ela já está aqui.

Merda. Ele passou a maior parte dos últimos sete anos fazendo de tudo ao seu alcance para se manter longe dela. E agora ela estava aqui.

No mesmo estado.

Mesma cidade.

Mesmo time do caralho.

— Onde ela ficará hospedada? — ele mal conseguiu pronunciar as palavras.

Hunter arqueou uma sobrancelha.

— Quer desejar as boas-vindas ao time pessoalmente?

— Algo do tipo.

Devin deu a volta em sua mesa.

— Nós a acomodamos na casa 432.

Eric cruzou o escritório e abriu a porta de uma vez. A madeira golpeou a parede oposta conforme ele marchava pelo corredor. O talento de Nicki era inquestionável, mas a presença dela em meio ao time só traria problemas. Se ele tinha que salvar sua carreira, precisava de foco total em apenas uma coisa: seu jogo.

Isso seria impossível com Nicki em qualquer lugar perto dele.

O que o deixava com apenas uma certeza.

Nicki Bates precisava ir embora.

Eric enfiou sua Escalade na única vaga disponível ao longo da rua e rosnou baixinho. Havia outros cinco carros estacionados diante da casa onde Nicki estava hospedada.

E isso só podia significar uma coisa: a família dela estava aqui.

Bosta.

Mas como eles poderiam não estar? Esse era o marco em seu trabalho, a realização de um sonho que ela sempre teve desde que calçou a luva de beisebol pela primeira vez quando criança. Eric deveria ter esperado que a família dela estivesse ali comemorando essa vitória com ela. Mas a presença deles ali não tornaria as coisas mais fáceis. No entanto, ele não podia esperar mais. Não se Devin estava determinado em anunciar a contratação dela pela manhã. Ele precisava fazê-la cair em si antes disso.

Atravessou a rua e seguiu pelo calçamento em direção à porta. A casa era de um andar, com palmeiras no jardim e um gramado todo espetado que chamavam de "grama" ali na Flórida. Nos sete anos em que jogava pelos *Aces*, a casa já havia servido de moradia para um monte de gente, desde funcionários temporários do marketing a reservas universitários. E, agora, Nicki.

Pelo amor de Deus.

Quanto mais perto chegava, mais barulhenta se tornava a algazarra. A família Bates não fazia a mínima ideia do que significava "voz baixa". Eles gritavam. Brigavam entre si. Corriam por todo lado com tesouras nas mãos. Nicki era a caçula de quatro irmãos – a única menina. Como filho único, Eric sempre sentia como se tivesse entrado em uma série de comédia toda vez que Robby o convidava para dar um pulo em sua casa depois da aula.

Dessa vez, seria mais como se estivesse entrando direto no cenário de O poderoso chefão.

Já havia se passado sete anos desde que fora bem-vindo naquela família. Embora Robby jogasse pelo *Red Sox*, e os dois tenham se encontrado em campo algumas vezes durante o ano, eles mal se falavam. Algumas traições eram impossíveis de serem superadas.

Eric apertou a campainha e esperou, com as mãos enfiadas nos bolsos do jeans.

Alguns segundos se passaram antes que a porta fosse aberta.

Ai, que merda.

— Robby...

O irmão de Nicki rosnou e deu um soco que se conectou com o queixo de Eric antes que esse tivesse tempo de desviar. Eric cambaleou para trás, a mão agora cobrindo a mandíbula dolorida. Ao afastar a mão, praguejou quando viu os dedos manchados de sangue.

— Mas que merda é essa, cara?

Robby saiu porta afora, pau da vida.

— Eu te avisei.

— Avisou, o caralho!

— Eu disse que se você chegasse perto dela outra vez, eu ia te encher de porrada.

Eric tocou a boca ensanguentada outra vez.

— Bem, caso você não tenha ficado sabendo, ela agora é, aparentemente, minha treinadora. Vai ser um pouco difícil ficar distante.

Ele deveria ter imaginado que Robby estaria aqui. Os primeiros dias de treinamento na primavera eram destinados apenas para arremessadores e receptores. Como jogador de primeira base, Robby não era obrigado a ir ao campo de treinamento do *Red Sox*, em Fort Myers, por pelo menos mais uma semana. Que maravilha, porra.

— Robby? Que confusão é essa aí?

A mãe de Nicki apareceu na porta.

— Ai, meu Deus. Eric, meu querido. — Seu sotaque italiano soou mais forte que nunca. — Robby, por que você não disse que ele estava aqui? Venha, Eric querido, entre. Você vai ficar para jantar? Você está sangrando? O que aconteceu?

Robby o encarou por mais um momento antes de se afastar de lado para que a mãe agarrasse o braço de Eric e o puxasse para o interior da casa.

— Oh, Eric, estou tão feliz por te ver aqui. Isso não é maravilhoso? Você e Nicki trabalhando no mesmo time.

Sim. Maravilhoso.

Ela o guiou até a sala de estar decorada com móveis que já tinham visto sua cota de sacanagens. Rolava um boato de um novato da equipe, um universitário, havia perdido sua virgindade no sofá.

Nota mental: Não sentar ali.

As portas corrediças nos fundos da sala se abriam para uma varanda e um quintal com uma piscina. Através das portas de vidro, Eric avistou outros dois irmãos de Nicki, duas mulheres desconhecidas e algumas crianças que não existiam da última vez em que ele conviveu com a família. O pai dela se encontrava diante de uma grelha giratória, espetando a carne com um garfo enorme.

— Quantos bifes você vai querer, querido?

Eric conseguiu responder:

— Obrigado, Sra. Bates, mas n...

— Isabella. Quantas vezes mais terei que dizer que me chame de Isabella? — Ela beliscou sua bochecha. Logo a que estava dolorida. — Nos conhecemos por todos esses anos, e você ainda é tão respeitoso.

— *Isabella.* Obrigado. Mas dei uma passada aqui só para falar com a Nicki. Não posso ficar para o jantar.

— Não, senhor. Você vai comer.

Robby rosnou ao lado. Ou grunhiu. Era difícil encontrar a diferença entre os ruídos.

Eric o ignorou por completo.

— Nicki está aqui?

— Claro, querido. Ela virá em um minutinho, assim que sair do banho.

Ótimo. Era a imagem que ele precisava... Nicki toda molhada e ensaboada.

De repente, as portas corrediças se abriram e o pai de Nicki entrou na sala. Ele parou de supetão, e Eric ficou à espera de outro soco na cara. Ao invés disso, Andrew Bates sorriu e abriu bem os braços.

— Eric... É bom ver você, rapaz.

Ele permitiu que o homem o puxasse para um abraço de urso. Robby emitiu outro som indecifrável.

Isabella deu um tapa no braço do filho.

— O que há de errado com você, Robby? Isso lá é maneira de tratar um velho amigo?

Aquilo respondia a uma dúvida que ele sempre teve. Será que os pais dela ficaram sabendo sobre o envolvimento deles? Pelo jeito, não.

Isabella se dirigiu a um corredor que levava aos quartos.

— Vou ver o porquê Nicki está demorando tanto.

Assim que ela sumiu de vista, as portas de vidro se abriram outra vez. Andrew voltou para a churrasqueira enquanto os outros irmãos de Nicki – Vincent e Anthony – entravam. Eles se juntaram a Robby na linha ofensiva, com braços cruzados e olhares raivosos que dariam orgulho a qualquer time da NFL.

Aquilo respondia outra de suas dúvidas. Os outros irmãos dela sabiam. Que ótimo.

Eles o fuzilaram com o olhar conforme Eric dava olhares de relance pela sala. Isso era ridículo. Todo mundo ali era adulto. Será que poderiam agir como tal?

Ele olhou para Robby.

— Quando você vai para Fort Myers?

— Não quero papo com você.

— Entendi.

Eric enfiou as mãos de novo nos bolsos do jeans e encarou os próprios pés. Em algum lugar ao longo do corredor, uma porta se abriu e fechou. Isabella apareceu logo depois e sorriu.

— Ela está quase pronta.

Um minuto depois, Nicki apareceu.

E Eric ficou mudo.

Ela estava ainda mais estonteante do que aos 22 anos. Sua pele brilhava como se estivesse em um maldito comercial de produtos de beleza, e o longo cabelo escuro e molhado pendia pouco abaixo dos ombros. Ela usava uma camiseta branca dos *Aces* que deixava pouco para a imaginação sobre as curvas e músculos tonificados por baixo. As pernas compridas estavam cobertas por uma calça jeans surrada que se moldava nos lugares certos e o faziam querer se ajoelhar ali mesmo para agradecer a Deus por ter criado a mulher. *Esta* mulher, em particular.

Sua língua estava espessa dentro da boca.

— Oi.

Ela deu um sorriso, mas era insignificante – do tipo reservado aos outros jogadores que você só encontrava umas poucas vezes durante a temporada.

— Oi, Eric. Que bom que você passou por aqui. Eu ia te ligar hoje à noite para repassar algumas coisas antes de amanhã, porque precisamos começar o mais rápido possível. Que diabos aconteceu com o seu rosto?

Eric piscou diversas vezes. Ela o encarava como se ele tivesse que dizer alguma coisa.

— O quê?

— Seu rosto... — Ela grunhiu e encarou os irmãos por cima do ombro. — O que você fez?

— Eu tinha avisado a ele — Robby respondeu.

Nicki balançou a cabeça e voltou a se concentrar em Eric.

— Quer colocar um pouco de gelo?

— Será que preciso de tudo isso?

— Está começando a inchar.

Ele tocou a mandíbula e fez uma careta de dor.

— Podemos conversar em particular, por favor?

— Não. — Foi a resposta de Anthony, que se aproximou mais de Nicki como se ela precisasse de proteção.

A porta aos fundos se abriu novamente e o pai deles enfiou a cabeça pela fresta.

— Eric, você quer seu bife ao ponto? Ou prefere mais bem-passado?

Nicki pegou o celular do bolso traseiro e deslizou os dedos pela tela algumas vezes.

— Me passe seu e-mail. Preciso te enviar a programação dos novos treinos.

Ele piscou de novo.

— Novos treinos?

— Eric, ao ponto ou bem-passado?

Nicki lançou um olhar para o pai.

— Ele gosta da carne vermelha no meio.

JOGADA DECISIVA

— Não vou ficar para o jantar.

Nicki voltou a prestar atenção em Eric.

— Seu e-mail?

Isabella gritou da cozinha:

— Eric, que tipo de molho você gosta para a sua salada, querido?

— Hmm...

— Só azeite e vinagre, mãe. Ele precisa perder um pouco de peso.

O quê?!

— Manteiga e creme batido na sua batata, meu bem?

— Mãe, vou colocá-lo em uma dieta. Nada de creme batido.

Eric deu uma olhada em sua própria barriga. Ele não precisava emagrecer. Tudo bem, ele estava comendo um monte de porcarias nos últimos tempos e talvez tenha ganhado uma pelanquinha no lugar dos músculos sempre tão bem-definidos, mas... puta merda.

— Nicki, preciso falar com você. *Agora.*

— Beleza. — Ela mostrou a tela do celular. — Esse aqui é o cronograma do...

— Você tem que abandonar o trabalho.

As palavras saíram de sua boca antes que ele tivesse tempo de pensar em abafá-las.

Outro soco na cara.

Ele ouviu alguns ofegos, alguns gritos, e alguém praguejou em alto e bom-tom – provavelmente, ele –, conforme tropeçava e despencava no chão.

Anthony pairou acima dele com um olhar assassino, o punho cerrado e pronto para mais um golpe. O cara jogou futebol americano pela *Ohio State* e se formou com categoria em ser um brutamontes. Aparentemente, ele estava fazendo carreira.

Nicki o empurrou para trás.

— Ai, meu Deus. Será que vocês poderiam parar de estragar a mercadoria?

— Você acabou de me chamar de *mercadoria*?

Nicki se agachou ao lado dele no chão.

— Seu braço vale 80 milhões de dólares. Você *é* uma mercadoria.

Ele agarrou a mão dela.

— Nicki, eu realmente preciso falar com você. A sós.

Nicki engoliu em seco e suspirou.

— Tudo bem.

Ao se levantar, ofereceu a mão para ajudá-lo a fazer o mesmo. Ele pareceu ter recebido uma descarga de *Red Bull* nas veias só de segurar os dedos dela. Se ela sentiu a mesma energia, disfarçou bem.

Nicki seguiu em direção ao corredor, erguendo a mão para impedir que os irmãos os seguissem.

— Nos deem uns minutos, meninos.

Os três grunhiram em uníssono.

Eric entrou no cômodo que simulava uma espécie de escritório no final do corredor. Ela fechou a porta e cruzou os braços.

— Então...?

Sete anos. Esse foi o tempo que passou desde que esteve a sós com ela em um aposento. Ao se dar conta disso, Eric retesou o corpo.

Nicki inclinou a cabeça para o lado e arqueou as sobrancelhas. O gesto atraiu seu olhar para a pequena cicatriz acima do olho esquerdo – uma marca que não existia da última vez em que a viu.

— Acho que você disse alguma coisa sobre eu abandonar o emprego — ela disparou, na lata.

É mesmo.

— Nós dois sabemos que isso é uma péssima ideia, Nicki.

— Na verdade, acho que é uma ideia genial. Estou realizando o meu sonho.

— Estou falando de nós!

— Não existe um "nós".

— Nicki...

— Mas fico feliz que você tenha tocado no assunto, porque tem uma coisa que quero discutir com você. — Descruzou os braços e apoiou as mãos nos quadris. — Espero que tenha mantido sua promessa.

— Não se preocupe, gracinha. Com exceção dos seus irmãos ali fora, continuo sendo o seu segredinho sujo.

— Que bom. Porque tenho certeza de que você tem noção de quão desconfortável as coisas poderiam ser se as pessoas soubessem do nosso casinho.

— *Casinho?*

— Eu deveria chamar de outra coisa?

— Você sabe muito bem que foi mais do que isso.

Ela deu uma risada de escárnio.

— A quem você está tentando convencer?

— É você quem tem memória seletiva.

— Minha memória está perfeita. Eu me lembro muito bem da parte em que você me largou.

JOGADA DECISIVA

Bam! Nicki era especialista em golpes verbais, e esse atingiu certeiro o alvo. Foi uma bola rápida. Ele teve que lutar contra a vontade de esfregar o peito, mesmo admirando suas habilidades. Ela era a única mulher que ele conhecia que não tinha medo nenhum de derrubá-lo de seu pedestal. Em uma situação diferente, ele até gostaria do embate. Mas havia muita coisa em jogo agora, e Eric era um competidor de ponta.

Diminuindo a distância entre os dois, baixou o tom de voz:

— Agora entendi. Isso é uma forma de vingança. Eu te dei um fora, daí, agora, você quer revidar.

Para a surpresa do homem, Nicki inclinou a cabeça para trás e deu uma gargalhada.

— Sim — ofegou, no meio da crise de riso. — Eu orquestrei tudo isso para poder revidar. — Deu um sorriso zombeteiro. — Odeio estourar a sua bolha, Eric, mas não foi lá essas coisas.

Bam! Golpe certeiro número dois. Essa bolada veio com tudo, resvalou no taco e aterrissou com um baque surdo e humilhante na luva do receptor. Ele sacudiu a poeira e voltou a pegar o bastão.

— Sabe de uma coisa? Você é uma mentirosa deslavada. Porque me recordo de você gritando meu nome inúmeras vezes.

— E eu me recordo de fingir pra caramba também.

Bam! Bola rápida número três. Essa acertou a cabeça dele com tudo. O que significava que estava na hora de avançar para o monte.

— Acho que isso não é verdade, querida.

Ele foi em direção à garota. Ela recuou até se chocar contra a parede. Eric plantou as mãos ao lado da cabeça dela. Seu olhar se concentrou em seus lábios, e bastou isso. O sangue correu para sua virilha assim que as lembranças se tornaram nitidamente carnais. O corpo dela abaixo do dele. Os olhos fechados. A voz entoando seu nome.

Merda. Seja lá o que ele pensava que estava começando, agora era algo mais. Porque quando desviou na marra o olhar da boca dela, de volta aos olhos, ele mal conseguia se lembrar do motivo da discussão. Ele não sabia dizer que porra o havia dominado – o descaso descontraído nos olhos dela, o perfume de sua pele ou as lembranças que o golpearam de todas as direções.

Ela arqueou uma sobrancelha.

— O que você está fazendo?

— Reavivando sua memória.

Eric reivindicou seus lábios.

E sentiu a explosão de dor quando o joelho dela foi de encontro às suas bolas.

Ele se curvou com um *"urgh"* ao mesmo tempo em que as mãos dela empurraram seus ombros, enviando-o para trás. Eric tropeçou e caiu de joelhos. Ele não conseguia respirar. Não conseguia falar nada, a não ser grunhir. Com as mãos cobrindo a virilha, ele tombou para frente. Se algum dia sonhou em ter filhos, tinha certeza de que o sonho estava morto e enterrado agora.

Os pés de Nicki surgiram diante de seu rosto.

— Nunca mais faça isso.

Eric deu um jeito de estender a mão livre à frente e ergueu o polegar.

— Você está bem?

Ele murmurou contra o carpete.

— Acho que você quebrou minhas bolas.

— Quer um pouco de gelo agora?

Chegou a pensar em pedir que ela desse um beijinho para sarar, mas ele tinha amor à própria vida.

— Olhe para mim, Eric.

Com um gemido, ele se deitou de costas e deparou com o olhar irritado acima. Na mesma hora, ele a imaginou nua, e seu pau se contorceu em resposta. Graças a Deus... ainda estava funcionando.

— Você acha que não sei o que está fazendo?

Merda. Era assim tão óbvio?

— Você acha que pode me beijar e tocar e que cairei na mesma hora em seus braços? — Ela não lhe deu tempo para responder. — Você quase me desviou dos meus sonhos uma vez. Não permitirei que faça isso de novo.

Ele conseguiu se levantar do chão, engolindo a onda de náuseas como se suas bolas tivessem escorregado direto da garganta.

— Do que você está falando? Eu sempre te apoiei.

— Eu quase desisti de tudo por você. Lembra disso? — A voz dela assumiu um tom de deboche: — *"Não sei se consigo fazer isso sem você, Nicki."* Eu quase larguei os estudos por sua causa! E, aí, você me dispensou... graças a Deus.

Nicki enfiou a ponta do dedo no peitoral dele.

— Não sou mais a garota idiota de antes, Eric. Você pode ter me magoado naquela época, mas ter me largado foi a melhor coisa que já aconteceu comigo. E sabe por quê? Porque você me ensinou uma lição inesquecível, uma lição que culminou nesse momento.

— E que lição seria essa?

— Que tudo o que importa é o jogo.

Ela já não estava mais se preocupando em lançar bolas rápidas e certeiras. Ela havia partido para o golpe baixo mesmo. Arremessando as bolas no pó. Besuntando a bola com betume.

E funcionou. Ele foi eliminado. Por enquanto.

— Acabamos por aqui, *treinadora*?

— Acabamos.

Ela se afastou e abriu a porta com brusquidão. Ele queria marchar atrás dela, mas teve que aguardar antes de sair mancando até a sala. Isabella, completamente alheia à tensão que vibrava entre todos, entregou a ele um prato coberto com papel alumínio.

— Robby me disse que você não vai ficar para o jantar, então guardei um pouco de comida aqui. Daí, pode levar e comer depois.

— Obrigado, mas...

Ela pressionou.

— Você vai comer.

Nicki deu um sorrisinho ao vê-lo aceitar o prato. Eric tentou sorrir para Isabella, mas o gesto apenas curvou o canto de sua boca. Ele gemeu baixinho e controlou o sangramento com a ponta da língua. Como raios ele explicaria seu rosto surrado para os companheiros de time?

Em seguida, Nicki se dirigiu à porta da casa e a abriu de uma só vez.

Ele saiu e se virou para a jovem.

— Nicki...

— Agora é a vez da rebatida, queridinho.

Então fechou a porta na cara de Eric.

O destino, às vezes, chutava um homem nas bolas quando ele já estava no chão. Eric sentiu o chute com as botas de couro com ponteiras de aço assim que parou o carro na calçada e avistou a caminhonete com placa do Texas bloqueando sua garagem. Ele achava que ainda tinha energia o bastante para arrebentar aquela porra com seu Escalade, mas também estava sentindo dor na virilha para controlar o impulso.

Eric o encontrou na cozinha, mexendo em alguma coisa no fogão. Nos dois anos desde a última vez em que se falaram, seu cabelo desbotou para um tom acinzentado como o céu tempestuoso, e a barriga que desenvolveu assim que se aposentou agora estava plana e combinando com o porte atlético.

Eric olhou ao redor. A torre de caixas vazias de pizza havia sumido. A pia estava limpa e sem nenhuma louça suja que ele deixara empilhar por uma semana. O fedor de azedo havia sido substituído pelo perfume suave de limão do produto de limpeza. O lugar estava impecável.

Assim que colocou no balcão o prato de comida que Isabella lhe deu, Chet Weaver se virou como se somente agora tivesse notado a presença de Eric.

— Oi, filho.

— Como entrou aqui?

— Você nos deu a chave.

— Eu dei a chave para a minha *mãe*.

Chet gesticulou em direção à panela.

— Esquentei a comida pra você.

Eric deu uma risada de escárnio.

— Você não espera que eu acredite que você cozinhou, não é?

Seu pai deu um sorriso triste.

— Eu fiquei muito bom nisso quando sua mãe adoeceu.

Com a mandíbula cerrada, Eric caminhou a passos largos até a geladeira. Abriu a porta com violência e encarou o interior, procurando por

JOGADA DECISIVA   21

uma cerveja que não estava mais lá. Levou apenas um segundo para notar que agora havia verduras e legumes frescos e um monte de galões de leite. Coisas que não estavam ali pela manhã.

Fechando a porta com força, ele se virou para o pai.

— O que é isso? O que está fazendo aqui?

— Sua mãe costumava te dar uma ajudinha para você se preparar para a temporada. Pensei que pudesse fazer o mesmo.

— Minha mãe era convidada a vir aqui, você, não.

— Dá na mesma.

Chet se recusava a morder a isca. Seu tom de voz indicava uma paciência exercitada, como um árbitro mantendo-se impassível diante de um técnico desequilibrado. Isso fervilhou o desejo de Eric de arremessar tudo no chão. Ele não precisava disso. Não agora. Não hoje. Cacete, *nunca*.

— Quero que dê o fora amanhã.

— Nada mais justo. Mas por que você pelo menos não se senta por alguns minutos e me diz o que aconteceu com o seu rosto?

— Dei de cara com uns punhos.

— Quer conversar sobre o assunto?

— Com você? Não, porra.

Chet mostrou o primeiro sinal de reação. Enrolou os lábios várias vezes como se estivesse, literalmente, mordendo a língua.

Eric tentou invocar alguma espécie de satisfação com isso, mas não encontrou nada. Balançou a cabeça e seguiu rumo ao corredor do outro lado da cozinha.

— Vou para o meu quarto. Espero que tenha ido embora pela manhã.

— Está na hora de acabar com isso, Eric. Já passou tempo demais.

— Talvez pra você.

— Eric...

A voz de seu pai foi diminuindo à medida que Eric sumia pelo canto e subia a escada. O mundo tinha um senso de humor doentio. No espaço de uma hora, as duas pessoas que ele mais precisava que se mantivessem no passado simplesmente aterrissaram bem na frente dele.

Eric esvaziou os bolsos da calça e colocou tudo em cima da cômoda, evitando o espelho pendurado na parede. Se ele olhasse seu reflexo, era capaz de mal reconhecer o rosto que o encarava de volta. Ele veria os olhos verdes iguais aos da mãe, a mandíbula definida como a do pai, e uma compleição física que remontava aos ancestrais Sioux. Mas tudo isso não passava de "pedaços". Partes que costumavam se encaixar como um quebra-cabeças, na época em que ele sabia quem era e o que queria da vida. Na época em que a bola se encaixava com perfeição em sua mão e quando podia controlar seu mundo inteiro de cima de um monte de terra.

Passou tempo demais? Nem perto disso.

Não no que dizia respeito a Nicki.

Não com seu pai.

Nem de longe.

Chet soltou o ar que estava segurando conforme seu único filho se afastava. Mais uma vez.

Ele desligou a boca do fogão e lembrou a si mesmo que nunca pensou que isso seria fácil. Também sempre soube que era arriscado – surpreendê-lo desse jeito –, mas tempos desesperados pedem medidas desesperadas. O que era mesmo que seu conselheiro da reabilitação costumava falar? *Não será fácil, mas valerá a pena.*

Era um certo tipo de tortura saber que seu filho estava magoado. Pior ainda quando a culpa era toda sua.

Mas, ei, Chet conseguiu dar um jeito de negociar uma noite. Ponto para o pai.

Pela manhã, ele descobriria uma forma de convencer Eric a deixá-lo ficar ali durante a semana. Depois, tentaria ficar por toda a temporada de treinamento na primavera. Só então ele encontraria uma maneira de dizer ao filho que havia alugado um apartamento em Vegas e que já comprara os ingressos dos jogos.

Chet tampou a panela e a colocou na geladeira. Sopa de macarrão com caldo de galinha sempre ficava mais gostosa no dia seguinte, de qualquer forma. Estava torcendo para que ainda fosse o prato favorito de Eric. Um bom pai saberia disso com toda a certeza, coisa que Chet nunca foi.

Ele ouviu o som da água corrente do chuveiro no andar de cima. Mal passava das sete da noite, porém Eric deixou claro que ficaria no quarto o tempo inteiro. De certa forma, não foi o pior desfecho que Chet esperava. Eric poderia tê-lo colocado para fora de sua casa. Poderia ter chamado a polícia. Ou, talvez, poderia ter repetido as últimas palavras que disse ao pai dois anos antes, logo depois do enterro da mãe.

"— Ela era a única coisa boa dessa família, e agora se foi. E não há absolutamente nenhum motivo para que eu e você finjamos que não somos nada mais do que estranhos.

— Sou o seu pai.

— Parece que você levou tempo demais para perceber isso."

Eric estava certo. Chet demorou muito a se dar conta disso. Muitos anos foram desperdiçados – de forma figurativa e literal. Muitos anos pensando que o jogo era a coisa mais importante da sua vida; que as pessoas a quem mais amava ainda estariam simplesmente esperando por ele quando seu tempo acabasse. Muitos anos supondo que eles entenderiam por que ele fez as coisas que fez; que a pressão de ser Chet Weaver justificava todas as mulheres, a bebedeira, os gritos. Muitos anos pensando que a melhor maneira de demonstrar amor pelo filho era pressioná-lo ainda mais para se tornar bem-sucedido.

Ele sempre acreditou que teria muito tempo depois para consertar todas as merdas que despejou em cima de sua esposa e filho.

Ele estava errado.

Chet suspirou audivelmente e limpou a bancada uma última vez com o pano úmido, limpando o restante da bagunça perturbadora que encontrou ao chegar. Seu filho nunca havia sido desleixado. Eric era meticuloso, disciplinado.

Mas migalha por migalha, mancha por mancha, Chet esfregaria tudo aquilo até que o mármore estivesse impecável.

Seja lá o que Eric jogasse na sua cara, ele estava pronto para aceitar. Estava preparado para cumprir todas as nove entradas necessárias para um jogo completo, se fosse necessário.

Porque um homem faria qualquer coisa para conquistar seu filho de volta.

Eles a estavam seguindo. Nicki podia ouvir o som de seus passos, suas vozes. Mas quanto mais rápido ela corria, mais perto eles chegavam. O beco adiante era um atalho. Estava escuro como breu, mas se ela conseguisse despistá-los, estaria livre.

"Você é aquela vadia do time de beisebol."

Nicki arfou e se sentou de supetão na cama. Estendeu os braços à frente, mas não encontrou nada além do espaço vazio. Suor encharcava suas costas, o coração martelava no peito. Seu olhar percorreu todo o quarto. Onde ela estava? Que cortinas eram aquelas? Esta cama. Não era a cama dela. O que estava acontecendo?

Então a realidade assentou à medida que o pânico remanescente se desfazia. Esta era a residência dos *Aces*. Era a cama dela... pelo menos pelas próximas seis semanas. E o sonho havia sido apenas isso... um sonho.

Sentou-se na beirada da cama e pegou o celular de cima da mesinha de cabeceira fuleira. O visor mostrava o horário – 4:15h da madrugada. Quinze minutos antes de o despertador programado tocar. Não fazia sentido voltar a dormir, então se levantou e vestiu sua roupa de ginástica.

Os pais dela, Anthony e Vincent estavam hospedados num hotel. Robby estava dormindo no quarto ao lado, e ela fez de tudo para ser o mais silenciosa possível enquanto empurrava o sofá da sala para um canto para fazer seus exercícios diários de ioga. O irmão era mal-humorado pela manhã, na melhor das hipóteses, e ela não estava a fim de ouvir uma bronca por não estar dormindo o bastante. Algum dia ele seria o pior tipo de pai superprotetor.

Ela aguentava esse comportamento porque, de todo jeito, ele também era o seu maior defensor. Quando ela atingiu a idade suficiente para começar a jogar na liga infantil, ele teve que encarar um monte de zoações de seus colegas de time. Quando ela foi escalada como arremessadora titular do time masculino, mesmo sendo caloura no ensino médio, ele se meteu em muitas brigas para defender o direito de ela estar ali. Quando ela se tornou manchete nacional como a primeira mulher a receber uma bolsa de estudos como lançadora na equipe masculina da universidade, ele se manteve ao lado dela na coletiva de imprensa com lágrimas de orgulho cintilando em seus olhos.

E ele era o único, além dos pais, que sabia quão longe alguns homens eram capazes de ir para impedi-la de alcançar o sucesso.

Ela havia quase terminado a rotina de exercícios quando ele saiu de sua caverna.

— Que merda, Nicki. Que horas são?

Ela lançou uma olhada para o irmão da posição do cachorro olhando para baixo.

— Se você estiver acordado mesmo, então é hora de sair para uma corrida matinal.

Ele grunhiu.

— Eu devia ter ficado no hotel.

Nicki se levantou e alongou o corpo.

— Por favorzinho? Preciso gastar calorias, e está escuro demais lá fora para sair sozinha.

Robby murmurou alguns palavrões criativos e se enfiou de volta no quarto. Apressadamente, Nicki trocou a roupa de ioga por um conjunto de corrida, pegou um boné e luvas – mesmo na Flórida, o mês de fevereiro era frio – e o esperou à porta. Ele ainda estava de cara fechada quando se juntou a ela, seguindo-a para o lado de fora.

— Que distância pretende correr?

— Cinco ou seis.

— Espero que isso signifique "minutos".

Ela começou a rir e disparou pela calçada. Os dois correram em silêncio por alguns quilômetros até que Robby diminuiu os passos e parou. Nicki se virou e ficou correndo no lugar, com um sorriso zombeteiro.

— Você é um fracote.

Encurvado e com as mãos nos joelhos, a respiração de Robby criava vapores brancos ao redor do rosto.

— Você faz ideia de quão rápido estava correndo?

Ela conferiu o relógio *fitness* de pulso. Estava correndo abaixo do ritmo de seis minutos. Não era o mais rápido que já havia corrido, mas, definitivamente, mais acelerado do que o irmão estava acostumado a manter por qualquer período. Jogadores de beisebol eram velocistas, não maratonistas.

— Desculpa. Eu estava distraída.

Robby se levantou e colocou as mãos na própria cabeça. Então observou o semblante da irmã por um segundo.

— O que há de errado?

Ela cogitou a ideia de contar sobre o sonho que a despertou, mas optou em omitir.

— Só estou nervosa por causa do dia de hoje... acho.

— Por causa da coletiva de imprensa?

— E pelo momento em que vou conhecer o time e tudo mais.

Pelo menos essa parte era verdade. Ela sempre esteve no meio dos times masculinos a vida inteira, mas essa era uma situação completamente diferente. As coisas mudaram na última década, com certeza, e ela não seria a primeira mulher a treinar uma equipe masculina profissional. Havia até mesmo uma técnica-assistente de um time da NBA, e a NFL chegou a contratar uma treinadora mulher para um de seus campos de treinamento.

Mas Nicki não era ingênua. Para cada *"high-five"* de apoio que recebesse, haveria um ou outro dedo médio apontado em sua direção. Alguns até mesmo da equipe gestora dos *Aces*. Ela havia aperfeiçoado sua expressão estoica ao longo dos anos, mas ainda incomodava sempre que se dava conta de que algumas pessoas simplesmente nunca a aceitariam ou dariam valor ao seu talento só pelo fato de ser uma mulher.

Mesmo ciente de quão profundo era esse sentimento em alguns homens – quanto ódio eles podiam despejar em cima dela –, ainda era um saco ter que lidar com isso. E a pergunta que ela sempre encarava a cada nova conquista era: quantos apoiadores ela encontraria?

Saber que Eric Weaver não era um desses doía mais do que deveria.

Nicki imaginou milhares de maneiras diferentes de como ele reagiria diante da novidade de que ela seria a treinadora, e chegou a se preparar para a hipótese de que ele não ficaria extasiado.

Afinal de contas, sete anos haviam se passado desde o término – sete anos desde que ela desceu do carro dele, fechou a porta com força e jurou nunca mais olhar para trás.

Mas de todas as possíveis saudações que havia imaginado, exigir que ela desistisse do cargo antes de beijá-la não foi uma delas.

Ela estava orgulhosa com a forma como havia reagido noite passada, mas doeu na alma ouvi-lo dizer para desistir.

JOGADA DECISIVA

De todo jeito, ela não mentiu quando disse que o fato de ter levado um pé na bunda a favoreceu. Ela nunca teria chegado assim tão longe se estivesse distraída por ele e sua carreira como jogador. A única coisa que importava agora era provar o seu valor. Com ou sem o apoio dele.

Como sempre, Robby leu seus pensamentos. E começou a correr de novo.

— Você está assim por causa dele, não é?

— Um pouco.

— Eu devia ter quebrado os braços dele noite passada.

— Meu emprego depende dos braços dele *não* estarem quebrados, muito obrigada.

— Eu não confio nele.

— Você colocou a culpa nele. É diferente.

— Pode ter certeza de que eu o culpo mesmo, porra. E sempre culparei. Você não teria saído aquela noite se Eric não tivesse terminado com você.

Ela chegou a culpar Eric também, mas, tempo e terapia a ajudaram a enquadrar a culpa no lugar ao qual ela pertencia – nos homens que a haviam ferido. O único crime que Eric cometeu foi de ter se revelado um babaca mentiroso que a transformou em uma mulher chorona e débil quando ele foi embora.

Para nunca mais.

— Isso aconteceu há muito tempo, Robby.

— Foi por isso que você teve outro pesadelo essa madrugada?

Ela lançou uma olhada para o irmão e tropeçou no ritmo da corrida.

— Como você sab…

— Ouvi você gritar, e logo em seguida você se levantou. O que mais poderia ter sido?

— Foi só um sonho.

— Nunca é "só" um sonho.

— Estou nervosa, só isso. Está tudo bem, Robby.

O semblante fechado do irmão indicava que ele queria dizer algo mais, mas Nicki não lhe deu chance.

— Vou ganhar de você.

E saiu correndo em disparado até chegar em casa antes dele. Ela o ouviu gritar seu nome da esquina da rua conforme derrapava porta adentro, mas o ignorou e se dirigiu para o chuveiro.

Com as mãos apoiadas contra a parede de azulejos, deixou a ducha quente cascatear pelos músculos trêmulos, correndo como pequenos riachos pelas saliências dos tendões firmes conquistados com muito esforço e dedicação.

Poucas coisas eram tão boas quanto o esforço físico – levar-se ao limite e cada vez mais longe, conquistando o que outros achavam ser impossível. Provar aos céticos que estavam errados fazia tudo valer a pena – todos os sacrifícios, os treinos punitivos, o isolamento, assim como a hostilidade de homens que nunca a aceitaram do jeito que era.

Por toda a sua vida, as pessoas lhe diziam que não podia ser feito. Por toda a sua vida, ela provou que eles estavam errados.

Nicki inclinou o rosto debaixo da ducha e traçou a cicatriz acima de seu olho com as pontas dos dedos. O médico dela disse que poderia ser amenizada com cirurgia plástica, mas ela se recusou. Ela precisava disso. Todos os dias, quando se olhava no espelho, ela encarava o visível lembrete de quão fraca havia se tornado, e fez um voto a si mesma. Para a garota que ela havia sido *antes*.

Ela seria bem-sucedida, não importava o que custasse.

Ela os venceria.

E, então, os pesadelos teriam fim.

As luzes cegaram Eric assim que abriu as pálpebras. Ele se levantou de uma vez e se arrependeu na mesma hora. Estava duro como um taco de beisebol. Tentou fazer seu cérebro focar, mas o único órgão que aparentemente estava funcionando era aquele erguendo a barraca em sua cueca.

Depois de um longo momento nebuloso, os detalhes começaram a fazer sentido. Ele estava deitado em cima da colcha da cama, usando as mesmas roupas da noite passada. O saco de gelo derretido perto de seu cotovelo explicava a mancha úmida e fria abaixo dele, e fragmentos de um sonho envolvendo uma Nicki muito pelada explicavam a ereção. Ele esteve a uma arremetida imaginária de um orgasmo espetacular até que algo o despertou.

Então ouviu outra vez. O barulho que o tirara à força do sonho. Alguém estava batendo na sua porta. *Mas que merda?*

Ah, tá. O pai dele. *Filhodeumaputa.*

Com um grunhido, ele se levantou da cama, largou o saco de gelo em cima da cômoda e a passos largos foi até a porta, abrindo com brutalidade.

Seu pai estava parado do outro lado, com um sorriso de orelha a orelha e segurando um prato de ovos mexidos e frutas cortadas.

Eric lhe deu as costas.

— Era pra você ter ido embora.

— Não vejo por que eu não poderia fazer o café da manhã primeiro.

— Prefiro comer bosta de cachorro do que qualquer coisa que você cozinhou.

— Isso é muita criancice, não acha?

— Você sabe onde fica a porta de saída se não gosta do meu comportamento.

— Acho que posso aguentar.

— Bem, eu não posso. Pegue suas tralhas e dê o fora da minha casa.

Eric ouviu quando o pai colocou o prato sobre a cômoda.

— Coma, Eric. Eu sei como a comida é uma porcaria no estádio.

Eric esfregou o rosto com as mãos. O cheiro era apetitoso, e seu estômago roncou em resposta. Porra. Não fazia sentido desperdiçar uma refeição caseira. Seu pai estava certo. A comida lá era uma porcaria.

Ele se virou e pegou o prato. Se o pai mostrasse qualquer sinal de satisfação, ele jogaria o velho e a comida na rua.

Sentou-se na beirada da cama e começou a enfiar generosas colheradas de ovos mexidos na boca.

— Que novidade essa da Nicki, hein?

Eric olhou para cima.

— Como você sabe disso?

— Saiu na CNN.

Caralho. Como diabos a CNN ficou sabendo? O time nem havia sido informado ainda.

Eric pegou o controle remoto da mesinha de cabeceira e ligou a TV, espancando os botões até encontrar o canal de esportes. A CNN deu as caras na tela com um banner de notícia na parte inferior.

Notícia de última hora: o time Vegas Aces anuncia a contratação de uma mulher como treinadora de lançamentos hoje.

Merda. A equipe não podia ficar sabendo desse jeito.

A apresentadora da CNN reportou o básico como se tivesse ficado sabendo através de uma 'fonte não-identificada' dentro da organização do *Aces*.

— *A técnica de lançamentos da liga de segunda divisão, Nicki Bates, que passou os últimos quatro anos com o time classificatório Boulder Peaks, estará trabalhando com os Aces pelo menos durante o período de treinamento. O dono da equipe, Devin Dane, decidirá se o cargo será efetivado antes do início da temporada.*

Espera aí. O quê? O emprego dela só estava assegurado durante o treinamento de primavera?

A imagem na tela se dividiu ao meio e a apresentadora anunciou o "time de comentaristas especialistas". O rosto convencido de Ray Fox apareceu e Eric praguejou.

Ray "Escroto" Fox? Por que diabos eles pediriam a opinião dele? O homem literalmente fez a carreira como um porco machista arrogante.

Com o café da manhã completamente esquecido, Eric colocou o prato sobre a mesa de cabeceira e se levantou.

— *Ela vai acabar com a reputação do beisebol* — Ray declarou. — *Quero dizer, vamos ser realistas, posso até gostar de vê-la com uma calça apertadinha, mas isso não significa que quero a mulher perto de qualquer campo de beisebol da liga principal.*

Eric rosnou.

Chet aumentou o volume da TV, e a apresentadora solicitou a opinião de outra comentarista, Avery Giordano, uma redatora esportiva focada em beisebol que escrevia para o The New York Times.

— *Tenho acompanhado a carreira de Nicki Bates por anos* — a mulher disse. — *Ela era uma arremessadora extremamente habilidosa na época da faculdade e que se tornou uma das melhores treinadoras das ligas de segunda divisão. Dois vencedores do prêmio Cy Young, do ano passado, foram treinados por ela. E não vamos nos esquecer que Nicki tem doutorado na área.*

Chet lançou uma olhada para Eric.

— Nicki tem doutorado?

Eric deu de ombros, tão confuso quanto o pai. Que outras informações ele não sabia sobre a mulher com quem chegou a jurar passar o resto da vida?

Avery Giordano continuou:

— *Nicki Bates sabe mais como o corpo de um atleta funciona do que qualquer outro supervisor de equipe poderia saber. Os Aces foram espertos em contratá-la, não por ser uma mulher, mas porque ela sabe o que está fazendo.*

Ray deu uma risada de deboche.

— *Isso não passa de uma SV?*

A apresentadora franziu as sobrancelhas, confusa.

— *SV?*

— *Solidariedade vaginal.*

Chet riu.

— Esse termo é novo.

Eric rosnou mais uma vez:

— Não acho a menor graça.

— *Anote minhas palavras* — Ray prosseguiu: — *Isso não passa de um golpe de publicidade de um dono que precisa de alguma espécie de distração pela forma como a equipe atuou porcamente durante o campeonato. E alguém realmente acha que foi pura coincidência, dentre todos os times que poderiam contratá-la, ter sido exatamente o mesmo de Eric Weaver?*

A apresentadora do programa o interrompeu:

— *O que você está insinuando, Ray?*

O babaca riu novamente.

— *O que você acha?*

Eric ficou petrificado. Era exatamente disso que Nicki tinha mais medo. Ela ficaria pau da vida. Com cinco minutos de anúncio do seu primeiro dia de trabalho e alguém já havia sugerido que os dois estavam "rebatendo umas bolinhas" juntos. Ele queria matar quem vazou essa porra.

Seu celular tocou na mesma hora. Não reconheceu o número, mas suspeitava sobre quem poderia ser. Ele atendeu e deu as costas para a TV.

A voz de Nicki soou fria e áspera:

— *Seu cretino.*

Espera um pouco. O quê?

— Como é que é?

— *Eu não ia desistir da proposta ontem à noite, daí você decidiu tentar me queimar na mídia?*

— Você acha que *eu* vazei essa informação?

— *Posso contar nos dedos de uma mão as pessoas que sabem que o Aces me contratou, e você é o único que tinha um real motivo para me prejudicar. Faça as contas, Eric.*

— Eu não vazei essa porra!

O fato de ela suspeitar dele o fazia querer vomitar, o que não fazia o menor sentido. Ela estava certa. Qual era o melhor jeito de garantir que Nicki largasse o cargo no time do que espalhar a fofoca que ela mais temia sobre o envolvimento romântico dos dois? Ele deveria estar comemorando que Ray Fox tenha feito isso. Ele deveria estar aproveitando o lance. Mas só de pensar nisso, seu estômago se contorceu. Não faria isso com ela.

Só porque ele não podia se dar ao luxo de se distrair com Nicki como sua treinadora, não significava que queria que ela fosse publicamente arruinada.

— Meu Deus, Nicki. É isso o que você pensa de mim?

— *Me dê um motivo pelo qual eu deveria pensar outra coisa.*

Eric ouviu outra voz do outro lado da linha.

— *Me passa esse telefone.*

Robby. Maravilha.

Ouviu outro ruído como se os dois estivessem disputando o celular.

— *Seu filho da puta* — Robby rosnou.

Eric ignorou a ofensa.

— Por que você não faz alguma coisa para proteger sua irmã ao invés de tentar me culpar?

— *Você é muito cara de pau, porra* — disse ele, com a voz em tom ameaçador. — *Primeiro você diz para ela desistir do emprego, e agora está me mandando defendê-la?*

JOGADA DECISIVA

— Por acaso, eu me importo com a Nicki.

Mais ruído de luta e disputa pelo telefone. Robby saiu vencedor.

— *Você abriu mão desse direito quando partiu o coração dela.*

As palavras de Robby foram interrompidas e substituídas pelas de Nicki.

— *Perdoe o meu irmão. Ele não gosta de você.*

— Alguém precisa sair em sua defesa. Nós precisamos dar alguma declaração ou algo assim.

— *Nós? Nós não vamos fazer nada. Caso tenha esquecido, ontem à noite você estava me implorando para abandonar o cargo. Por que diabos agora está se importando?*

— Sinto muito por me preocupar com você.

A risada debochada soou ao telefone.

— *Quando você me pediu para ir embora ontem, era a sua versão de "preocupação comigo"?*

Eric ignorou a provocação.

— Então você vai simplesmente ignorar essa merda?

— *Não. Estou apenas dizendo para você não se meter.*

— Nicki…

— *Tenho cuidado de mim mesma por bastante tempo. Não preciso de você, subitamente, fazendo isso por mim.*

Eric sentou-se outra vez na cama e esfregou a cabeça com a mão livre.

— Coloque seu irmão de novo no telefone.

— *Tchau, Eric.*

— Puta que pariu, Nicki!

Ela desligou.

Eric apertou o aparelho em sua mão e pensou seriamente em arremessá-lo contra a parede. Se ele precisava de alguma prova de que Nicki seria nada mais do que uma distração, agora estava confirmado. O início do treinamento durante a primavera o deixava feliz como uma criança de férias no verão. A temporada inteira estava bem à frente e diante de seus olhos. Como uma página em branco. Uma nova chance de perseguir seus sonhos. Ele deveria ter acordado essa manhã com uma descarga de adrenalina e aquela empolgação de menino à moda antiga.

Ao invés disso, seu estômago estava embrulhado. A culpa se misturava com a raiva. Nicki estava certa. Ele não tinha o direito de ficar pau da vida por ela, mas era o que sentia no momento. Ele queria jogar Ray Fox em um quarto escuro e praticar alguns arremessos de bola rápida bem na cara dele.

Chet pigarreou de leve.

— Nicki está bem?

Cacete. Que caralho ele ainda estava fazendo ali? Eric ergueu um dedo exigindo que o pai se calasse.

— Não. Você não tem o direito de dizer o nome dela.

A expressão de Chet se transformou em algo similar a remorso sincero.

— Sinto muito, Eric. Eu cometi um erro no passado, e, provavelmente, é querer demais que você e Nicki algum dia me perdoem. Mas eu também sei q...

Eric se levantou de pronto.

— Você sabe do quê, exatamente? Você não sabe porra nenhuma. Não sabe nada sobre Nicki *ou* sobre mim.

— Sei que você ficou em uma situação complicada, e eu sou o culpado disso.

— Ah, pelo amor de Deus. Me deixa em paz, porra. — Eric marchou até o banheiro e fechou a porta com força, torcendo para que isso fosse o suficiente para arrebentar as amarras apertadas em seu peito com a desculpa dada pelo pai. Eles nunca conversaram sobre o assunto antes. Nunca. Eric preferia quebrar o próprio braço a conversar sobre essa merda agora.

Prestou atenção aos ruídos que indicariam que o pai havia saído do quarto. Ouviu o tilintar do garfo contra o prato, os passos suaves sobre o carpete e o clique silencioso da porta se fechando.

Só então soltou o fôlego que estava segurando e apoiou as mãos contra a pia do banheiro.

Por que diabos agora está se importando? Caramba, ele odiava com força o carma. Todas as suas mentiras, todos os seus erros. Tudo isso estava voltando com tudo contra ele, e não havia nada que pudesse fazer a respeito.

Nicki acreditava que ele não se importava com ela, porque foi isso que ele quis que ela acreditasse tantos anos atrás.

A verdade era o completo oposto.

Ele se importava e muito.

Uma voz diferente preencheu suas lembranças. Uma voz furiosa e arrastada.

"Ela não será nada mais do que uma distração, filho. Não seja burro. Nenhum homem vai para a liga principal com uma esposa a reboque."

Eric virou-se de costas para a bancada, para fugir de seu reflexo no espelho e da voz que o assombrava e que nunca conseguiu silenciar.

Pelo menos, seu pai estava certo em apenas uma coisa.

Ele *era* o culpado de tudo.

E Eric nunca o perdoaria por isso.

JOGADA DECISIVA

A coletiva de imprensa foi tão dolorosa quanto Nicki imaginou. Uma centena de repórteres, câmeras, e sabe-se lá Deus quem mais entulhava a sala de imprensa dos *Aces* com aquelas minúsculas armas de exposição em massa. Microfones. iPhones. Filmadoras. Tudo apontado diretamente para ela.

Foram vinte minutos de pura tortura infernal.

Ela odiava lidar com a mídia. Podia respeitar os profissionais e o trabalho que tinham que fazer, mas detestava a perda de controle. No campo, ela estava no comando. Na frente dos jornalistas, o jogo estava sob o domínio deles.

Quando a coletiva acabou, ela buscou pela tranquilidade na sala de imprensa do outro lado do vestiário. Hunter ficou de encontrá-la por ali para a escoltar por todo o saguão até apresentá-la ao time.

Ela ligou a TV fixada à parede e procurou pelo canal da ESPN. *Argh*. Ray Fox apareceu mais uma vez na tela. De tanta gente no mundo para ser entrevistado, os canais esportivos tinham que ter escolhido logo ele?

Se homens fossem porcos, então Ray Fox era o que lhes dava a lama para que rolassem em cima.

Ela ficou aliviada quando varreu a sala de imprensa com o olhar e não deparou com a cara do babaca em meio à multidão. Aparentemente, ele estava passando a manhã inteira intercalando turnos em vários canais da TV a cabo sugerindo que ou ela era uma escolha politicamente correta ou a Maria-bastão pessoal de Eric Weaver.

Nicki esfregou os olhos e tentou abafar a voz de Ray. Tudo o que conseguiu foi que o cérebro recordasse outra voz. *"Eu não vazei essa porra!"*

Ela ainda não tinha certeza se acreditava nele. Quem mais teria algo a ganhar com isso? Ele pareceu bem convincente, mas sete anos atrás ele também pareceu bem convicto quando disse que a amava.

A jovem aprendeu da pior maneira que Eric era um tremendo ator, e o *timing* da situação, agora, foi perfeito demais. Um dia depois de exigir que ele garantisse que ninguém sabia sobre o romance dos dois no passado,

Ray Fox, de repente, aparece na TV e começa a espalhar que ela e Eric estavam se pegando secretamente?

O rosto dela parecia estar pegando fogo. Ela podia até mesmo ouvir as manchetes dos noticiários noturnos. *Nicki Bates e Eric Weaver estão fazendo alguns home runs fora de quadra?*

Ela nem havia conhecido o time ainda. Agora teria que entrar no meio deles e imaginar o que devia estar passando na cabeça de cada um. Provavelmente, eles deviam estar parabenizando Eric.

A TV foi desligada repentinamente.

Nicki se virou às pressas. Parada na entrada da sala, com o controle remoto em mãos como se fosse uma arma, estava a mulher mais baixinha e intimidante que Nicki já havia visto. Um homem alto se postava atrás dela, e ao lado dele estava seu agente, Gary.

— De agora em diante — disse a mulher —, você não assiste mais a essa porcaria.

— Me desculpe, mas... quem é você?

Gary entrou na sala.

— Esta é Abby Taylor, sua nova assessora de imprensa.

— Eu tenho uma assessora de imprensa?

— Agora tem — confirmou a mulher.

— Nós a contratamos para situações particularmente complexas — explicou Gary. — Tentamos trazê-la até aqui a tempo da coletiva de imprensa, mas o voo dela atrasou.

Abby atravessou o cômodo com a mão estendida. Pela aparência de seu porte físico *mignon*, Nicki temia que a mulher poderia se desfazer com qualquer aperto mais brusco que um simples toque de dedos. No entanto, o cumprimento foi tão forte e firme quanto o olhar.

— É um prazer te conhecer, Nicki — disse Abby, apontando para o homem atrás dela. — Este é meu colega de trabalho, David Ross.

O homem assentiu, e, subitamente, os nomes fizeram sentido na mente de Nicki.

— Ross, Taylor e associados?

— Exatamente.

— Vocês não são especializados em reparação de imagem após algum tipo de escândalo?

— Sim.

— Minha imagem não precisa de reparação.

JOGADA DECISIVA

— Precisará agora que Ray Fox anda de olho em você. É óbvio que você já sabe disso.

Nicki arqueou uma sobrancelha em direção à mulher. Um golpe direto. Ela gostava disso. Não tinha tempo a perder com alguém pisando em ovos e puxando o saco dela. Se ela conseguisse controlar Ray Fox e suas insinuações, melhor ainda.

A mulher se dirigiu a David, que deslizou os dedos pela tela do iPad algumas vezes.

— Os comentários em uma rede social, de alguém que mora a uma quadra de você, dizem que Eric Weaver foi visto saindo da sua casa ontem, tarde da noite. Gostaria de comentar sobre isso?

— Você está me zoando?

— Dou cerca de meia-hora antes de isso se tornar um dos assuntos mais comentados do Twitter — disse David. — Ray Fox fará questão disso.

— Mas não aconteceu nada! Minha família estava lá!

— Mesmo assim — Abby interrompeu. — Acho que precisamos preparar uma declaração.

— A única declaração que tenho a dar não é adequada para os canais de comunicação.

— Apenas nos conte a verdade, sem rodeios — insistiu Abby. — Você tem, ou já teve em algum momento, um relacionamento amoroso com Eric Weaver?

— Não — mentiu Nicki, sentindo o estômago retorcer. Como as coisas chegaram a esse ponto tão rápido?

— Nós vamos lidar com isso — disse Abby. — Você está pronta para continuar?

— Continuar com o quê?

— Preparando-se para as entrevistas. — Abby relanceou o olhar para o relógio de pulso e franziu os lábios. — Todo mundo está pedindo prioridade, mas não podemos nos dar ao luxo de começar a irritar alguém em rede nacional ao favorecer um dos concorrentes. Então, minha recomendação é que irritemos todo mundo de forma igual ao permitir que os canais locais tenham uma primeira chance de te entrevistar.

Ela gesticulou para David mais uma vez, e o homem acionou algo em seu iPad.

— Reservamos duas horas — disse ele, fuçando na tela. — Os canais de TV terão prioridade, já que precisam preparar o noticiário noturno. Depois disso, daremos a vez aos jornais e blogs.

Nicki balançou a cabeça.

— Não.

Abby arqueou as sobrancelhas.

— Nós sabemos o que estamos fazendo, Nicki.

— Não quero nada na imprensa. Ponto-final.

— Você está brincando, certo?

— Não vou dar entrevistas. Por isso ocorreu a coletiva de imprensa.

Abby se virou de supetão e encarou Gary.

— Que merda é essa? Ela está falando sério?

Gary arregalou os olhos ainda mais.

— Hmm... Nicki, não acredito que essa atitude cesse o assunto.

— Não estou fazendo isso para atrair atenção da mídia.

— Não dou a mínima se você fizer isso para arrecadar dinheiro para os monges tibetanos com câncer — disparou Abby. — Eu não larguei tudo da minha vida para vir aqui apenas para soltar comunicados de imprensa.

Nicki cruzou os braços.

— Quanto Gary está te pagando?

Abby refletiu a mesma postura.

— Mais do que você ganha.

— Então é mais do que o suficiente para você falar com a imprensa em meu nome.

— Você não pode estar falando sério.

— Estou, sim. Não tenho a menor dúvida de que você e David sabem o que estão fazendo. Mas eu também sei. Tenho convivido com times masculinos desde quando usava sutiãs esportivos, e a pior coisa que eu poderia fazer agora é roubar os holofotes mais do que já fiz. Eles nunca me aceitarão se eu sair por aí como se fosse algum tipo de vagabunda da imprensa. Não posso começar assim. E não vou.

Os olhos de Abby tremularam enquanto as duas se encaravam. A mulher mal alcançava o queixo de Nicki, mas ela tinha uma vontade ferrenha que contradizia sua estatura frágil. De repente, Nicki identificou algo no olhar de Abby. Uma mulher no mundo masculino tinha que desenvolver um tipo especial de determinação, e Abby Taylor possuía isso. Seus olhos nunca se desviaram, sequer pestanejaram – uma habilidade que ela, sem dúvida, aprendeu da pior maneira já que precisava enfrentar homens muito mais altos que ela.

Assim como Nicki.

JOGADA DECISIVA

Um sentido desconhecido de afinidade começou a se formar. Nicki podia contar nos dedos de uma mão o número de amigas que possuía. Muitas mulheres – *garotas* – a consideravam fraca ou uma ameaça. No ensino médio, as outras meninas deduziam que ela jogava beisebol para poder roubar seus namorados. Na faculdade, as outras alunas pensavam que ela era lésbica. De todo jeito, era sempre algo vinculado ao sexo e nunca em relação ao esporte em si.

Abby suspirou, e a sombra de um sorriso curvou o canto de seus lábios.

— Não gosto de receber ordens. A maioria dos meus clientes confia nos meus conselhos.

— Tenho certeza de que sim, mas, neste caso aqui, *você* terá que confiar em *mim*. A melhor coisa que você pode fazer por mim é agir como minha porta-voz e manter os repórteres bem longe de mim.

Abby refletiu sobre as palavras de Nicki por um momento. Então, assentiu.

— Combinado. — Então se virou para David. — Coloque isso em prática.

David girou nos calcanhares e saiu da sala.

Abby lançou um olhar para Gary.

— Nos deixe a sós por um minuto.

Nicki quase gargalhou com a forma como Gary se prontificou e saiu em disparado da sala, fechando a porta em seguida. Abby era durona de verdade.

E ela agora estava dedicando seu olhar afiado a Nicki.

— Concordo com seus termos. Agora você precisa concordar com os meus.

— Farei o meu melhor.

— Nunca minta para mim.

Um arrepio percorreu o corpo de Nicki. Aquela era uma promessa que ela já havia quebrado.

— Não posso fazer meu trabalho do jeito apropriado se não souber de absolutamente tudo, então, quando perguntar algo antes de falar com a imprensa, preciso que me diga a mais absoluta verdade. Está claro?

— Como cristal.

— Ótimo. Agora, se me der licença, tenho alguns traseiros para chutar por conta desse vazamento de informações matinal.

Nicki observou Abby saindo da sala a passos largos e, na mesma hora, sentiu pena da primeira pessoa da lista da mulher. Seu divertimento desapareceu rapidamente, somente para ser substituído pela culpa.

Ela *mentiu* para Abby, e não somente sobre o envolvimento com Eric. Ela deixou de fora o porquê era relutante em conceder entrevistas. Sempre que pensava em se sentar ao lado de um repórter e se abrir, ela se lembrava da última vez em que fez isso. E o que aconteceu depois disso.

"*— Você é aquela vadia do time de beisebol.*

Nicki apertou com força a alça da bolsa.

— Não sou eu.

— Sim, é você. Eu te reconheci. Você saiu na capa da Sports Illustrated."

Nicki balançou a cabeça para afastar a memória. Não, a exposição na mídia nunca fez bem para ela. Abby teria que aceitar isso.

JOGADA DECISIVA

Devin Dane bebericou seu café – de grãos orgânicos da Tanzânia, bem difíceis de arranjar –, e encarou a vista pela janela de seu escritório.

O silêncio das arquibancadas vazias abaixo foi interrompido pelo ritmo acelerado da equipe de manutenção que preparava o campo em formato de diamante para o início da temporada de treinamentos.

Ele se virou de costas para a janela e balançou a cabeça para clarear a mente e se livrar das dúvidas que o mantiveram acordado pela maior parte da noite.

Isso era ou não algo chocante? Até mesmo Devin Dane, o playboy arrogante e herdeiro da dinastia Dane, sentia medo do fracasso.

E, neste exato momento, o fracasso era uma opção bem viável. As bases estavam oficialmente voltadas contra ele.

O time estava perdendo dinheiro. Os fãs estavam se virando contra ele. Todos diziam que ele era jovem demais. Muito inexperiente. Devin estava ouvindo os bochichos sussurrados por cinco anos, desde quando o tio morreu e ele assumiu o comando do time.

Mas os sussurros se transformaram em gritos depois que os *Aces* perderam a final do campeonato.

Ele e Hunter estavam sendo duramente criticados pela decisão de terem deixado Weaver começar a partida no último jogo. Até mesmo a imprensa local em Vegas – que sempre se mostrou gentil nas coberturas sobre os feitos de Devin – começou a especular se os críticos estavam certos o tempo todo.

Seu irmão mais velho, Bennett, adorava esfregar isso na cara dele a cada oportunidade que tinha, inclusive noite passada, quando ligou para reclamar, mais uma vez, sobre dinheiro. A conversa acabou tirando seu sono.

"*— Você gastou duzentos mil dólares em uma pintura? —* A voz de Bennett estava enganosamente baixa.

— É um Faragamo original. Eles não ficam disponíveis com muita frequência.

— Onde diabos você conseguiu o dinheiro?

— *Da minha poupança.*

Bennett deu uma risada de deboche.

— *Ah, claro. Significa que você comprou no cartão de crédito cuja fatura terei que pagar.*

— *Na verdade, tenho que sacar o valor.*

Bennett quase ofegou.

— *De que conta, porra?*

— *É o meu dinheiro, Bennett. Nosso pai deixou para mim a mesma quantia que deixou para você.*

— *Sua poupança está quase no fim, Devin. Não pense nem por um segundo que vou permitir que você comece a torrar o dinheiro da família.*

— *O time vai começar a dar lucros. Você tem que confiar em mim.*

— *É aí que está, maninho. Eu não confio em você. Nem a mamãe. Nós só concordamos em deixar você administrar o time porque precisávamos te dar alguma coisa produtiva para fazer antes que você nos levasse à falência. Mas juro por Deus, esse é seu último aviso.*

Devin lutou para manter a voz calma.

— *E o quê, exatamente, isso quer dizer?*

— *Se você não consegue tirar a si mesmo e nem ao time das dívidas, vamos colocar os Aces no mercado de ações e te tirar de jogo. Ponto-final."*

Bennett tinha mais do que dinheiro e influência suficientes para fazer isso acontecer, mas Devin sabia qual era o verdadeiro motivo para sua ameaça. Bennett sempre sentiu a necessidade de lembrar que ele era o mais velho, sábio e o mais rico. Era mais uma saraivada entre os vinte anos de rivalidade fraternal. E Bennett finalmente encontrou uma maneira de dar o troco em seu *irmãozinho* em algo que realmente importava.

O que ele não daria para ver a cara de Bennett nesse exato momento.

Bastou um furo de reportagem liberado a caminho do campo de beisebol essa manhã, e o mundo esportivo estava falando exatamente sobre apenas uma coisa: os *Vegas Aces*. Não havia uma rede de TV ou blogs voltados para esportes que não estivesse duelando para veicular o boato de que os *Aces* estavam contratando uma mulher como treinadora do time.

Ele se sentou à mesa, recostando-se na poltrona e pegou o controle remoto para mudar da CNN para a ESPN.

— Você não pode entrar aí!

Devin largou o controle ao ouvir o grito de sua secretária. Um segundo depois, uma mulher abriu a porta de supetão e entrou no escritório. Ele

JOGADA DECISIVA

mal teve tempo de reparar nas pernas torneadas ou na saia apertada antes que ela marchasse até a frente de sua mesa e cruzasse os braços. As longas unhas vermelhas tamborilaram contra os próprios cotovelos. Os lábios vermelhos e exuberantes franziram em puro desgosto.

Merda. Ele conhecia aqueles lábios.

Ele *sonhou* com aquela boca.

Mesmo que estivessem retorcidos em um esgar em sua direção.

Devin se levantou, espirrando um pouco de café em sua gravata no processo.

— Abby?

— Você tem o costume de ferrar com seu próprio time — disse ela —, ou Nicki Bates é um caso especial?

A secretária entrou correndo na sala, respirando com dificuldade.

— Sinto muito, Sr. Dane. Eu tentei impedi-la.

Abby deu de ombros.

— Se você não vai seguir as regras, eu também não vou.

O próximo a entrar pela porta foi Todd Marshall, diretor da equipe de relações públicas. Ele, também, estava ofegante.

— Devin, me perdoe. Conheça Abby Taylor.

— Não se preocupe, Todd. Devin e eu nos conhecemos muito bem.

Esse era um jeito interessante de se referir. Devin permaneceu de pé, esperando que seu rosto não traísse as emoções tumultuando sua mente. Engoliu em seco e limpou os respingos na gravata.

— Não sabia que Nicki havia contratado uma assessora de imprensa independente.

— Sim, pois é, que bom que ela fez isso, não é mesmo? Porque se ela não pode nem ao menos confiar no dono do time para protegê-la, tenho certeza de que precisa de toda ajuda possível por conta própria.

— Receio não saber do que você está falando.

— Mentira.

As sobrancelhas de Devin arquearam e um sorriso sarcástico curvou seus lábios. Poucas pessoas ousavam falar com ele daquele jeito. Ou o enfrentavam. Ou entravam na sua sala sem serem convidados.

Com exceção de Abby. Ela era a única mulher que nunca o havia tratado como *Devin Dane.*

— Serei bem clara — disse ela, inclinando-se para pegar o controle remoto de sua mesa. Ele teve um vislumbre da tentadora pele branca e sedosa de seu colo quando a blusa se abaixou um pouco à frente. Ela aprumou a postura e apontou o controle para a TV. — Não vou tolerar mais nenhuma manobra como a que você orquestrou essa manhã.

Todd bufou, indignado.

— Agora, espere um pouco, Abby. Você não pode entrar aqui e…

Ela o encarou por sobre o ombro.

— Cale a boca, Todd.

Para total surpresa de Devin, Todd a obedeceu. O sorriso de Devin ampliou ainda mais.

— Abby, não sei o que você pensa que fiz, mas posso garantir que está enganada.

Ela desligou a TV.

— Você a deixou na mão hoje de manhã. Permitiu que aquele Ray "Nojento" Fox ficasse quase quatro horas nos maiores canais sem dar nenhuma declaração por parte da equipe ou de Nicki. Você deixou que ele criasse toda uma narrativa, que agora terei que desfazer. Você não pode simplesmente vazar uma informação para a primeira pessoa na sua lista de contatos, Devin. Vazamentos desse tipo exigem estratégia.

— Você acha que eu sou a fonte? — Tudo bem, ele *foi* a fonte… mas ela não precisava saber disso.

Ela revirou os olhos.

— Deus me livre da tirania desses amadores.

Uma risada vibrou no peito de Devin.

Que se mostrou a coisa errada a fazer. Ela deu a volta em sua mesa e espetou a unha afiada em seu peito.

— Você acha isso engraçado? Vou levar horas para limpar a bagunça que você fez. Da próxima vez que sentir necessidade de manipular a mídia, deixe isso para os profissionais.

Mais uma vez em sua vida, Devin estava sem palavras. Claro, a outra vez havia acontecido quando teve que encarar frente a frente a ira de Abby. Essa ironia não passou despercebida.

Abby jogou o controle remoto na mesa e se inclinou mais uma vez. Devin sentiu a leve fragrância do perfume feminino e picante. Seu corpo reagiu como era esperado, e ele teve que mudar de posição para disfarçar.

— Deixe-me esclarecer uma coisa — disse ela. — Você pode ter contratado Nicki Bates como um golpe publicitário, mas não vou permitir que destrua a carreira e a reputação dela por conta de seus propósitos.

JOGADA DECISIVA

O divertimento de Devin desapareceu, assim como o sorriso e a ereção.

— O meu único propósito é ver meu time bem-sucedido. É ofensivo qualquer implicação contrária.

Ela aprumou a postura.

— Ótimo. Vamos manter as coisas assim, ou você terá que se resolver comigo.

Em seguida, ela girou e se afastou a passos largos com os saltos perigosamente altos. E a única coisa em que ele conseguia pensar era que passou boa parte dos últimos vinte anos desejando poder se resolver com ela outra vez.

A única exceção era que, em suas fantasias, ela ainda não o odiava com tanta intensidade.

A cena do lado de fora do estádio de beisebol era algo que Eric nunca havia visto num início de treinamento. Vans dos mais conhecidos canais de imprensa se alinhavam na estrada que levava até o estacionamento dos jogadores. As equipes de filmagem se atropelavam para erguer antenas parabólicas e estandes, um claro sinal de que não tinham intenção de ir embora dali tão cedo.

Eric desacelerou seu Escalade e apertou a buzina para passar pela horda de jornalistas, câmeras e curiosos bloqueando o caminho. Hoje era o dia reservado para o encontro da equipe e um aquecimento de leve, pelo amor de Deus, mas o vazamento e a coletiva de imprensa tornou, obviamente, um dia normal e pacato em um circo armado.

Não havia a menor dúvida – aquele seria um dia infernal.

Uma dupla de seguranças gritava para que a multidão recuasse conforme abriam o portão de acesso ao estacionamento. Eric encontrou uma vaga rapidamente, jogou a bolsa de treino no ombro e desviou do pessoal de manutenção e da equipe técnica ansiosa à medida que disparava pelo corredor até a sala dos jogadores.

Ele entrou pelos fundos. O time todo de treinadores e arremessadores se mantinha de costas para ele, os ombros eretos e a postura tensa. A sala inteira fervilhava.

A fileira de televisores de telas planas estava silenciada, porém sintonizadas em diferentes canais esportivos, todos veiculando a mesma história. Nicki.

Parado diante do time, Hunter fuzilava a todos com o olhar. Ele já estava em seu habitual uniforme – a calça comprida e folgada para esconder a prótese mecânica. Entre os períodos de atuação no beisebol, Hunter serviu no Afeganistão e, de acordo com matérias jornalísticas, ele havia perdido a perna em algum tipo de emboscada. Ele era apenas alguns anos mais velho do que a maioria dos outros caras do time, o que o tornava o supervisor de equipe mais jovem da liga de beisebol. Mesmo diante da ameaça recente

JOGADA DECISIVA 47

de colocar Eric no banco dos reservas, ainda assim, ele tinha um profundo respeito pelo homem.

— Nós não tomamos essa decisão de maneira leviana — disse Hunter. — E estou pau da vida, assim como vocês, de saber de tudo isso pela maldita imprensa. Mas o que está feito, está feito, e não vou ficar aqui discutindo o assunto com vocês. Temos coisas bem mais importantes para resolver agora.

— Tipo, como se livrar da vadia — alguém murmurou. Pela voz, parecia com Al Kasinski, um dos *relievers* e total filho da puta.

Eric rangeu os dentes. Já foi ruim o bastante ouvir Ray Fox caçoando de Nicki na TV. Ouvir um colega de time fazer o mesmo fez com que seu sangue fervilhasse.

Mais um motivo para provar que tudo isso era um desastre anunciado. Raiva competitiva era uma coisa boa. Ciúmes e fúria por instinto protetor não era nem um pouco.

— Tipo, fazer o trabalho de vocês — disse Hunter, o olhar assassino focado em Kasinski. — E alguns de vocês têm um bocado de trabalho a ser aprimorado em comparação com outros.

O celular de Hunter tocou, e ele parou de falar para conferir o visor. Em seguida, murmurou um palavrão.

— Tenho que atender essa merda.

Hunter saiu da sala, e os caras começaram a se agitar e conversar. Eric se esgueirou pelos fundos até seu armário aberto no vestiário e guardou a bolsa lá dentro. Cal Mahoney, outro arremessador titular e amigo de longa data apareceu ao seu lado.

Eric ergueu a cabeça e esperou pelo inevitável.

Cal disse, na lata:

— Caralho, mano. O que aconteceu com o seu rosto?

— Dei de cara com uns punhos.

— Quantos?

— Eram punhos bem parrudos.

Cal arqueou as sobrancelhas como se esperasse por mais informação, mas Eric cortou o assunto:

— Como está a Sara?

O semblante de Cal desmoronou, e ele se sentou no banco diante dos armários. Eric sentou-se ao lado do amigo, remoendo a culpa por ter ficado tão focado em seu próprio drama a ponto de não ter perguntado sobre a irmã gêmea de Cal antes. Sara havia sido diagnosticada com câncer de ovário no início da última temporada, e o time inteiro ficou arrasado. Sara e as três filhas sempre apareciam nos jogos dos *Aces*.

Eric baixou o tom de voz ao perguntar:

— A quimio não está surtindo efeito?

— Ela tem mais uma rodada, daí eles farão outro *PET Scan*. Mas, tipo... — Cal parou e pigarreou de leve. — Não parece nada bom.

Eric deu alguns tapinhas nas costas do amigo.

— Sinto muito, cara.

Cal assentiu e encarou seu armário vazio à frente.

Outro arremessador, Harper Brody, gritou do nada o nome de Eric e foi direto até ele.

— Mano. É verdade que você conhece ela? Ela é gostosa pra caralho.

Eric entrecerrou os olhos e ergueu a cabeça. Brody era um cara bacana, mas Eric não estava se sentindo nem um pouco amigável no momento.

Brody se aproximou ainda mais.

— O que aconteceu com o seu rosto?

— Ele deu de cara com uns punhos cerrados — Cal informou.

— Cacetada. Quantos eram?

— Eram punhos bem grandes mesmo — Eric respondeu.

Brody deu de ombros.

— Não importa. Cara, Nicki Bates. Você acha que ela toparia sair com um jogador? Ela é gostosa demais.

Um som estranho vibrou no peito de Eric – um ruído misturado entre o grunhido de um urso pardo e a voz grossa e rouca de um embriagado e saudoso Tommy Lasorda[1].

Brody ergueu as mãos em rendição e recuou alguns passos.

— Eita, desculpa aí, mano. Eu pensei que tudo o que o Ray Fox falou fosse mentira.

— É tudo mentira.

A conversa deles atraiu a atenção dos outros companheiros de equipe, e então as comportas foram abertas. Os caras o cercaram, todos falando ao mesmo tempo.

Um novato metido a besta do Arizona, cujo nome Eric não se lembrava, socou o punho contra sua outra mão aberta.

---

1   Famoso ex-jogador e técnico de beisebol que serviu de inspiração para um jogo de videogame e cuja voz era grossa e áspera.

— Não fiquei quatro anos jogando na liga de segunda divisão, só esperando para ser chamado para a principal para receber ordens de uma mulher. De jeito nenhum.

Kas balançou a cabeça em concordância.

— Dou dois dias. Ela não vai durar aqui. Não se eu puder dar um jeito.

Eric sentiu o peito comprimir até não ser capaz de respirar direito.

— Mas tenho que dizer uma coisa — o novato falou. — Eu não me importaria em dar umas arremetidas com ela depois do jogo.

Eric se levantou de pronto.

— Cala a boca, porra!

A sala ficou em silêncio na mesma hora. Inúmeros pares de olhos se arregalaram. Pés se movimentaram.

Kas foi o primeiro a se manifestar:

— Que merda é essa, Weaver? Tem alguma coisa que precisamos ficar sabendo sobre você e a dondoca gostosa?

Eric cerrou os punhos na lateral do corpo, e deu um passo em direção a Kas.

— A única coisa que vocês precisam saber sobre a *Treinadora Bates* é que vocês a tratarão com respeito.

Kas estufou o peito, o semblante se tornando ameaçador.

— É mesmo? E se eu não quiser fazer isso?

Eric reagiu diante da onda de ódio e adrenalina. Agarrou a camisa de Kas e o empurrou. O jogador tropeçou, mas rapidamente recobrou o equilíbrio e avançou.

— Ei! — Cal se meteu entre os dois, as mãos espalmando os peitos de cada um para mantê-los afastados. — Parem com essa merda. Agora!

Kas apontou o dedo acima do ombro de Cal.

— É melhor você ficar de olho aberto, Weaver. Tem um monte de gente aqui nessa sala que não está nem um pouco satisfeita contigo.

Cal o encarou de frente.

— Cala a boca, Kas.

— Você vai ficar do lado desse babaca?

— Pode ter certeza de que vou. Agora, se manda daqui.

Kas ajeitou a camisa com um puxão irritado. O time inteiro ficou à espera para ver se ele avançaria, passando por cima de Cal. Ninguém mexia com Cal nos últimos tempos, mas Kas era meio burro nesse quesito.

Ele deve ter recobrado um pouco do bom senso, porque depois de um segundo, se virou e saiu dali. Os outros jogadores se dividiram em pequenos grupos novamente, e Eric se sentou no banco.

Cal se juntou a ele pouco depois.

— Não tenho um pingo de paciência com aquele imbecil. Não este ano.

— Não se meta em confusão com os caras por minha causa, Cal. Ele estava certo.

— Não, não estava coisa nenhuma. Ninguém aqui culpa você por aquela derrota.

— Mas deveriam.

— Kas era o arremessador da última rodada naquela noite. Ele também deixou passar batido um home run.

— Não teria importado se eles tivessem colocado você para ser o arremessador inicial em primeiro lugar.

— Isso são águas passadas, Eric. A nova temporada começa agora. Você precisa esquecer o que aconteceu e se concentrar em nos colocar de novo no caminho de outra final de campeonato.

Concentração. Certo. Como se isso fosse possível.

Outra rodada de risadas barulhentas atraiu a atenção deles do outro lado da sala. Eric podia dizer, pela expressão nos rostos deles, que os panacas estavam falando besteira sobre Nicki. O aperto em seu peito ficou mais intenso.

— Vocês viram que ela já tem até uma assessora de imprensa? — Kas disse. — Quem ela pensa que é? A rainha da Inglaterra, porra?

— Na verdade, meu nome é Veronica Marie Bates.

O vestiário ficou em completo silêncio. Todas as cabeças se voltaram na direção de Nicki enquanto a porta de vaivém se fechava às costas dela. Ela aprumou a postura e deixou que seu olhar falasse por ela.

É isso aí, garotos. Eu ouvi cada palavra.

Não era dessa forma que ela planejava aparecer ou se apresentar aos rapazes, mas agora o momento era tão bom quanto qualquer outro. Ela foi até o saguão à procura de Hunter, em seu escritório, porque ele não foi buscá-la na sala de reuniões. Mas quando ouviu os rapazes conversando, soube que precisava anunciar sua presença. Eles precisavam saber que ela não seria intimidada por ninguém.

Incluindo Eric. Aparentemente, ele pensou que ela estava brincando ao telefone aquela manhã. A última coisa que ela precisava era dele adicionando mais gasolina ao incêndio criado por Ray Fox.

Ela cravou o olhar na fonte do último comentário imbecil – Al Kasinski. Acabando com a distância entre eles, estendeu a mão.

— Mas você pode me chamar de Nicki. Ou de treinadora, se preferir.

Alguém deu uma risada de escárnio. Kasinski a encarou, assim como a mão estendida, e bem devagar e de propósito, virou-se de costas para ela. O que Nicki considerou como uma vitória, para dizer a verdade. Quando eles paravam de ofender, era motivo de comemorar.

O novato, Alex Palmer, foi próximo. Nicki estendeu a mão na direção dele.

— Nicki Bates.

Ele se inclinou, abriu a boca e cuspiu. Um pedaço nojento de alguma coisa marrom aterrissou na ponta do sapato dela.

Que encantador. Ela já havia recebido uns cuspes antes, mas um treco mastigado foi a primeira vez.

Nicki sacudiu o pé contra o chão de concreto até que a coisa nojenta saísse, deixando somente uma mancha marrom no lugar.

— Essa porcaria é cancerígena, sabia?

— Vou arriscar — Palmer caçoou.

— Não se quiser continuar nessa equipe. A próxima vez que eu te ver com essa porra na boca, você vai direto para o Arizona.

O rosto do novato ficou vermelho.

— Você não pode fazer isso.

— Posso, e vou. — Ela deu as costas para ele, mas parou um segundo depois. — A propósito, o motivo para você ter ficado quatro anos na segunda divisão é porque você é inconsistente depois de cerca de cinquenta arremessos. Você também tem a mania de abaixar o ombro no lançamento rápido, e a bola flutua até o centro como um doce convite ao fracasso.

— Sua vaca.

— Pra você, sou Treinadora Vaca. — Apontou para o fumo mastigado e cuspido no chão. — E limpe essa porcaria. O vestiário não é o seu vaso sanitário.

Ela se virou e deparou com o restante do time a encarando, de boca aberta. Colocou as mãos nos quadris e disse:

— Alguém mais quer continuar com o concurso de mijo?

Harper Brody deu um passo à frente e se ajoelhou diante dela.

— Você quer se casar comigo?

Eric deu um safanão na cabeça dele.

— Cala a boca, Brody.

Nicki ignorou a troca entre os dois e encarou Eric.

— Weaver, posso ter uma palavrinha com você no escritório, por favor?

O pedido enviou uma onda de bochichos, piadinhas e risadas zombeteiras entre a equipe. Eric se levantou e estendeu a mão para afastar os companheiros antes de cruzar a sala.

Ele abriu a porta do escritório adjacente que logo mais se tornaria o vestiário improvisado dela. Nicki o seguiu e ignorou as risadas atrás de si ao fechar a porta.

Eric se recostou a uma fileira de armários perto da porta e cruzou os braços. Nicki tentou não reparar no tecido da camiseta se ajustando aos músculos do peitoral e dos braços fortes. Ela pensou que fosse imune a ele depois de tanto tempo. O destino não podia ter causado uma calvície ou a perda de um dente ao longo dos anos? Ou uma erupção cutânea. Uma pereba na pele parecia bem justo.

Ela teria que encontrar uma satisfação temporária com seu lábio ferido e os hematomas no rosto.

JOGADA DECISIVA

Imitando a postura dele, perguntou na lata:

— Você está tentando me prejudicar?

Eric piscou diversas vezes.

— Como é que é?

— Não preciso que brigue por mim. Pensei que tivesse deixado isso bem claro de manhã.

— Do que você está falando?

— Estou falando sobre a sua atitude de namoradinho enciumado ali! O que você estava pensando, falando com Kas daquele jeito?

Eric endireitou a postura.

— Eu estava te defendendo!

— Bem, não precisa fazer isso. Você só piorou as coisas.

— Eu juro por Deus, Nicki. Não faço a menor ideia do porquê você está tão pau da vida comigo agora.

— Use a cabeça, Eric! Quanto tempo você acha que vai levar para alguém vazar para a imprensa que rolou uma briga no vestiário por minha causa? Dou vinte minutos, no máximo.

— Jogadores brigam o tempo todo. Dificilmente valeria a pena sair no noticiário.

— Mas dessa vez, estou envolvida. E sabe o que isso significa? Que eles vão querer saber o que fez com que os jogadores do *Vegas Aces* se virassem uns contra os outros. E sabe em quem colocarão a culpa? Em mim!

— Posso só dizer uma coisinha?

— Não.

— Nós estávamos, na verdade, brigando por *sua* causa.

Ela revirou os olhos.

— Estou provocando as pessoas só por estar aqui. É isso o que você quer dizer? Acha que já não ouvi isso antes?

— Você *me* provoca! — A explosão dele ecoou pelas paredes pintadas em tom cinzento. Enfiou os dedos pelo cabelo e encarou o chão. Depois de um momento, olhou novamente para ela. — Você não pode me pedir que fique de fora e não faça nada. Se tivesse ouvido o que eles estavam dizendo…

— Eu ouvi cada palavra. Estava do lado de fora da porta.

— E por que diabos você não fez nada?

— Porque não faria diferença. Se eu enfrentasse cada cara que já fez algum comentário grosseiro sobre mim, eu seria campeã de peso-pesado a essa altura. Aprendi, há muito tempo, que se você ignorar os golpes, em algum momento, eles vão parar de te bater.

— Besteira. Se você ignorar os golpes, vai acabar ensanguentada e toda quebrada. Caras como Kas e Ray Fox falam apenas uma linguagem... força bruta. Eles te respeitarão mais se você revidar.

Ela deu uma risada de escárnio.

— Eu nunca sairia vitoriosa contra caras desse tipo usando força bruta, Eric. Eles não passam de valentões. Querem que você revide. É por isso que fazem o que fazem. A melhor maneira de revidar é vencendo. Ponto-final.

— Em algum momento, você vai ter que reagir.

— Diz o cara que nunca foi agredido.

Merda. Assim que as palavras saíram da boca dela, ela se arrependeu. Eric entrecerrou os olhos.

— Sobre o que você está falando?

— Nada.

Ele cruzou o espaço entre os dois com três longos passos. Nicki recuou e se chocou contra a mesa no meio da sala. Eric encarou a cicatriz acima da sobrancelha esquerda e se abaixou um pouco para encontrar o olhar dela. Seus olhos escureceram com uma expressão inelegível, e uma veia se projetou na têmpora quando ele cerrou a mandíbula.

— O que aconteceu?

— Nada.

Ela tentou passar por ele, que estendeu o braço e impediu a fuga. De qualquer outro homem, pareceria um gesto agressivo. Vindo dele, parecia um gesto protetor.

— Me conte.

Eles se encararam por um tempo. Os olhos de Eric se focaram nos lábios cheios, e Nicki chegou a perder o fôlego. Ele estava seriamente pensando em beijá-la outra vez? E por que diabos essa possibilidade a aquecia por inteiro?

A porta se abriu subitamente e Abby entrou na sala.

Nicki pulou para trás como se tivesse se queimado.

Abby entrecerrou os olhos diante da cena e fuzilou Eric com o olhar.

— Seu idiota.

Eric olhou para a mulher e depois para Nicki.

— Quem é essa?

— Abby Taylor. Minha nova assessora.

— É. *Sua* assessora de imprensa. Pensei que você gostaria de saber que já vazaram para a imprensa que rolou uma briga no vestiário.

JOGADA DECISIVA

Ótimo. Nicki encarou Eric.
— Menos de dez minutos. Esse é um novo recorde.
— Nicki...
Ela ergueu a mão.
— Controle-se, Eric.
Abby abriu a porta.
— Temos trabalho a fazer. Vamos. Os dois.
Eric segurou o pulso de Nicki.
— Nicki, espera.
Ela afastou-se de seu agarre.
— *Treinadora.*
— Como é?
— Será melhor se você me chamar de treinadora.

Eric seguiu Nicki e a assessora – cujo nome ele não conseguia se lembrar – por todo o túnel escuro e de concreto que levava do vestiário ao *dugout*, área de banco de reservas. O túnel zumbia com a atividade da equipe de apoio do time correndo por todo o lado para encerrar as tarefas de última hora.

Treinadora. Nicki queria que ele a chamasse assim. Mas que porra?
— Para onde estamos indo?
— Sala de reuniões. — Foi a resposta rápida da mulher.

Ela lançou um olhar enviesado para Eric que faria a Viúva Negra se encolher ao segurar a porta aberta para ele. Eric seguiu Nicki para o interior da sala e praticamente pulou quando a porta se fechou com força.

Cacete. Quem era essa mulher?
— Será que alguém pode me explicar o que diabos está acontecendo? — ele perguntou.

A Viúva Negra o rodeou por trás.
— Eu que deveria estar te perguntando isso.

Eric olhou para Nicki, que se mantinha parada com as mãos nos quadris e os lábios franzidos.

A Viúva Negra lançou a Nicki um olhar semicerrado.

— Há pouco mais de trinta minutos, perguntei pra você, sem rodeios, se havia algo que eu precisava saber sobre algum envolvimento da sua parte com o Capitão Idiota aqui.

Capitão Idiota?

— E eu te disse que não — Nicki respondeu.

A Viúva Negra franziu os lábios e murmurou um "hmmm", como se não acreditasse em nada daquilo. Ela se virou e Eric notou, pela primeira vez, um homem sentado aos fundos da sala de reuniões. O computador dele estava conectado à TV da parede, seu perfil do Twitter projetado na tela.

— Como estão indo as coisas, David? — perguntou a Viúva Negra.

— Estou monitorando as hashtags e tudo o que se relaciona a Nicki e Eric.

— E...?

— Ray Fox está se divertindo horrores.

Que maravilha. Eric relanceou um olhar a Nicki, que rangia os dentes de braços cruzados.

— O que faremos? — Nicki perguntou.

— Você pode começar sendo honesta — a Viúva Negra disparou.

— Eu já te disse que somos apenas amigos.

— Mentira. O que flagrei agora há pouco não era um lance de *apenas* amigos.

Eric olhou para David que, subitamente, estava distraído em seu teclado. A Viúva Negra seguiu a direção do seu olhar e suspirou.

— David, nos dê um minuto, por favor.

O homem se levantou e fugiu da sala como se Alex Rodriguez estivesse fugindo de uma intimação. Assim que ele se mandou, Abby – sim, esse era o nome dela – encarou Nicki outra vez.

— Eu só posso te ajudar se você me deixar fazer isso.

O semblante de Nicki estava pétreo.

— Éramos apenas amigos, Abby. Só isso.

Abby olhou para Eric.

— Você também vai manter essa historinha?

— Não é uma historinha — Nicki interferiu.

Eric franziu os lábios, arrastando os dentes uma e outra vez. Ela era assim tão ingênua? Ele encarou Abby.

— O que acontece se a verdade vier à tona?

JOGADA DECISIVA

57

Nicki cerrou a mandíbula.

— A verdade sobre o quê?

— Sobre nós, Nicki.

Abby se manifestou:

— Ele está certo. Se rolou um romance no passado, é melhor que isso seja revelado agora.

— Não.

— As pessoas tendem a ficar muito mais incomodadas com acobertamento do que com o próprio escândalo em si.

— Não há escândalo nenhum. Nem acobertamento. Não há nada a ser dito.

Que merda havia de errado com ela?

— Deixa de ser sem noção, Nicki. Você é a mulher mais famosa no meio esportivo dos Estados Unidos nesse exato instante. Abby está certa. Ray Fox vai cavar qualquer coisa que puder encontrar sobre você.

— Esta decisão não cabe a você — ela esbravejou.

Eric soltou um suspiro frustrado e enfiou os dedos por entre os fios bagunçados.

Nicki contraiu os lábios, a postura rígida como um poste ao encarar Abby outra vez.

— Acabamos por aqui?

Abby suspirou audivelmente.

— Acabamos... por agora.

Nicki se virou e saiu da sala. Eric cerrou os punhos, lutando contra a vontade louca de correr atrás dela.

Se ele tivesse qualquer juízo, esqueceria o assunto – deixaria ela em paz – e se afastaria. Ele já tinha muita coisa com o que se preocupar sobre a própria carreira. Mas houve um momento pouco antes, em que seu semblante perdeu um pouco da atitude briguenta e pareceu realmente como se ela estivesse assustada. De jeito nenhum ele poderia esquecer o assunto.

Nicki lançou um olhar irritado quando ele a seguiu até a sala de multimídia, onde os jogadores e técnicos analisavam as filmagens dos jogos. Ele fechou a porta assim que entrou.

Ela se sentou em uma das cadeiras à mesa, diante do equipamento de filmagem, lançando uma olhada de esguelha na direção de Eric.

— Posso te ajudar com alguma coisa?

— Você pode mentir pra todo mundo, mas não minta para sua assessora de imprensa, Nicki.

Ela se virou na cadeira de frente para as inúmeras telas de computador.

— Não tenho tempo pra isso.

Ele apoiou as mãos na mesa ao lado dela.

— Abby está certa. Você realmente acha que não vai aparecer alguém por aí que vai acabar se lembrando de ter visto a gente juntos?

— Nós sempre fomos cuidadosos. Ninguém pode provar de que não passávamos de amigos.

— Puta que pariu, Nicki! — Ele esfregou o rosto com força. — Você tem que se preparar para essa merda vir à tona. Conte a verdade a Abby e deixe tudo por conta dela.

— Não.

— Por quê? Por que é tão ruim assim que as pessoas saibam?

Ela se levantou e o encarou.

— Você não tem noção de como são as coisas! Você veste um uniforme e as pessoas te aceitam do jeito que é. Esse lugar é seu. Ninguém questiona isso. Mas as pessoas olham pra mim e já deduzem que ou *eu jogo para o outro time* ou que transei com alguém do alto escalão pra chegar onde estou. Você consegue imaginar o que pode acontecer se escapar por aí que já dormi com um dos meus jogadores?

— *Dormiu?* — Era assim que ela definia o relacionamento deles?

Ela balançou a cabeça.

— Não posso arriscar minha chance. Não depois de tudo pelo que passei para chegar até aqui.

Ele quase deixou passar batido o significado da última frase, mas ela ergueu a mão e passou os dedos de leve pela cicatriz acima de sua sobrancelha. Ele duvidava que ela sequer se conscientizou de fazer isso.

O estômago dele deu um nó. Eric sabia que ela havia sido evasiva antes, quando ele perguntou sobre aquilo.

— O que aconteceu com você? — Eric perguntou novamente.

— Eu trabalhei pra cacete. Foi isso o que aconteceu comigo.

— Mentira. — Ele apontou para a cicatriz. — O que aconteceu?

— Não foi nada.

— Então por que não me falar sobre o assunto?

— Porque não é da sua conta.

Ele segurou seus ombros.

— *Você* é da minha conta.

Ela se afastou de seu toque.

— Desde quando?

— Desde o dia em que te conheci.

Ela fechou a boca. Ele observou os músculos da garganta delicada se contraindo quando ela engoliu seja lá o que planejava dizer a seguir.

Cacete. Ele não podia fazer isso. Não agora.

Com um longo suspiro, ele colocou as mãos nos quadris.

— Foi por isso que te pedi para desistir, Nicki. Minha carreira está em jogo. Não posso lidar com nenhuma distração. Não posso me preocupar com você *e* salvar a minha carreira ao mesmo tempo.

O corpo dela retesou na mesma hora.

— Então tudo tem a ver com você, não é? Suas necessidades. Sua carreira. Por que isso não me surpreende?

— Não foi isso o que eu quis dizer.

Estendeu a mão para tocá-la, mas ela se afastou e se transformou diante de seus olhos. Ela fechou os olhos e suspirou profundamente. Com a postura ereta, sentiu-se cada vez mais tensa. E quando abriu os olhos, era como se ele estivesse olhando para uma estranha.

— Esta será a última vez em que vou dizer, Eric, então preciso que me escute. Não vou desistir. Nem por causa de Al Kasinski, nem por Ray Fox. Mas, especialmente, não por você.

— Nicki...

— Me chame de — rangeu os dentes — *treinadora* Bates. A Nicki à qual você se refere não existe mais. Ela desistiu da jogada há muito tempo, e é isso que você tem em troca. Ficou claro?

— Muito claro — disse ele, com a voz rouca.

Ela se recostou à cadeira, mas falou por cima do ombro:

— Que bom. Você tem dez minutos para entrar em campo. Vá se trocar.

Eric abriu a porta da sala e saiu marchando pelo túnel.

Já estava na hora de ele colocar a cabeça no lugar onde mais importava – no jogo.

Porque pelo menos nisso a *treinadora Bates* estava certa. O jogo era tudo o que importava.

O bar do Mac estava tão animado quanto o vestiário após uma partida humilhante quando Eric entornou os últimos goles espumosos de sua Budweiser. Ele estava bebendo a mesma cerveja há uma hora, e o líquido já se encontrava quente e azedo há um bom tempo.

Mais ou menos como o clima no lugar.

Beber uma gelada na lanchonete imunda nos arredores de St. Augustine era uma tradição durante o período de treinamento dos *Aces*, mas não estava rolando muitos tapinhas nas costas ou trocas de histórias esta noite. Os poucos caras que escolheram sair depois dos treinos do dia estavam agora silenciosamente focados em suas cervejas meio vazias, os olhos semicerrados grudados em um jogo de hóquei.

Já passava das nove da noite. Eric deveria ter ido para casa há muito tempo, para colocar um pouco de gelo no braço e dormir, mas só de pensar em cair no sono e sonhar com Nicki o mantinha enraizado à banqueta rachada e de vinil do bar.

Nicki – que o torturou com sua mera presença no campo. Ele tinha jurado ignorá-la, mas não conseguiu. Não importava o quanto tenha tentado se concentrar nos próprios arremessos naquela tarde, seus olhos sempre se desviavam para a mulher do outro lado do campo, onde ela fazia o aquecimento com Cal e Brody.

Jesus amado... ele ficou com um baita ciúme. *Ciúme.*

Distraído e pau da vida, seus lançamentos foram uma bosta.

Os críticos de beisebol caíram matando em cima dele.

"Um começo sem brilho para Eric Weaver", escreveu um blogueiro.

"Ainda com dificuldades", foi a manchete de outro.

Ele não tinha passado nem ao menos um dia sem que desse motivo para os abutres revoarem acima. E, agora, ali estava ele, curvado sobre uma cerveja como um adolescente mal-humorado. Ele não sabia o que era pior – sua melancolia, o péssimo desempenho ou a crescente consciência de que, não importava o que fizesse, estava muito lascado com a proximidade de Nicki.

Mas isso não era a única coisa que o incomodava. *A Nicki à qual você se refere não existe mais.* As palavras por si só enviaram um arrepio pela sua coluna, mas foi o olhar dela que congelou suas veias.

Ele podia lidar com a rebeldia e a fúria. Cacete, podia até aguentar uma joelhada dela em suas bolas. Mas a indiferença em seu semblante, a determinação vazia...

Isso era inquietante.

Isso era assustador.

Era como se olhar no espelho.

Eric apoiou os cotovelos no balcão e mexeu em seu cabelo. Ele havia aceitado os fatos de sua vida há muito tempo. Ele não curtia nada além do jogo. Não era nada *sem* o jogo. Mas não a Nicki. Ela era dotada de propósito e paixão, um cometa brilhante que sugava tudo e todos ao redor de sua órbita. Ela era a única pessoa em sua vida, além de sua mãe, que tinha enxergado além do uniforme o homem que ele desejaria ser.

Aquela era a mulher por quem ele havia se apaixonado.

Ele não conhecia essa mulher de agora.

Uma cerveja fresca surgiu, de repente, à sua frente no balcão. Eric olhou para Mac, cujo rosto áspero e enrugado exibia uma expressão que se assemelhava a simpatia.

— Essas cadelas — resmungou ele.

Eric se engasgou com a própria saliva.

— O quê?

— Mulheres. Elas mexem com a sua cabeça.

— O que te faz pensar que estou tendo problemas com mulheres?

As sobrancelhas do velho Mac se arquearam.

Putz. Você se torna, oficialmente, um perdedor patético quando Mac começa a sentir pena de você. Hora de dar a noite por encerrada.

Eric se levantou e colocou o dinheiro no balcão. Com um aceno de agradecimento a Mac, ele se arrastou até o seu carro no estacionamento. Vinte minutos depois, virou na sua rua e fez a volta no balão de retorno ao final.

E pisou no freio com força.

Inacreditável.

A caminhonete de seu pai ainda estava na garagem.

Com os dentes cerrados, estacionou na garagem e entrou em casa pela porta dos fundos. Ela dava para um vestíbulo – como sua mãe sempre chamava essa área –, antes da cozinha.

Seu pai estava colocando algumas coisas na lava-louças quando Eric entrou. O aroma de algo delicioso ainda pairava no ar. O que só o deixou mais irritado.

— O que diabos você ainda está fazendo aqui?

Chet olhou para cima.

— Ainda não terminei de limpar.

— Pra mim, você terminou.

— Tem uma lasanha na geladeira. Quer que eu esquente um prato para você?

Lasanha. Filho da mãe. Eric adorava lasanha. Sua boca salivou e a pressão arterial até subiu. Chet estava manipulando-o com comida.

— Me dê só um minuto — disse Chet, adicionando mais alguns garfos na lava-louças.

— Não estou com fome — Eric mentiu, descaradamente, já que estava realmente faminto.

Chet fechou a lava-louças.

— Sua mãe costumava ficar brava comigo por colocar os copos na parte de baixo. Lembra disso?

— Ela tinha um monte de motivos para ficar brava com você.

— É verdade. Mas isso realmente parecia deixá-la furiosa.

— Isso porque se ela alguma vez te confrontasse sobre as outras merdas, você ameaçaria nos deixar.

Chet abriu a geladeira.

— É verdade de novo. Eu nunca a mereci… nem mesmo o perdão dela.

— Finalmente, está aí uma coisa com a qual concordamos.

Eric observou Chet cortando um pedaço grande de massa com queijo e colocando em um prato. Em seguida, ele o colocou no micro-ondas e se virou, recostando-se à bancada.

— Como foi o treino hoje?

Eric hesitou, não gostando nem um pouco do rumo da conversa. Chet estava muito calmo, muito despreocupado.

— Bem — resmungou ele, com raiva.

— Fico feliz em ouvir isso. Eu trouxe minha luva. Me avise se quiser jogar um pouco.

JOGADA DECISIVA

— Que tal se eu apenas te expulsar daqui?

Chet riu e se virou ao ouvir o apito do micro-ondas.

Em algum ponto entre observar o vapor do prato ao ser retirado do forno e colocado à sua frente, o estômago de Eric decidiu-se por comer. Então se sentou e devorou a comida.

— Está bom?

Eric deu de ombros.

— Sua mãe era tão paciente quando me ensinava a fazer todas as suas comidas favoritas. Eu costumava empurrar a cadeira de rodas dela até a cozinha, e ela me orientava a cada etapa.

Eric apertou o garfo com força, a comida subitamente pesando em seu estômago.

— Pare.

Chet riu.

— Demorei um tempo para acertar o ponto da lasanha.

— Eu mandei parar. Não vai rolar. Não vou falar sobre a mamãe.

Chet mal demonstrou reação.

— Quer algo para beber?

— Não.

— Recebi um telefonema hoje do Joe Wheeler.

A mudança repentina de assunto fez com que a cabeça de Eric se erguesse rapidamente. Wheeler era um colunista que cobria tudo de beisebol, do USA Today, e um velho amigo de seu pai. Chet sempre se deu bem com a imprensa. Era o "queridinho da mídia", como o chamavam.

Eric costumava sonhar em filmar escondido um dos arroubos bêbados do pai e vazar para que todos pudessem testemunhar como ele realmente era. Mas só de pensar na humilhação que a mãe sofreria o impediu de fazer isso.

— E daí? — Eric perguntou, sem realmente querer ouvir a resposta.

— Ele disse que há um boato circulando de que você está sendo cotado para ficar no banco de aquecimento, com os *relievers*.

O mundo congelou.

O garfo caiu de sua mão.

A comida em seu estômago ameaçou voltar com força total.

— É verdade, Eric?

— E se for? Você ainda vai ficar por perto e cozinhar para mim, ou terá vergonha de ter um filho perdedor?

— Eu nunca poderia sentir vergonha de você.

— Claro. Você só está com medo de que eu possa arruinar o seu precioso e falso legado.

— Isso não é verdade.

Eric se levantou de supetão.

— Sério, o que diabos você está fazendo aqui? Veio aqui só para esfregar mais um pouco na minha cara? Garantir que eu lembre de quem é o potencial atleta do Hall da Fama nesta família?

— Se você pensa isso, então tenho mais trabalho a fazer aqui do que imaginei.

Eric apontou para o pai, mas então baixou a mão quando percebeu que estava tremendo.

— Eu quero que você saia da minha casa.

— Sabe o que sua mãe me disse logo depois que foi diagnosticada?

A garganta de Eric se fechou, como se um laço estivesse apertando seu pescoço.

— Eu mandei dar o fora.

— Ela me disse para consertar as coisas com você.

Porra. Seu peito. Algo em seu maldito peito estava tentando se libertar.

— Ela disse que morreria em paz se soubesse que você e eu poderíamos reparar nosso relacionamento.

Uma represa se rompeu dentro dele. Toda a confusão. Toda a raiva. Toda a história e suas malditas correntes se partiram. Com um rugido repentino, Eric ergueu o braço acima do balcão e derrubou tudo. Prato, garfo e o resto da lasanha caíram no piso em um caos violento. Então, ele socou a bancada.

— Não tem porra de relacionamento nenhum! Não preciso das suas desculpas ou das suas habilidades culinárias chiques. Tudo que eu preciso é que você embale suas coisas, volte para o Texas e pratique seus doze passos com alguém que se importe. Apenas me deixe em paz para eu poder salvar minha carreira, porra!

Eric saiu porta afora e entrou no carro outra vez antes mesmo de saber para onde estava indo.

JOGADA DECISIVA

Abby soltou uma das mãos pálidas do volante e desligou o rádio com violência. Ela não precisava ouvir mais um apresentador repetindo os eventos do dia. Nicki tinha desfrutado de uma hora bacana de matérias positivas após a coletiva de imprensa da manhã, e então o Capitão Idiota teve que se intrometer e brigar com seu companheiro de equipe.

Ela havia passado as doze horas seguintes lidando com as consequências. O lance de dois jogadores discutindo por causa da primeira mulher treinadora de beisebol – ainda mais uma que se parecia com uma supermodelo – era atraente demais para ser ignorado.

O corpo de Abby pedia um banho quente e sua cama, mas o dia dela ainda não tinha acabado. Ela tateou o assento do passageiro em busca do celular e discou por voz para David. Ele atendeu quase imediatamente.

— Como está a situação? — ela perguntou.

— Nicki ainda está no topo das notícias da ESPN e nas seções esportivas de todos os jornais diários com circulação acima de cem mil. Ainda estamos trabalhando com os de menor circulação, mas parece que a maioria deles pelo menos pegou a matéria da assessoria de imprensa.

— Estão propagando bem a declaração que demos sobre a briga?

— Você está sendo citada diretamente nas manchetes ou em pelo menos três parágrafos de cada matéria.

Abby mudou o telefone de orelha.

— Alguma novidade do Ray Fox?

— A assessoria de imprensa o citou, então ele está em todos os lugares.

— Ótimo.

— Ele sabe demais. Definitivamente, tem uma fonte interna.

Sim. E Abby tinha uma boa ideia de quem era.

David prometeu mantê-la informada, e Abby encerrou a chamada. O GPS indicava que o destino estava a menos de um quilômetro à direita. Ela estava bem perto. Se abrisse as janelas, provavelmente poderia farejar o caminho até lá, seguindo os aromas misturados de arrogância e mentiras que pareciam compor as fragrâncias especiais de homens como Devin Dane.

Correção: *Especialmente* Devin Dane.

Ela avistou uma entrada meio oculta à frente. Era isso. A longa entrada pavimentada a levou por uma pequena colina e direto até um imponente portão de ferro. Seus faróis iluminaram números dourados em arabescos, e ela conferiu o endereço no celular.

Sim. Era ali mesmo.

Tudo bem... Ela sabia que Devin era herdeiro de uma família abastada, mas aquilo era ridículo. Essa era a casa que ele usava só para a temporada de treinos? Só a entrada já devia custar mais do que a casa inteira de seus pais em Milwaukee.

Desgostosa, Abby abaixou o vidro da janela do motorista. Esticou o braço e pressionou o botão do interfone.

Um momento se passou e, em seguida, uma voz rouca e distinta respondeu:

— Pois não?

Abby franziu as sobrancelhas, confusa.

— Devin?

— O Sr. Dane não atende o próprio portão.

Abby revirou os olhos.

— É claro que não. Isso seria muito classe média.

Silêncio.

— Você pode por favor dizer ao *Sr. Dane* que Abby Taylor está aqui para vê-lo?

— Não tenho o registro de nenhum compromisso com Abby Taylor para esta noite.

— Não tenho um horário marcado.

— Então não posso permitir sua entrada.

— Não sairei daqui até que ele fale comigo.

— Senhorita, não faço ideia de quem é você...

— Diga ao Devin que sei muito bem que ele é o babaca que alertou a imprensa hoje de manhã, e vou fazê-lo se arrepender disso se não me deixar entrar.

Silêncio outra vez. Até que...

— Um momento, por favor.

Vários minutos se passaram. Quando ela estava prestes a socar a mão na buzina, o portão se abriu. Abby passou a marcha no carro e avançou

JOGADA DECISIVA

pela longa estrada pavimentada. Ficou boquiaberta quando freou brusca-mente. Construída em estilo espanhol, a casa de estuque possuía apenas um andar, mas ostentava uma entrada imponente em arco, sombreada por ficus e um gramado espesso que era muito exuberante para o clima. Como que por comando, os aspersores surgiram do solo e começaram a enchar-car a grama.

Abby deu um sorriso de escárnio e abriu a porta de supetão. *Esse povo rico.*

Ela fechou a porta com força e pisoteou a escada de tijolos que levava à porta da frente... que se abriu antes mesmo que ela pudesse bater. Um homem mais velho, com o cabelo grisalho e atitude arrogante se postava ao batente.

Ele, literalmente, olhou para ela de cima.

— Senhorita Taylor?

— Como você adivinhou?

— Sou o mordomo do Sr. Dane. Por favor, me siga.

Mordomo? Meu Deus do céu. Devin realmente se achava.

Seus passos ecoavam no interior do amplo hall. Ela detestava o fato de ter ficado impressionada, mas não conseguiu evitar de se maravilhar com a casa. O piso de mármore brilhava à luz tênue de um antigo candelabro de ferro. Uma mesa redonda ficava no centro da entrada e exibia um enorme e perfumado buquê de orquídeas e lírios exóticos que, com certeza, custa-vam uma fortuna.

Abby estava familiarizada com pessoas ricas e suas mansões. Seus clientes eram todos atletas multimilionários que se cercavam de todo luxo possível. Mas o lugar de Devin era diferente. Sua beleza era discreta. Sutil.

Herdeiro. O pior tipo.

O mordomo pigarreou.

— Senhorita Taylor?

Abby piscou.

— Certo. Me leve até ele.

Ela o seguiu por um longo corredor. Seus olhos admiraram as obras de arte decorando as paredes. Todas originais, sem dúvida. Ela pensou nos pôsteres de Van Gogh em seu apartamento em Nova York. O corredor terminava em um "T". O mordomo virou à esquerda, mas Abby parou abruptamente. Perdeu o fôlego quando avistou a pintura na parede.

O mordomo suspirou.

— Senhorita Taylor.

— Isso é um Faragamo.

— Sim.

— É... é-é de verdade?

O silêncio imperou. Olhou para o homem mais velho, e viu que a resposta em seu olhar afiado era suficiente.

Engolindo em seco, ela assentiu.

— Claro.

— Por aqui, por favor.

Ela praticamente tremia toda com raiva e inveja. Devin nem saberia o que era um Faragamo se não fosse por ela. Ela havia apresentado as obras do artista desconhecido na época da faculdade. Na época, ele riu de tudo isso. *Parece as pinturas que meu irmão costumava fazer na pré-escola*, ele caçoou. E agora ele possuía uma obra original?

O mordomo a conduziu a um espaçoso escritório, cheio de estantes repletas de livros e uma mesa que rivalizava com a do Salão Oval.

— Espere aqui — disse o homem.

Abby revirou os olhos novamente e foi até uma das estantes. Passou os dedos pelas lombadas dos livros cujas páginas nunca foram abertas, como se estivessem lá apenas para exibição.

— Se vir algo que gosta, fique à vontade para pegar.

Abby deu um suspiro e se virou. Não tinha ouvido Devin entrar na sala, mas agora ele estava parado atrás dela, parecendo excessivamente arrogante, relaxado e sexy.

— Posso lhe oferecer alguma bebida? — perguntou ele.

— Isso não é uma visita social, Devin.

— Vinho?

— Não.

Ele se dirigiu até o bar e pegou uma garrafa de vinho tinto e duas taças. Ela o observou abrir a garrafa de *Merlot* com maestria e servir a bebida. Não ficou surpresa quando ele ergueu uma, girou lentamente e admirou as linhas que se agarravam ao cristal. *Povo rico*.

— É uma marca exclusiva — explicou ele, como se ela desse a mínima. — Comprei uma caixa durante uma viagem por Napa há alguns anos. Guardei para ocasiões especiais.

— Então você acabou de desperdiçar uma garrafa.

Ele ergueu apenas o olhar.

— Discordo.

JOGADA DECISIVA

Seu estômago deu um pequeno solavanco.

— Experimente. Tem um sabor defumado e um leve toque de especiarias.

— Tenho receio de que isso seja desperdício para mim.

Ele riu.

— É mesmo, agora me lembrei... você é uma garota de cerveja.

— E tenho orgulho disso.

— Garanto que não foi minha intenção ofender.

— Que bom. Porque não fiquei nem um pouco ofendida.

Ele estendeu uma taça. Ela a encarou por um segundo antes de atravessar a sala e aceitar sua oferta. No momento da troca, seus dedos se tocaram, e ela sentiu um arrepio subir por todo o braço.

— Ao que devemos brindar? — ele perguntou.

— Faragamo.

Ele sorriu.

— Você viu o quadro.

— O que eu vi é que você continua roubando as ideias dos outros.

Os lábios dele se contraíram nos cantos, uma demonstração inesperada de desconforto. No entanto, ele pareceu se livrar rapidamente da sensação ao erguer a taça.

— A Faragamo.

Ela tomou um gole e desviou o olhar. Devin estava certo. O vinho era bom. Mas ela preferia arrancar a própria língua antes de dar a ele a satisfação de admitir isso.

— Então — começou ele. — A que devo a honra?

— Alguém vazou a notícia da briga para a imprensa.

Ele ergueu uma sobrancelha.

— E você acha que fui eu, suponho.

Foi a vez de ela arquear a sobrancelha.

— Por que motivo eu vazaria uma notícia negativa sobre minha própria equipe?

— Seus motivos sempre foram um mistério para mim.

— Não é verdade. Você simplesmente nunca entendeu meus motivos.

— Tem diferença?

Ele ficou em silêncio, encarando-a como se pudesse ver tudo. Abby se remexeu, inquieta, diante do escrutínio. Então os olhos de Devin, subitamente, se arregalaram como se tivesse compreendido alguma coisa.

— Isto é algo pessoal pra você.

— Eu levo todos os meus clientes de maneira pessoal.

— Acho que é bem mais do que isso.

Ele se aproximou. Abby perdeu o fôlego quando os olhos dele percorreram um profundo caminho até sua alma. Ela queria desviar o olhar, sabia que deveria fazer exatamente isso. Mas ela não conseguia parar de beber da presença dele, assim como bebia o vinho refinado em sua mão. Abby tinha plena consciência de que ele tinha um sabor tão bom quanto parecia, porém também vinha acompanhado de uma ressaca dolorosa.

Devin entrecerrou os olhos.

— Por que você veio aqui hoje à noite, de verdade?

— Acho que já falamos disso.

— Você não me perguntou nada que não poderia ter sido discutido pelo telefone. Você veio me ver pessoalmente por um motivo.

— E-eu…

— Sabe o que eu acho? — comentou ele, em um sussurro sedutor.

— Não.

— Acho que você estava curiosa.

— Sobre o quê?

Os olhos dele escureceram com desejo.

— Se a faísca entre nós ainda existe.

De alguma forma, sem ela sequer perceber, ele havia acabado com os poucos centímetros de distância entre eles. O calor de seu corpo a alcançou e envolveu como um cobertor sedutor. Um cheiro masculino confundiu seus sentidos, uma mistura tentadora de loção pós-barba e *Merlot*. Sua mão tremia, espirrando um pouco de vinho pela borda da taça.

Sem dizer uma palavra, ele retirou a taça da mão dela e a colocou no balcão do bar às costas, junto com a dele.

— Abby… — O nome dela em seus lábios era quase um sussurro, um carinho em forma de suspiro. E, então, antes que ela tivesse tempo para reagir, pensar ou protestar, sua boca reivindicou a dela.

Ondas de choque percorreram seu corpo e então deram lugar instantaneamente a um prazer intenso, do tipo que fazia os joelhos bambearem. Suas mãos buscaram algo para se agarrar e encontraram segurança em seus ombros. Mas o fogo que irrompeu sob as pontas de seus dedos estava longe de ser seguro. Não havia nada seguro na maneira como sua boca se moldou mais profundamente à dela ou na maneira como sua língua invadiu com um ritmo erótico.

JOGADA DECISIVA

Havia apenas perigo na maneira como ela se entregava livremente a ele, gemendo em aceitação enquanto as mãos encontravam a barra de sua blusa e a levantavam, expondo sua pele ao ar frio e carícias quentes.

Havia apenas perigo na maneira como uma mão deslizou pelas costas e segurou sua cabeça.

Apenas perigo.

Perigo!

Abby o empurrou para longe e virou-se rapidamente. Ofegante, limpou a boca, desesperada para apagar o gosto dele e a humilhação de ser uma conquista tão fácil. Como pôde deixar que ele a afetasse assim novamente? Ela não havia aprendido nada?

Atrás dela, a voz rouca de Devin era o único som audível na sala. Ela sentiu a mão dele em suas costas. Ela tinha que manter a compostura. Não podia permitir que ele visse como a havia afetado. Ela focou em respirar. Inspirar e expirar. Inspirar e expirar.

Então se afastou de seu toque e se virou.

— Uau — zombou. — Você é bom.

O peito dele subia e descia a cada respiração ofegante. Como se ele realmente tivesse sido afetado por ela. *Até parece*. Ela sabia muito bem como eram as coisas.

Ele engoliu em seco.

— Bom?

— Você claramente tem muita prática em todo esse negócio de sedução.

— É fácil quando a atração é mútua.

— Eu não sinto atração por você, Devin.

Ele respondeu em silêncio, arqueando uma sobrancelha perfeitamente bem-feita sobre pálpebras semicerradas. Meu Deus, ele era sexy. Uma pequena voz sussurrava coisas que ela não queria ouvir. Que talvez desta vez pudesse ser diferente. Talvez *ele* fosse diferente.

Não. Esses pensamentos eram perigosos. Ele era um homem perigoso.

Ela precisava escapar. Agora.

Afastou-se, pau da vida com seu corpo traidor – o coração disparado e a falta de fôlego que a deixava zonza. Isto não podia estar acontecendo. De novo, não. Ela não podia ser tão burra outra vez.

— Tenho que ir.

Virou-se e seguiu em direção à porta, e estava quase na metade do caminho quando ele disse:

— Abby, espere.

Ela o encarou novamente.

— Eu já pedi desculpas milhares de vezes pelo que aconteceu naquela época — disse ele. — O que preciso fazer para convencê-la de que mudei?

— Você poderia descobrir quem vazou a informação e puni-lo.

— Já estou cuidando disso.

— Só acredito vendo.

Ele cerrou a mandíbula. Abby observou o músculo se contrair ao longo do maxilar.

— Tudo bem. Presumo que você saiba o caminho da saída.

Reunindo o máximo de dignidade possível, Abby ajeitou a blusa amarrotada e se virou. A porta parecia estar a quilômetros de distância.

— E, Abby?

Desta vez, ela não se virou para encará-lo.

— O que foi?

— Marque um horário da próxima vez.

A única coisa que a impediu de sair em disparada dali foi o seu orgulho. Ela se sentou no banco do motorista e dirigiu o caminho todo com apenas uma mão no volante, enquanto a outra agarrava o celular. Percorreu os contatos até encontrar o número que ela e seu pessoal só ligavam em situações urgentes.

O homem atendeu no segundo toque.

— Sanchez.

— Temos um trabalho pra você.

— Me passe os detalhes.

— Alguém está vazando informações para a imprensa. Preciso que descubra quem é.

— Pode deixar.

Ele encerrou a chamada e Abby jogou o celular no banco ao lado.

Devin estava certo sobre uma coisa, pelo menos. Ela podia ter resolvido esse assunto pelo telefone. Mas uma pequena parte dela – aquela parte ingênua que nunca deixou de acreditar no impossível – estava curiosa para saber: *quem era Devin Dane hoje em dia?*

Agora ela tinha a resposta.

Devin Dane nunca mudou.

Graças a Deus que ela, sim.

JOGADA DECISIVA

— E está na hora de uma última rodada! — Ray Fox ergueu o copo de cerveja vazio. A plateia ao vivo dentro do estúdio se levantou, assoviando e gritando, tão empolgados por conta da testosterona e bebida que o teatro inteiro tremia.

Uma sirene soava, luzes estroboscópicas piscavam, e dos fundos do palco surgiu uma horda de mulheres seminuas que duelavam pela oportunidade de servi-lo como uma de suas garçonetes.

Trajando biquínis que desafiavam a regra da decência, as garotas carregavam enormes bandejas que foram projetadas para tombar e molhá-las com cerveja o suficiente para manter os homens na plateia felizes.

Ray permitiu que uma delas – Rita – lhe servisse outro copo. Ela se inclinou para frente, dando a ele uma visão generosa dos seios voluptuosos. Ele arqueou as sobrancelhas para a câmera. Não era segredo no mundo da TV a cabo que Ray gostava de suas Foxies com cabelos grandes e seios ainda maiores, garantindo-lhe um lugar permanente na "Lista dos Mais Procurados" da maioria dos grupos feministas.

Mas, ei, do ponto de vista dele, se seu show era tão degradante para as mulheres, elas não se colocariam em fila para oferecer a ele um boquete só por uma chance de servir sua cerveja.

Ray deu um tapa na bunda macia de Rita conforme ela se afastava, ganhando um rugido de assovios e aplausos da multidão. Ele sorriu com malícia. Era por isso que eles vinham – por que acampavam o dia todo por um ingresso. Seu show – "O mundo, de acordo com Ray Fox" – era um dos últimos lugares onde um homem podia ser homem. Onde estava tudo bem cobiçar mulheres e beber cerveja. Exatamente como Deus pretendia.

Ele tomou um gole rápido e então levantou as mãos.

— Vamos ovacionar novamente as *Foxies*.

O barulho subiu para níveis quase dolorosos. Ele não havia visto uma plateia tão agitada desde que conseguiu que aquela jogadora de vôlei de praia demonstrasse alguns movimentos em seu programa trajando um biquíni fio-dental. Mas não era luxúria que estava deixando esses homens loucos. Era sede de sangue. O ódio por Nicki Bates percorria cada homem na sala. Ela seria um verdadeiro tesouro para a audiência.

Ele supôs que deveria se sentir culpado, mas não se sentia. Ele realmente não dava a mínima se os *Vegas Aces* ocupassem toda a equipe técnica com mulheres. Mas, obviamente, havia uma tonelada de homens que se importava. E daí se ele se aproveitasse disso?

Faltando trinta segundos para o fim do programa, Ray acenou para seu produtor do lado de fora do palco, e a tela aos fundos projetou, de repente, a foto dela. Copos de cerveja vazios voaram pelo palco, e as vaias sufocaram qualquer outro ruído.

Ele se levantou de um pulo e ergueu o punho cerrado no ar.

— Aqui é o Ray Fox. Acabou.

As luzes vermelhas das câmeras se apagaram, e eles estavam oficialmente fora do ar.

Seu assistente correu para o palco com um celular na mão.

— É ele.

Ray pegou o telefone e saiu do palco, furioso.

— Já não era sem tempo.

— Se você for me insultar, pode esquecer todo esse negócio.

— Não seja ridículo. Eu disse que te pagaria muito bem.

— Eu já te dei a dica sobre a briga esta manhã.

— Certo. E o que conseguiu pra mim esta noite?

Houve uma pausa. Então, o homem disse:

— O que você precisa que eu faça?

— Consiga qualquer coisa que puder. Vídeo. Fotos. Boatos não comprovados. Qualquer coisa.

— Farei o possível.

— Faça melhor do que isso.

Ray encerrou a chamada quando já chegava ao estacionamento. Ele se sentou ao volante de seu Porsche vermelho, o pau já ereto em antecipação.

Uma fonte interna era o melhor tipo de fonte.

Nicki recostou-se à cadeira desconjuntada da sala de vídeo e sufocou um bocejo. Era apenas sete da manhã e ela já se sentia exausta.

Ela teve aquele sonho outra vez. Acabou despertando às três, e não conseguiu voltar a dormir, até que, por fim, desistiu e foi ao campo de beisebol para treinar antes de os rapazes chegarem.

Uma hora excruciante depois, ela tomou banho, trocou de uniforme e foi para a sala de vídeo. Ela pretendia apenas baixar alguns vídeos para um pen drive para mostrar a Zach Nelson mais tarde naquele dia. Em vez disso, sua curiosidade tomou conta, e ela acabou colocando na tela o último jogo do campeonato.

Nicki passou a hora seguinte apertando play e replay, ampliando e diminuindo, estudando cada ângulo, até que não conseguiu ignorar fatos que deveriam ter ficado evidentes desde o começo.

O desempenho de Eric havia sido impecável no monte naquela noite.

Biomecanicamente perfeito.

Cada arremesso estava tecnicamente correto, mas, ainda assim, a bola não cooperava. Era como se alguém mais estivesse dentro do corpo de Eric. A alma de outra pessoa.

O que quer que estivesse errado com ele durante aquele jogo – o que continuava a estar errado – não era algo que ela pudesse consertar com um ajuste de técnica ou uma mudança na empunhadura da bola.

O arremesso podia ser considerado apenas cinquenta por cento na forma como jogar a bola. A outra metade era totalmente mental. Ninguém além do próprio lançador poderia consertar isso.

— Está se divertindo com a minha humilhação?

Nicki se sobressaltou e girou a cadeira. Eric se encontrava recostado ao batente da porta, com os braços cruzados à frente do peito. Ele usava o moletom de treino do time por cima do uniforme. O agasalho era imenso e folgado, mas não escondia absolutamente nada dos músculos definidos de seu tronco. O boné de beisebol estava puxado para baixo na testa, escondendo suas feições.

— Apenas assistindo ao vídeo do jogo — ela disse.

— E o que você percebeu até agora, *treinadora*?

— Que você fez tudo certo naquela noite.

— Mas, mesmo assim, fracassei miseravelmente.

— Alguma ideia do porquê?

Ele se afastou do batente e deu de ombros. Se ele tinha uma ideia, não parecia interessado em compartilhar a informação com ela.

— Não posso corrigir se não souber o que há de errado — disse ela, levantando-se da cadeira.

— Achei que fizesse parte do seu trabalho descobrir isso, *treinadora*.

— Você pode, por favor, parar de dizer *treinadora* desse jeito?

— Ontem mesmo você me mandou te chamar assim. Decida-se.

— O jeito como você fala parece mais como um insulto.

Ele tirou o boné com um suspiro frustrado e esfregou o rosto com a mão. Quando olhou para cima, a lâmpada do teto iluminou coisas que antes estavam ocultas sob a aba de seu boné.

Seus olhos estavam vermelhos e rodeados por olheiras. As rugas na testa estavam mais marcadas, e parecia que ele havia se esquecido de fazer a barba. Seu rosto estava abatido, como se não tivesse conseguido dormir – um visual que ela conhecia muito bem.

Nicki sentiu a irritação suavizar só um pouco.

— Você está bem?

— Não se preocupe, *treinadora*. Minha cabeça está no jogo.

— Você parece cansado.

Os lábios dele se contraíram em um sorriso irônico.

— Pois é, eu nunca durmo bem na cama de outra pessoa.

Facada. No. Peito.

Ele passou a noite com uma mulher.

E estava jogando isso na cara dela.

Provavelmente não havia como esconder sua reação. Ela piscou rapidamente e endireitou a postura. Não se importava com isso. Não se *importaria*. Mesmo que tivesse que repetir mil vezes para que se tornasse verdade, ela não se importaria.

— Você pode dormir em uma cama diferente todas as noites se quiser, Eric, mas nunca mais venha para o campo de treinamento neste estado.

JOGADA DECISIVA

77

Ela se odiou no instante em que as palavras saíram de sua boca. Suas palavras soavam amargas e magoadas, e o sorriso irônico revelou que ele havia notado. Ele parecia um rebatedor correndo pelas bases com toda a arrogância logo depois de ter enviado a bola acima do alambrado.

Ela se virou de costas e se sentou ereta mais uma vez.

— Estou ocupada.

Não percebeu que ele havia se aproximado sorrateiramente por trás até que sentiu a respiração dele arrepiar a nuca.

— Me avise quando quiser oferecer a sua cama no lugar de outra.

Nicki se inclinou para frente, para se distanciar de seu toque.

— Você está a fim de outra joelhada nas bolas?

Ele riu.

Seus dentes praticamente rangeram quando ela cerrou a mandíbula.

— Estou feliz que você esteja achando tudo isso engraçado, Eric. Mas depois do seu desempenho naquele último jogo, você pode querer levar as coisas um pouco mais a sério.

A voz dele perdeu todos os sinais de brincadeira.

— Nossa. Isso foi bem pesado.

— Só estou falando a verdade.

— Tem certeza de que não está apenas chateada por eu não ter dormido em casa ontem à noite?

Ela girou na cadeira e se levantou novamente.

— Vamos esclarecer uma coisa, Weaver. Estou aqui por um motivo, e esse motivo é vencer. Não se iluda pensando que dou a mínima a qualquer coisa além de quão bem você joga a bola.

Eric estremeceu. Foi uma reação tão sutil e passageira que ela quase não reparou. Mas então seu rosto endureceu, e seus passos irritados o levaram em direção à porta.

Ele parou no último segundo para olhar para trás.

— Sabe de uma coisa? Você estava certa ontem, *treinadora*. A garota que eu conheci não existe mais há muito tempo.

Então fechou a porta com um baque.

Nicki encarou a porta por um longo momento, e só depois se acomodou de volta na cadeira, soltando o fôlego que havia segurado. Conforme suspirava, sua atitude mudou e ela se virou para apoiar a testa contra a mesa.

A garota que eu conheci não existe mais há muito tempo.

Ele apenas repetiu as palavras que ela mesma disse, mas doeu.

Ela tinha sido cruel, maldosa e sem nenhum bom motivo, além do que ele havia apontado corretamente. Ela estava brava porque ele esteve com outra pessoa noite passada. Ela estava furiosa porque, no instante em que ele mencionou a cama de outra pessoa, sua mente criou uma imagem dele nu, suado e se contorcendo com uma modelo de lingerie.

Precisava ser honesta consigo mesma. Ela se importava com muito mais do que o desempenho de Eric no monte, e isso era um problema que ela não estava preparada para enfrentar.

Nicki teve sete anos para superar isso. Sete. Esse tempo todo deveria ter sido mais do que suficiente para ela ficar perto dele agora e não sentir nada.

Aparentemente, não era.

A questão era: o que ela faria a respeito?

Ela tinha que começar a colocar a própria cabeça no jogo. Rápido.

Nicki se levantou e fechou os olhos. Em seguida, praticou seu exercício de respiração – profunda e devagar. Ela se imaginou no monte. Sentiu a luva deslizar sobre os dedos. Viu o rebatedor se posicionar. Ouviu o ar enchendo seus pulmões.

Sem emoção. Sem emoção. Era o mantra que costumava recitar para se preparar para um arremesso, para entrar na zona onde nada existia além da bola em sua mão e da base dezoito metros adiante. Sem estresse. Sem medo. Sem intimidação. *Sem emoção.*

Agora, era assim que ela se centrava quando precisava repelir os pequenos traços da garota que costumava ser sempre que ameaçavam surgir. Aquela garota – a que costumava rir, que se deliciava com o friozinho na barriga por conta do toque de um homem, que costumava ter uma vida fora do campo de beisebol – não existia mais.

Ela teve que desaparecer, porque aquela garota era frágil e quebrada.

Nicki nunca mais seria quebrada.

Ela abriu os olhos.

Passou o dedo pela cicatriz.

Era hora de entrar em campo.

O túnel fora da sala de vídeo estava lotado de jogadores, equipe técnica e dezenas de outras pessoas se apressando para chegar aonde deveriam estar.

As chuteiras clicavam no chão de cimento. O zunido de um soprador de folhas lá fora adicionava um zumbido baixo. Risadas masculinas ecoavam pelas paredes enquanto um grupo de ansiosos e esperançosos jogadores novatos e universitários passava. A energia percorria o corredor

JOGADA DECISIVA

de bloco de concreto como uma veia, entregando sangue e oxigênio a um coração batendo.

Era por isso que ela estava aqui. O beisebol *era* seu coração batendo. Tinha sido desde o momento em que ela seguiu Robby pela primeira vez para uma brincadeira de arremessos e pegadas no bairro e jogou a bola como se tivesse nascido para fazer isso. Ela não tinha ideia naquela época de como seria difícil o caminho escolhido, e suportou demais ao longo dos anos para deixar Eric a desviar agora.

A porta do clube se abriu no fim do túnel, e Harper Brody e Cal Mahoney saíram juntos. Ela se desvencilhou da parede para encontrá-los no meio do caminho.

Os dois diminuíram os passos ao vê-la se aproximando e esboçaram sorrisos – o de Cal era caloroso, o de Brody era brincalhão.

Ela estendeu a mão para o último.

— Não nos conhecemos oficialmente ontem.

Brody segurou a mão dela em um cumprimento firme.

— Ainda estou esperando uma resposta para a minha proposta.

— Desculpe. Vou ter que recusar.

Ele soltou os dedos dela e cobriu o coração com uma falsa cambaleada.

Cal deu uma cotovelada nele e revirou os olhos. Como um dos lançadores titulares, a imprensa frequentemente se referia a ele pelo apelido "Thunder", porque seu arremesso rápido tinha a velocidade de uma tempestade repentina – do tipo que aparece do nada e te deixa atordoado. Ele também era um dos favoritos dos fãs, não apenas porque trazia vitórias, mas porque foi dotado de algum tipo de home run genético ao nascer. Ele tinha a aparência de um deus grego – alto, moreno e digno de babar. Nicki evitava homens de um jeito romântico a todo custo, mas não era cega.

Ele estendeu a mão.

— Cal Mahoney.

— Nicki Bates. Estou ansiosa para trabalhar com você.

— Eu também. Vi você arremessar uma vez na faculdade. Um amigo meu jogava pelo *NC State*. Fui a um dos jogos dele e você estava lançando naquele dia.

— Nós ganhamos?

— Você eliminou sete.

Ela sorriu.

— Eu me lembro desse jogo.

— Você ainda arremessa?

— Todos os dias.

— Talvez você devesse fazer parte do time então, não como treinadora. Brody resmungou.

— Puxa-saco.

— Você vai à festa do Devin hoje à noite? — Cal perguntou.

Droga. Ela tinha realmente esquecido disso. Devin estava dando uma festa em sua casa para a equipe de arremessadores. Aparentemente, era algo anual. Ela tinha muito trabalho a fazer – mais filmagens de jogos para analisar, a estratégia que seria trabalhada, um cronograma de exercícios para os novatos. Mas a festa seria uma boa oportunidade para conhecer alguns dos caras e começar a estabelecer seu lugar no time.

Graças a Eric, ela teve um começo difícil. Ele a abalou com suas exigências para que ela desistisse e seu comportamento confuso e contraditório.

Era hora de voltar ao jogo.

De agora em diante, Eric Weaver era apenas mais um jogador.

JOGADA DECISIVA

Devin morava fora de St. Augustine, em um bairro luxuoso, onde as mansões ficavam ocultas por longas entradas de veículos, colinas suaves e imensos ficus. Nicki desacelerou e espiou o número de uma casa em um arco de pedra que se elevava acima de um portão aberto e todo de ferro.

Depois de passar por ele, seguiu a sinuosa estrada pavimentada até que a casa surgiu à vista. Ficou boquiaberta. Uau. Será que Jay Gatsby[2] apareceria passeando por ali?

Nicki parou no centro da grande entrada circular e lançou um olhar para sua roupa. Ela se sentiu malvestida só de estar diante da entrada. Usava jeans, botas marrons até os joelhos e uma bata branca. Este lugar gritava traje de gala.

Por outro lado, esta era uma festa de beisebol. Havia uma boa chance de pelo menos um dos caras estar de sandália papete e com meias.

Um manobrista apareceu ao lado da janela do motorista. Ele abriu a porta de Nicki e estendeu a mão para ajudá-la a sair do carro.

— Boa noite, senhorita.

Ela não conseguiu segurar a risada. Então era assim que vivia a outra metade de um por cento da sociedade. O manobrista pegou as chaves e entregou um bilhete com instruções sobre como solicitar o carro quando ela saísse.

Nicki seguiu um caminho iluminado por tochas e pelos sons misturados de risos e música latina até chegar aos fundos da casa. Sua boca se escancarou de novo. O quintal era tão magnífico quanto a frente. Havia pequenas luzes penduradas sobre um imenso jardim impecavelmente paisagístico, onde mesas de coquetel com toalhas de linho encontravam-se montadas ao redor de uma piscina cintilante, intercaladas com altos aquecedores portáteis para amenizar o clima frio da noite.

---

2 Personagem fictício da obra de F. Scott Fitzgerald, The Great Gatsby, é o arquétipo de bilionários da alta sociedade cujas fortunas podem ser fruto de um passado obscuro.

Pelo jeito, ela foi uma das últimas a chegar. Pequenos grupos de jogadores e funcionários com seus respectivos pares se aglomeravam em torno de mesas de comida e um bar. No lado oposto da piscina, uma enorme tela desmontável de cinema exibia um videogame em ação. Três caras estavam sentados à frente, travando uma batalha épica e sem sentido.

Nicki se sentiu estranhamente solitária conforme sua chegada começava a atrair atenção. Ela observou quando mais de uma mulher se inclinou para o parceiro e cochichou algo nos ouvidos, os olhares voltados em sua direção.

Integrar uma equipe masculina era difícil.

Conhecer as esposas e namoradas podia ser agonizante.

O que fez surgir outro pensamento. *Eric teria trazido a Miss Colchão Horroroso?*

Esqueça isso. Ela não estava nem aí.

Seus olhos escanearam a multidão até que ela avistou um rosto amigável. Hunter Kinsley estava sozinho em uma mesa de coquetel no canto distante da piscina, segurando um copo meio cheio de algo claro. Ele acenou com a cabeça ao reparar em sua aproximação.

Esperava que não aparecesse em seu semblante que ela estava mais do que um pouco deslumbrada por ele. Hunter era um autêntico herói americano cuja história havia sido contada e recontada centenas de vezes em todos os meios de comunicação imagináveis. Ele tinha sido uma escolha de destaque no *draft* quando assinou com os *Aces* em 2000, mas depois que seu melhor amigo de infância morreu vítima dos ataques terroristas de 11 de setembro, no World Trade Center, ele desistiu de tudo para se juntar ao Exército, como um Ranger. Quando voltou para casa depois de perder a perna em uma missão, Devin o contratou para coordenar uma das equipes de ligas de segunda divisão dos *Aces*, e ele conquistou seu lugar onde está agora.

Ele tinha a reputação de ser reservado e antissocial, mas ela sabia que os caras demonstravam um respeito reverente e protetor por ele.

Ela se recostou à mesa.

— Este lugar é de verdade mesmo?

Hunter riu.

— Tive a mesma reação da primeira vez. Mas o Devin é bem tranquilo quando você o conhece melhor.

— Onde ele está? — Ela não o tinha visto quando entrou.

— Ele vai aparecer e ficar um pouquinho só para cumprimentar, mas geralmente passa o resto da noite dentro de casa.

JOGADA DECISIVA

— Ele não participa das próprias festas?

— Ele não quer conhecer os novatos a este ponto.

— Por qu... Aaah... Caso ele tenha que dispensar alguém.

Hunter encarou a água. Constrangedor. Nicki era tão novata por ali quanto os garotos da faculdade.

— Está se adaptando bem? — Hunter perguntou.

— Sim. Estou quase terminando o livro de jogadas iniciais e quero finalizar alguns novos planos hoje à noite para Zach Nelson. Acho que se realmente focarmos a atenção dele em...

Hunter estava rindo.

Ela parou de falar.

— O que foi?

— Você realmente é toda voltada para o trabalho, não é?

Ela piscou, sentindo as bochechas esquentando.

— É quem eu sou.

De repente, Hunter levantou o queixo para cumprimentar alguém atrás deles. Nicki seguiu a direção de seu olhar.

E gritou um pouco por dentro.

Eric se aproximou da mesa deles em um grupo que incluía Cal, Harper Brody e o receptor Riley Quinn. Cada homem carregava uma cerveja e andava com a confiança que só os atletas profissionais pareciam dominar. Eles eram os reis do universo e sabiam disso.

Exceto que Brody estava usando sandálias papetes e meias.

Os caras rodearam a mesa e deixaram as bebidas em cima. Nicki evitou o olhar de Eric, mas sentiu o calor dele queimando sua pele.

— Quer uma bebida, treinadora? — Brody se postou ao lado dela e deu um sorriso bobo que ela passou a achar cativante.

— Não, obrigada. Estou bem por enquanto.

— Eles não fazem *Cherry Bombs*? — A voz de Eric gotejava sarcasmo.

— Que bebida é essa? — Brody perguntou. — Já quero uma.

— É a bebida favorita da Nicki — Eric informou.

— Vou buscar uma pra você — Brody disse. — Quer mais alguma coisa? Camarão? Cubinho de queijo? Um anel de diamante?

Eric rosnou.

— Cala a boca, Brody.

Nicki tentou não cerrar o maxilar.

— Era uma bebida que faziam em um bar de beira de estrada em

Daytona e que nós frequentamos durante o feriado de primavera uma vez — ela explicou a Brody.

Se não tivesse medo de que isso poderia alertar ao resto dos caras, ela teria lançado um olhar furioso para Eric por ele ter mencionado o fato. Apenas os dois sabiam o que ele estava realmente fazendo – trazendo à memória dela tudo o que mais aconteceu durante aquela viagem.

Como se estivesse lendo a mente dela, os lábios de Eric se curvaram em um sorriso zombeteiro.

— Aquela foi uma viagem maneira.

— Pra dizer a verdade, eu sempre me arrependi, sabia?

O sorriso dele desapareceu.

— Você vai se esconder na minha casa hoje à noite de novo? — Cal perguntou, alheio à discussão silenciosa entre Eric e Nicki.

— Não sei — respondeu ele, olhando diretamente para ela. — Ainda não decidi.

Espera... O quê?

Duas coisas aconteceram ao mesmo tempo.

Eric sorriu.

E ela percebeu que havia sido enganada.

Suas narinas dilataram quando ela inspirou com raiva.

— Você passou a noite na casa de Cal ontem?

— Ele tem o novo *game* do Madden.

— Pensei que você não dormisse bem em camas de estranhos.

Cal intercalou o olhar entre os dois.

— Por que tenho a sensação de atropelei alguma conversa interna entre os dois?

— Que lance é esse de camas estranhas? — perguntou Brody.

O tema do assunto rapidamente mudou para outra coisa, mas a mente de Nicki ainda estava conectada com a mentira de Eric. Ela queria sair correndo, mas sabia que isso só levantaria suspeitas. Então ficou por agonizantes cinco minutos antes de, finalmente, se afastar da mesa.

— Se vocês me dão licença, acho que vou dar por encerrada a minha noite.

— Mas você acabou de chegar — Brody resmungou.

Ela fingiu um bocejo.

— Estou bem cansada.

Tremendo por dentro e por fora, Nicki obrigou as longas pernas a obedecerem a seus comandos enquanto atravessava por entre a multidão

JOGADA DECISIVA

em direção ao caminho que ladeava a casa.

— Nicki, espera. — A voz de Eric atrás dela soava baixa, porém com um toque insistente.

Ela o ignorou e continuou caminhando.

— Nicki, qual é...

Por fim, ela parou e se virou se uma vez.

— Vá em frente. Pode se gabar. Acabe logo com isso.

— Não é o qu...

— Por que você mentiu pra mim?

— Eu não menti.

— Você me deixou pensar que havia passado a noite com uma mulher. — Ela bufou um resmungo. — Quer saber de uma coisa? Não interessa. Não estou nem aí.

Ela se virou e olhou de um lado ao outro em busca do manobrista, mas a voz de Eric mais uma vez a impediu de seguir adiante.

— Passei a noite na casa do Cal para evitar o meu pai.

E, assim, do nada, ele lançou uma bola de efeito que mudou todo o jogo.

Seus passos diminuíram, e quando ela se virou para encará-lo, esqueceu por um momento o motivo para estar com tanta raiva. O sorriso arrogante que a havia provocado com a menção da bebida já não estava ali. As mãos dele estavam enfiadas nos bolsos, os ombros curvados. Ele parecia tão *pequeno*. Em todo o tempo que conhecia Eric, a única pessoa que exercia esse efeito nele era o seu pai.

Chet Weaver era como uma estrela cadente em declínio, quente e estufada que queimava tudo e todos ao redor. Principalmente, Eric. A maioria dos fãs de beisebol não fazia ideia de que por trás da figura pública e amigável do futuro membro do Hall da Fama, Chet Weaver não passava de um alcóolatra cruel que havia traído a esposa várias vezes e que obrigou o filho a arremessar durante uma noite inteira até que a mão estivesse em carne viva.

O pomo-de-adão de Eric tremeu conforme ele tentava engolir.

— Ele apareceu sem ser convidado há dois dias. Não consigo fazer ele ir embora, e eu não podia lidar com ele ontem à noite, então o Cal me deixou ficar na casa dele em vez disso.

A vulnerabilidade latente em seu rosto fez o coração dela se apertar.

— Por que você não me disse isso esta manhã?

— Eu poderia ter contado para a Nicki, mas eu não tinha certeza de quanto eu confiava na *treinadora Bates*.

— A treinadora Bates se importa com qualquer coisa que afete seu desempenho, Eric.

Ele estremeceu mais uma vez.

— Você realmente se arrepende daquela viagem?

Ela resmungou e desviou o olhar para o lado. Eles não estavam chegando a lugar algum. Era assim que eles agiriam um com o outro pelo resto do treinamento? Ela ficaria exausta dentro de alguns dias, sem falar que sofreria de um severo caso de torcicolo ao tentar acompanhar suas mudanças de humor.

— Temos que parar com isso, Eric. Temos que parar de discutir e... — Ela gesticulou com as mãos. — Fazer o que quer que seja isso. Se não conseguirmos encontrar uma maneira de trabalhar juntos, ambos vamos nos queimar.

— Então talvez devêssemos passar algum tempo nos conhecendo de novo.

Ela bufou uma risada. Claro. Exceto que a expressão dele era séria mesmo.

— Você tá maluco? Você e eu não podemos passar tempo juntos. Ray Fox praticamente ofereceu uma recompensa por fotos incriminadoras de nós dois.

Ele exalou um resmungo frustrado como se ela estivesse sendo irracional.

— Você pode pelo menos me dar uma carona de volta ao estádio?

As sobrancelhas dela se juntaram.

— Por que você precisa de uma carona?

— Eu vim pra cá com o Cal. Meu carro ainda está no estacionamento. Ninguém pode ficar chocado sobre nós dois irmos juntos para o campo.

— E a festa?

— Prefiro ficar com você.

Ela ficou boquiaberta.

— Tudo bem. Mas você tem que parar com isso.

— Parar com o quê?

— Pare de olhar para mim desse jeito.

— E como estou olhando para você?

Ela gesticulou com as mãos.

— Desse jeito aí.

— Desculpa, Nicki. Este é só o meu rosto.

Ela reprimiu um gemido e se virou.

— Tudo bem. Vamos lá.

O manobrista saiu do nada do meio de um canto escuro. Ele pegou o tíquete da mão dela e se comunicou baixinho pelo walkie-talkie, então informou que o carro chegaria em alguns instantes.

JOGADA DECISIVA

Foi o momento mais longo da vida dela. Nenhum dos dois dizia nada. Ela não fazia ideia do que Eric estava pensando, mas a mente dela girava e mais se parecia a uma roda de hamsters. Quanto mais rápido ela corria, mais os pensamentos a perseguiam.

O carro dela parou à entrada circular. Ela nem ao menos esperou pelo manobrista e já foi rodeando a frente para se acomodar ao volante. Eric a seguiu em silêncio, sentando-se no banco do passageiro enquanto ela lutava para não olhar para ele.

Isso, de repente, pareceu uma péssima ideia.

— Você está calada — disse ele, à medida que ela seguia pela longa estrada.

— Estou bem — mentiu.

Ela *não* estava nada bem. Estava inquieta e nervosa ao lado dele no carro, onde o perfume de seu sabonete a dominava, e seus ombros impossivelmente largos preenchiam o banco do passageiro. E estava irritada por notar tudo isso. Não queria notar a veia forte de seu antebraço repousando preguiçosamente no console entre eles. Não queria notar o timbre profundo de sua voz. E ela, principalmente, não queria notar os pelos escuros que espiavam pela gola da camiseta desbotada do *Dallas Cowboys*.

Porque se ela notasse tudo isso, sua mente imediatamente se lembraria de como aqueles pelos escuros se espalhavam deliciosamente sobre o peitoral musculoso. Ela seria forçada a se lembrar de quando enroscava os dedos naqueles tufos e esfregava a bochecha contra a pele, pressionando logo em seguida os lábios sobre a pele firme abaixo.

Nicki abaixou a janela ao lado. De repente, ela precisava de ar.

Meu Deus, ela era linda. Eric fez de tudo para não a encarar, mas isso era como pedir a um homem faminto para ignorar um bufê.

O cabelo dela balançava com a brisa que entrava pela janela aberta, e o brilho do painel digital iluminava os lábios carnudos. Eric quase teve um colapso quando ela chegou à festa. Ela ainda vestia a calça jeans – o tecido moldando-se a cada músculo tonificado –, e completava o visual com aquela bota marrom na altura dos joelhos, do tipo que as mulheres usavam, provavelmente, porque sabiam que todo homem sonhava em arrancar fora. Se ela estivesse usando um biquíni fio-dental não teria ficado mais sexy do que aquilo.

É claro que ele já a havia visto trajando um biquíni antes, e o visual era sexy pra cacete também. Ainda mais quando ela o usou para se esgueirar no quarto dele de hotel, tarde da noite naquelas férias de primavera, e ficou parada lá no meio, com um convite tímido em seu semblante.

"— *Posso ir embora, se você quiser* – disse ela.
Ele balançou a cabeça em negativa, mal conseguindo falar.
— *Vem cá.*
Ela se aproximou da cama bem devagar. Ele admirou cada passo dado, o olhar ardente e faminto diante da visão. Quando os joelhos de Nicki tocaram a beirada do colchão, ele afastou as cobertas e os olhos dela pousaram diretamente na prova inequívoca do quanto ele a queria.
Com um grunhido, ele a puxou pelos quadris. Então inclinou-se adiante e pressionou os lábios num ponto específico pouco acima do umbigo. Ela entremeou os dedos no cabelo dele e um gemido escapou de seus lábios.
Eric ergueu o olhar.
— *Sabe há quanto tempo tenho sonhado com você me procurando no meio da noite?*
— *Sabe há quanto tempo eu queria fazer isso?*"

Nicki podia até querer evitar esse tipo de lembrança, mas ele as revivia vezes o suficiente que chegava a ser embaraçoso.

JOGADA DECISIVA 89

Ele tinha sido parcialmente honesto com ela antes, sobre o lance de deixá-la pensar que havia passado a noite com outra mulher. Tudo bem que ele não se sentia nem um pouco à vontade em admitir que esteve se escondendo de seu pai. Mas a maior verdade era que quando entrou na sala de multimídia e a encontrou pressionando o botão de replay no erro mais humilhante de sua carreira... Bem, o que ele poderia dizer? Medo e vergonha raramente revelavam o seu lado maduro.

E se realmente quisesse ser sincero – pelo menos consigo mesmo –, queria ver como ela reagiria à ideia de ele estar com outra pessoa.

Então, sim. Muito maduro mesmo.

— Você está fazendo isso de novo — ela murmurou.

— Fazendo o quê?

— Olhando para mim.

— Desculpe. Eu não consigo evitar.

— Tente.

Alguns minutos depois, ela entrou na garagem do estacionamento do estádio e ocupou a vaga que lhe fora atribuída.

— Chegamos — disse ela. — Desce.

Ele a ignorou.

— O que vamos fazer, Nicki?

— Não sei o que você vai fazer, mas eu vou para casa.

— Não é isso que eu quero dizer.

Ela suspirou e recostou a cabeça contra o suporte do assento.

— Eu sei. Só estou tentando evitar essa conversa.

— Por quê?

— Porque estou cansada. Eu só quero fazer o meu trabalho, Eric. Só quero ir para casa, assistir a alguns vídeos dos jogos, e fazer o *meu* trabalho.

O cansaço na voz dela fez com que ele se sentisse um idiota, especialmente porque sabia que era o causador disso.

— Eu não facilitei as coisas para você, não é?

Ela virou a cabeça para olhar para ele, a surpresa iluminando seu semblante.

— Não, você não facilitou.

Eric esfregou o rosto com as mãos. Pedir desculpas nunca deixava um gosto muito bom em sua língua, mas ele ao menos tentaria.

— Eu sinto muito. Você estava certa ontem. Eu pensei na situação toda mediante as minhas necessidades. Não parei para pensar em como minhas ações estavam te afetando.

— Eu meio que já estou acostumada a isso.

Ai. Essa doeu. Foi como uma bola rápida verbal.

— Você ainda quer que eu desista, Eric?

— Não. — Ele balançou a cabeça em negativa e encarou o para-brisa. — Essa foi a coisa mais imbecil que já te pedi pra fazer.

— Aceito suas desculpas. Isso significa que você está disposto a trabalhar comigo?

— Não sei — ele admitiu; por quê, não? Eles estavam, aparentemente, tentando ser honestos um com o outro, para variar, e não era como se ele já não tivesse se revelado um egoísta.

— Bem, eu preciso que você descubra isso e rápido. Porque meu trabalho depende do seu.

Ele piscou.

— O quê? Como assim?

— Sou uma contratação temporária.

— Eu sei, mas o que isso tem a ver comigo?

Ela olhou para Eric como se ele tivesse acabado de pular de paraquedas de outro planeta.

— O que você acha? Estou tanto em período de teste quanto os universitários. Se eu não conseguir trazer você e todos os outros de volta ao nível competitivo, serei descartada antes do início da temporada.

Eric cerrou os punhos, um zumbido retumbando em seus ouvidos. Não. Ah, não, merda! Ele mal reconheceu sua voz quando disse:

— Como você pode concordar com isso, Nicki?

— Você vê algum outro time da Liga principal batendo na minha porta? Essa era minha chance.

Ele esfregou o rosto novamente e reprimiu o grito de frustração entalado em seu peito. Então, agarrou a maçaneta da porta.

— Eric, olhe para mim.

Ele a encarou na mesma hora.

— Temos que encontrar uma maneira de trabalhar juntos.

— Mas eu nem sei o que há de errado, Nicki! — Sua voz ecoou pelo espaço confinado do carro. — Você não entende isso? Estou avariado e não sei como consertar!

Ela rebateu em igual medida:

— Então pare de lutar contra mim e me deixe te ajudar! Porque goste ou não, precisamos um do outro.

JOGADA DECISIVA

Precisamos um do outro. As palavras o feriram novamente, desta vez em lugares dentro dele que já estavam machucados.

Eric abriu a porta e saiu.

Ela se inclinou sobre o console.

— Eric, escute...

Ele a interrompeu, a voz mais áspera do que pretendia:

— Você é inocente demais, Nicki. Esta mercadoria aqui está danificada.

Então fechou a porta com força e se afastou.

Eric soube o momento exato em que Nicki entrou no vestiário na tarde seguinte. Não por tê-la ouvido ou visto. Nem mesmo porque alguém disse o nome dela. Ele simplesmente soube. O corpo dele rastreava o dela como uma espécie de radar.

Ele apoiou as mãos em seu armário e abaixou a cabeça. Ele a ouviu pedir a Zach Nelson para acompanhá-la por um momento, e então soube o instante exato em que ela saiu do ambiente. O ar se tornou mais frio sem ela.

— Você está bem aí, cara?

Eric endireitou a postura, mas não olhou para Cal.

— Só estou cansado — mentiu. — Seu sofá é uma droga.

Cal deu uma risada.

— Você vai voltar para casa algum dia?

Esfregando o rosto, Eric respondeu:

— Assim que meu velho for embora.

— Quanto tempo isso vai levar?

— Olha, se você não quer que eu fique na sua casa, é só dizer.

— Caramba, mano. Quem estragou o seu dia?

O destino. O destino tinha estragado o seu dia. Caracas, ele estava cansado.

— Seu mau humor tem algo a ver com Nicki?

O olhar de Eric se fixou em Cal.

— Por que você acha isso?

— Sério? Você acha que sou burro, é?

Eric pensou em retrucar, mas parou. Cal não merecia sua irritação. Abaixando o tom de voz, encarou os próprios pés ao dizer:

— É tão óbvio assim?

— Você quer dizer além do fato de que você saiu da festa ontem à noite e não voltou mais? Ou o fato de que você rosna como um cão raivoso para qualquer um que olha para ela? Sim, é óbvio. — Cal retirou o moletom de treino. — Qual é o lance?

Eric sentou-se no banco para desamarrar os tênis. Ele não devia contar nada a Cal, porque Nicki o mataria, mas o cansaço provou ser um poderoso soro da verdade.

— Foi há muito tempo. — Encarou Cal com um olhar severo. — E se ela souber que te contei até mesmo isso, ela vai arrancar as nossas bolas.

— Então vocês namoraram, ou o quê?

Namoraram. Que palavra idiota. Não, eles não haviam namorado. Eles se amavam. O tipo de amor verdadeiro que faz o resto do mundo desaparecer.

Até que ele estragou tudo.

— Sim — admitiu, por fim. — Nós namoramos.

— E aí?

E eu a amava mais do que o ar que eu respirava.

— E então eu fui convocado. Fim da história.

Eric tirou os tênis.

— Escolheu o jogo errado, hein? — Cal disse, o desgosto escorrendo de seu tom de voz ao usar a frase que os jogadores de beisebol utilizavam para classificar o jogo antes das mulheres em suas vidas.

— Algo assim. — Eric poderia ter esclarecido, mas não estava cansado o suficiente para se humilhar tanto.

— Hmmm... — murmurou Cal, atraindo a atenção do amigo.

— O quê?

Cal deu de ombros.

— Nada. — Ele se levantou e deu um tapinha nas costas de Eric. — Vamos, cara. Eu te compro uma cerveja lá no bar do Mac.

Eles tomaram uma ducha e se trocaram rapidamente, então foram ao bar em carros separados. O celular de Eric tocou no banco do passageiro, mas ele ignorou a chamada quando viu que era o pai ligando.

O bar já estava quase lotado de jogadores e equipes técnicas quando Eric e Cal chegaram. Uma mesa no canto estava, extraoficialmente, separada para a "diretoria". Eric cumprimentou com um aceno de cabeça a Hunter, Devin e Todd Marshall, porém nenhum deles acenou de volta.

Eric e Cal sentaram-se nos lugares costumeiros ao balcão.

— O que está rolando com eles? — Eric perguntou, gesticulando o queixo em direção à mesa do canto.

— Não faço ideia.

Mac se aproximou, apoiando o cotovelo na bancada.

— Budweiser?

— Jameson — disse Eric. — Puro.

Cal começou a rir.

— Uísque? Você vai se sentir uma merda amanhã.

— Eu já me sinto assim. Eu poderia muito bem tornar isso oficial.

Mac colocou um copo vazio na frente dele, jogou dois cubos de gelo dentro e despejou uma dose generosa do líquido âmbar. Depois, abriu uma Budweiser para Cal.

Cal brindou sua garrafa contra o copo de Eric.

— Saúde.

Eric bebeu o uísque e sentiu o líquido ardente descendo pela garganta. Ele nunca foi muito de beber. Pelo menos não as bebidas fortes. Ser filho de um alcoólatra costumava ter esse efeito em um cara, mas cerveja não seria suficiente naquela noite. Ele estava planejando ficar bêbado. Bem bêbado, a ponto de esquecer de tudo.

O celular dele tocou de novo. Seu pai. Que saco. O que diabos ele queria?

Eric ignorou a chamada e ergueu o copo vazio para sinalizar a Mac que queria outra rodada. A bebida acabara de aparecer na frente dele quando o telefone tocou pela terceira vez.

— Talvez você devesse atender — disse Cal.

— É o meu pai.

— Então você, definitivamente, deve atender.

Eric reprimiu a irritação diante do tom de Cal. Ele não precisava de uma lição de moral de um cara que cresceu em uma família que poderia ter sido retratada em uma pintura de Norman Rockwell. O pai de Cal era tudo que Chet não era.

O telefone tocou de novo. Droga. Eric pegou e deslizou a tela.

— O que é? — ele rosnou.

— Joe Wheeler ligou de novo. Tentei convencê-lo a desistir.

O uísque azedou na garganta.

— Convencê-lo a desistir do quê?

— Ele disse que tinha uma responsabilidade jornalística de noticiar isso.

Eric nem se deu ao trabalho de perguntar do que seu pai estava falando. Ele já sabia a resposta. Seu humilhante segredo estava prestes a ser revelado.

— Sinto muito — disse Chet. — Eu disse a ele para nunca mais me ligar, se isso serve de alguma ajuda.

— Não ajuda.

Eric encerrou a chamada e clicou no ícone do navegador na web.

JOGADA DECISIVA

— O que está acontecendo? — perguntou Cal.

Eric abriu no site do USA Today e cerrou a mandíbula. Lá estava. O banner central da seção esportiva, para que todo o mundo pudesse ver:

Os *Aces* estão pensando em colocar Eric Weaver na temida bullpen, a área de *relievers*.

Ele nem se deu ao trabalho de ler a matéria. Entregou o celular a Cal, pegou o copo de uísque e entornou de um gole só.

— Porra, cara — Cal disse. — Isso é verdade?

Eric pediu outra dose a Mac.

— Sim.

— De acordo com o site, não é uma coisa definitiva.

— E você realmente acredita nisso?

— Há quanto tempo você está sabendo?

— Há tempo o suficiente.

Outro copo de uísque foi colocado diante dele. Eric tomou de um gole e fez uma careta por conta da ardência. O líquido aterrissou no estômago como um murro, mas pelo menos ele já estava começando a ficar anestesiado.

— Acho que agora a gente sabe o que está rolando com eles — disse Eric, apontando mais uma vez para a equipe no canto. Os filhos da puta com certeza sabiam que a matéria seria veiculada, e nenhum deles teve a gentileza de contar antes?

Ergueu a mão e pediu mais uma bebida. Não importava o que fizesse agora, o fantasma do *bullpen* – o banco de lançadores reservas – sempre assombraria cada um de seus movimentos. Cada home run que o time adversário fizesse, cada base alcançada, tudo seria analisado pela imprensa como prova suficiente de que os *Aces* ficariam muito melhores se o tirassem de campo no início do jogo.

— Acho que seria uma boa ideia você dar uma maneirada, mano — Cal disse.

— Por quê? Para que eu possa treinar lançamentos amanhã? Não vai adiantar de nada.

— Vai adiantar, sim. Isso não acabou.

Eric deu um soco no balcão.

— Acabou. Já acabou há um tempo. Você me viu no último jogo. Você me viu por toda a última temporada. Estou acabado.

Cal se remexeu na banqueta e se recostou ao balcão.

— Com essa atitude, você está certo.

— Você não entende. Eu desisti de tudo por causa do jogo. *Tudo*.

— Bom, talvez seja esse a porra do problema. Já chegou a pensar nisso?

— Não me venha com sermão, cara. Você tem tudo. Eu não tenho nada a não ser o jogo.

Cal congelou no lugar. Só então Eric percebeu o que havia falado. Esfregando o rosto com força, disse:

— Me desculpa, cara. Eu não quis di...

Mas era tarde demais. Cal se levantou da banqueta.

— Vou chamar um táxi pra você. Te vejo amanhã.

— Cal, me desculpa.

Seu amigo deu dois passos adiante, mas parou e se virou no último instante, voltando para dizer:

— Olhe ao seu redor, Eric. Você acha que isso importa? Pensa que isso vai durar pra sempre? — Cal engoliu em seco. — Mesmo que você seja colocado no banco ou não, uma hora tudo isso aqui vai ter acabado. E, aí, o que você vai ter? Você pode até achar que vai ter tempo depois para resolver as coisas com as pessoas da sua vida, mas não tem. Você acha que eu não abriria mão de cada minuto no monte para passar mais tempo com a Sara?

Eric oscilou em direção ao amigo.

— Cal... desculpa.

Cal agarrou o ombro de Eric e impediu que ele caísse no chão.

— Converse com a Nicki. Diga a ela como você se sente de verdade. Hoje à noite. E conserte as coisas com o seu pai, porra. Nada mais importa, a não ser as pessoas a quem amamos. Nada.

Então ele se foi. Eric exalou um longo suspiro e apoiou os cotovelos no bar. Ele encarou o espelho antigo que ficava logo atrás das garrafas de uísque. Ele mal conseguia distinguir seu reflexo por conta de décadas de sujeira e a névoa alcóolica. Mas ele não gostava daquilo que conseguia ver. De um só gole, entornou o restante da bebida, sentindo a vergonha o dominar.

Ele precisava de ar. Levantou-se e largou o dinheiro perto do copo vazio antes de sair com passos trôpegos até a porta. Assim que tocou na maçaneta, a porta se abriu de supetão quando Kas entrou no bar.

Que ótimo. A última pessoa que Eric queria ver.

Eric se afastou um pouco para dar passagem, mas Kas se postou na frente dele.

JOGADA DECISIVA

— Weaver, cara. Já está indo?

— Sai da frente.

— Qual é, mano. A gente tem um monte de coisas pra conversar. Fiquei sabendo que você vai se juntar a nós no *bullpen*.

Eric rangeu os dentes.

— Talvez seja o melhor, você não acha? — Kas caçoou.

Eric tentou contorná-lo outra vez, mas Kas continuava bloqueando o caminho.

— Só que tenho que admitir que fiquei surpreso. Considerando a treinadora Bates e tudo mais como sua tutora pessoal.

Eric grunhiu sem perceber. Seu cérebro o mandava ignorar a ofensa, mas todo o resto estava mais do que disposto a cair na porrada.

— Ela é mandona na cama? Mulheres que assumem o controle são o maior tesão.

Tudo aconteceu em segundos.

Eric ergueu o braço.

Então deu um belo soco.

Kas caiu de joelhos no chão, berrando e segurando o nariz.

Mac gritou. Cadeiras tombaram. Um monte de gente correu até eles. Alguém agarrou o braço de Eric, mas ele deu um safanão para se libertar.

Esse cretino já era. Já *deu* sobre essa coisa de ficar difamando Nicki.

Eric agarrou a gola da camisa de Kas e o levantou à força. Kas fez um ruído que era um misto de grito e gemido doloroso.

A porta se abriu outra vez e alguém entrou correndo.

Eric girou Kas e o arremessou contra a parede. Foi um erro de estratégia, já que deu tempo suficiente para alguém agarrá-lo.

Eric conseguiu se soltar e avançou.

Alguma coisa o acertou. Talvez um punho. Ele mal sentiu o golpe. Ele era um indivíduo com um único propósito. Tudo mais era apenas um ruído ao redor.

Kas desabou contra a parede. Eric o agarrou pelo colarinho outra vez.

— Se você alguma vez disser outra coisa sobre ela, porra, eu vou te matar.

— Eric, pare com isso! — Ele mal ouviu a voz acima da fúria que martelava em seus ouvidos. Mas a voz parecia a de Nicki, e isso o fez tropeçar.

De repente, ele foi empurrado para trás. Harper Brody o segurava por um braço e Riley Quinn pelo outro.

Kas riu. *Gargalhou.* Sangue escorria como um riacho do nariz dele e gotejava pelo queixo.

— Caracas, mano. Eu só *tava* brincando contigo, mas você realmente está se pegando com ela, não é?

— Cala a boca, Kas! — A ordem partiu de Brody, mas Eric mal ouviu, porque estava, de repente, encarando Nicki.

— Do lado de fora — disse ela. — Agora.

Ele ergueu as mãos. Tentou desacelerar a respiração. Pela primeira vez, sentiu o latejar no rosto. E em algum ponto abaixo do braço.

Merda. O que diabos ele havia feito?

Nicki praticamente empurrou Eric para o banco do passageiro antes de dar a volta pela frente do carro e se acomodar ao volante. Eric estava tombado no banco, e ela teve que agarrá-lo pela camiseta para endireitá-lo no assento.

— Não se atreva a desmaiar aqui.

— Desculpa. — Saiu embolado.

— Que merda há de errado com você? Por que você continua fazendo isso?

Eric limpou uma gota de sangue do nariz.

— Ele estava falando de você.

— Não vire essa merda para mim. Isso é problema seu.

Nicki sentiu uma dor incômoda o dia todo por ele e por causa dele. Ela não podia fechar os olhos sem ver a expressão aflita quando ele falou sobre o pai ou ouvir sua voz áspera dizendo que era uma "mercadoria danificada".

Quando Cal ligou dizendo que Eric precisava de uma carona, ela quase se negou. Mas, então, disse:

— Chego aí em cinco minutos.

A última coisa que ela esperava era entrar e dar de cara com uma briga. Uma *briga*.

Maldito Eric!

Ela ligou o carro e arrancou, rezando para que ninguém estivesse com um celular apontado na direção deles.

— Você vai me levar para casa?

— Estou tentada a te jogar direto no oceano.

— Me perdoa.

— Pare. De. Falar.

Eric aparentemente era obediente quando estava bêbado, porque não disse mais uma palavra durante o trajeto de vinte minutos até sua casa. No entanto, ele olhava o tempo todo para ela, e isso foi muito perturbador.

Ela entrou na garagem com rapidez e revirou os olhos quando ele começou a se atrapalhar para soltar o cinto de segurança.

Balançando a cabeça, murmurou:

— Espere aí. Eu vou te ajudar.

Ela saiu e foi para o lado do carona. Ele conseguiu abrir a porta, mas ainda estava preso pelo cinto. Nicki se inclinou sobre seu corpo para procurar a trava enterrada ao lado do quadril, mas ao fazer isso, sentiu a barra de sua camiseta sendo erguida pelos dedos dele.

Ela deu um pulo e recuou.

— Desculpa — ele murmurou. — Você tem uma tatuagem.

Ele apontou para os símbolos chineses pretos na lateral do corpo. Ela puxou a camiseta para baixo para cobrir a tatuagem e seu constrangimento.

— O que significa?

Ela ignorou a pergunta.

— Vou chamar seu pai.

A porta da frente se abriu antes mesmo de Nicki bater. Chet saiu, o olhar pousando além dos ombros dela. Ele praguejou e saltou da varanda.

Nicki olhou para trás a tempo de ver Eric despencar de lado do banco do passageiro e se esparramar no chão, de costas e com os braços abertos. Uma perna ainda estava presa na porta do carro.

Praguejando, ele esticou a perna e conseguiu se soltar e se levantar, encarando o pai.

— O que você ainda está fazendo aqui?

Seu corpo inteiro estava retesado, rígido como granito. Ele lembrava um animal selvagem, mas Nicki não podia dizer se ele era o predador ou a presa. Tudo o que sentiu foi uma urgência absurda de segurar a mão dele, e esse sentimento foi tão surpreendente quanto a onda de instinto protetor que fez seu peito doer.

— O que aconteceu? — Chet perguntou a ela.

— Ele bebeu um pouquinho além da conta.

Chet praguejou mais uma vez.

— Vamos ajudá-lo a entrar.

— Eu me viro — Eric murmurou, cambaleando conforme se afastava das tentativas do pai em ajudar.

— Lá em cima — Chet ordenou.

Eles o seguiram até o quarto, e Eric sem a menor cerimônia desabou na cama. Então ele se encolheu e agarrou as costelas.

— Vamos ajudá-lo a se sentar — Nicki disse.

O olhar de Eric estava focado no rosto dela, mas Nicki se recusava a

JOGADA DECISIVA

101

ceder e olhar para ele. Ficar assim tão perto, em um ambiente tão íntimo, já era difícil. Ela temia não ser capaz de manter a distância necessária se olhasse no fundo dos olhos dele. Ainda mais quando sua pele ainda sentia o formigamento por conta do toque dos dedos de Eric.

— Preciso dar uma olhada nas suas costelas — Nicki disse. — Você consegue tirar a camiseta?

Ele agitou as sobrancelhas.

— Achei que você nunca fosse pedir isso.

As bochechas dela ficaram vermelhas com o comentário, mas não por conta da vergonha, e, sim, por causa das ardentes e nem um pouco bem-vindas lembranças.

Eric agarrou a barra da camiseta e a retirou. Fez uma careta quando largou a peça no colchão. Nicki mal reparou no desconforto dele, pois seus olhos, de repente, ganharam vontade própria.

Seu olhar começou a percorrer os ombros fortes, descendo pelo peitoral esculpido. Uma tatuagem tribal que ela nunca havia visto se entremeava entre o ombro e o bíceps esquerdo. Seus olhos avançaram ainda mais ao sul, pelos cumes trincados de seu abdômen e pela trilha de pelos escuros que apontava em direção ao...

Eric deu uma risadinha.

— Já tem um tempão desde que você olhou pra mim desse jeito.

— Para com isso, Eric — Chet resmungou. — Você está envergonhando a Nicki.

O comentário de Chet só piorou as coisas.

— O que *sguinifica* a sua tattoo? — perguntou ele, todo engrolado.

Ela o ignorou.

— Diga o lugar onde acha que pode ter se machucado.

Eric ergueu o braço esquerdo e indicou um ponto acima das costelas. Ela colocou as mãos no local e ignorou o choque que sentiu em seus dedos.

— Aqui?

Ele assentiu. Pressionando gentilmente a área avermelhada, ela notou quando Eric encolheu em resposta. Suavizou o toque, mas continuou a palpar a região, sentindo o alívio a dominar conforme movia para cima e para baixo.

— Acho que não quebrou nada, mas coloque um pouco de gelo esta noite e peça para a equipe médica dar uma olhada amanhã.

Ele grunhiu e abaixou o braço. Nicki se afastou, precisando de distância e um pouco de ar fresco, e mais uma vez ele desabou no colchão, com as pernas penduradas pela beirada.

Chet segurou uma delas e arrancou o sapato de Eric, que tentou afastar o pé.

— Me deixa em paaaaz.

Nicki revirou os olhos e assumiu a tarefa.

— Deixa comigo.

Eric deu uma um sorriso besta de bêbado.

— Você *xirando* a minha roupaaa...

— Eric — o pai o advertiu mais uma vez.

Eric apontou um dedo trêmulo para Chet.

— Dá o fora. Isso é entre *bim* e minha garota.

— Não sou sua garota, Eric.

Ele pousou uma mão sobre o coração.

— Você é aqui.

Chet deu uma risada e o rosto de Nicki ficou ainda mais vermelho.

Eric continuou, alegremente alheio:

— Quero dizer... teve outras mulheres.

— Meu Deus, Eric, cale a boca — Chet praguejou e lançou um olhar de desculpas a Nicki.

Ela manteve o olhar focado no chão, mais porque não queria que Chet identificasse em sua expressão como as palavras de Eric a haviam magoado.

— Mas não ligo pra nenhuma delas. Elas foram só uma *d-distraxão*... porque elas não eram você, Nicki.

Chet se dirigiu à porta do quarto.

— Tudo bem, acho que você pode assumir daqui.

Não, ela não podia.

— Chet, espera...

Eric segurou o braço de Nicki, os olhos, subitamente, nítidos.

— A irmã do Cal está morrendo.

Ela piscou diversas vezes diante da mudança brusca de assunto.

— Eu sei.

— Ele disse que preciso dizer a você como me sinto antes de ser tarde demais.

Algo semelhante a um choque elétrico percorreu o corpo de Nicki.

— Você contou ao Cal sobre a gente?

Ou ele não ouviu a pergunta que ela fez, ou preferiu ignorar.

JOGADA DECISIVA

— Não posso ser colocado no *bullpen* — murmurou. — Não posso.

— Eric...

— Não posso desapontar meu pai. Não posso decepcionar você.

As palavras embriagadas, tão vulneráveis e verdadeiras, apagaram toda e qualquer raiva que ela sentia. Nicki desistiu de fingir que não se importava. Ela se sentou ao lado dele na cama e apoiou uma mão em seu rosto. Os pelos ásperos da barba fizeram cócegas na palma e trouxeram de volta o brilho das manhãs há muito tempo esquecidas. Ele se parecia tanto com o homem que uma vez já fora – o jovem rapaz por quem ela se apaixonou –, e o arrependimento se tornou uma dor física.

— Por que você está fazendo isso consigo mesmo, Eric?

Ele virou o rosto para se aninhar ao toque feminino.

— Por que você acha que é uma mercadoria danificada?

— Ele estava lá — murmurou.

Eles estavam mantendo duas conversas diferentes.

— Quem estava lá? Onde? Do que você está falando?

— No jogo. Eu olhei pra cima no primeiro arremesso, e ele estava lá. Nas arquibancadas.

— Quem?

— Eu decepcionei *ele*. Eu decepcionei todo mundo.

— De quem você está falando, Eric? Quem estava no jogo?

— Meu pai.

Chet. Ele esteve assistindo ao jogo das finais. Claro. As equipes de transmissão fizeram um auê por causa disso. Eles o colocaram na área dos familiares. Até mesmo o entrevistaram pouco antes do jogo.

O maior jogo da carreira dele, e Eric ficou, mais uma vez, à sombra dominante de Chet Weaver – o homem a quem Eric nunca conseguiu agradar.

E foi aí que ela se deu conta. Da triste verdade.

Eric estava sozinho.

Ele não tinha ninguém a quem recorrer quando sua mãe morreu. Chet se mostrou um inútil. Eric não tinha irmãos com quem compartilhar o luto, nem tios ou primos próximos o suficiente numa hora daquelas. Nenhum grande amigo para lhe dar apoio, com exceção de Cal. Ele não tinha nada além do jogo, e isso não era nem de longe o bastante.

Não era de se estranhar que ele estivesse com tanta dificuldade no monte. Por que ela não pensou nisso antes?

Foi como se uma venda tivesse sido arrancada de seus olhos e ela pudesse vê-lo; realmente vê-lo, pela primeira vez. Foi-se a névoa que coloria tudo por trás de um filtro de raiva, passado e traição. Ela o viu não como o homem que a deixou, mas o homem em quem ele se tornou desde então. Um homem que havia sofrido, que havia crescido, que havia amadurecido. Um homem que havia conhecido uma perda esmagadora.

Nicki não queria sentir nada, mas não podia evitar. Ela se recostou a ele e apoiou a cabeça em seu ombro. Ele enrijeceu por um instante, mas então se virou de lado e a abraçou. Em um único movimento, ele a puxou para a cama com ele e enterrou o rosto em seu pescoço.

Cada sentido se aguçou em seu abraço. Toque. Gosto. Cheiro. Som. O mundo se afunilou em pequenos pontos de clareza, exatamente como sempre acontecia quando ele estava por perto. Era como se sua imaginação fosse uma nuvem e ele, por si só, fornecesse a lente que tornava a vida vibrante e colorida.

Ele se agarrou e a segurou como se estivesse se afogando em mar aberto e ela fosse um bote salva-vidas. A rachadura em seu coração se tornou um abismo. Alguém havia abraçado esse homem desse jeito depois da morte de sua mãe?

Ela não podia se dar ao luxo de sentir isso. Não podia se permitir sentir qualquer coisa, mas seu botão de *nenhuma emoção* estava quebrado. Seu coração estava martelando no peito, rejeitando todas e quaisquer tentativas de fazê-lo se acalmar e se calar.

A voz de Eric se tornou um murmúrio fraco quando sussurrou em seu pescoço:

— Eu preciso de você, Nicki.

Foi um milagre ela ter conseguido falar qualquer coisa.

— Então, por que você me deixou?

Não recebeu nenhuma resposta.

Ele havia apagado.

Nicki inspirou fundo. Ela conseguiu se desvencilhar dos braços pesados, assim como de sua confissão, e disparou para longe da cama.

Ela parou e enfiou as mãos pelo cabelo, o olhar percorrendo todo o quarto. Uma pilha de roupas sujas transbordava de um cesto de lona em um canto. As duas gavetas superiores de sua cômoda estavam abertas. Uma fileira de garrafas plásticas de água, vazias, se amontoavam na mesinha de cabeceira.

Eric costumava ser meticuloso. Ela se convenceu, depois de uma aula de psicologia durante seu terceiro ano, que era a maneira que ele encontrou

JOGADA DECISIVA

de manter algum tipo de controle em sua caótica vida doméstica de outra época, de reprimir as coisas que não queria ver.

Agora parecia que tudo havia transbordado. O passado havia explodido em seu presente até que tudo o que restava era uma confusão bagunçada e emaranhada.

Ela se virou e observou o movimento constante do peito forte. Mais lembranças se atropelaram, indesejadas e queridas ao mesmo tempo. Memórias de beijos e risadas, de promessas e votos.

De lágrimas e confusão.

Ela precisava sair dali.

Nicki desceu a escada correndo e encontrou Chet na cozinha preparando uma compressa de gelo. Ele olhou para cima quando ela entrou.

— Obrigado por trazê-lo para casa.

Ela não estava com humor para amenidades.

— O que você está fazendo aqui? Não consegue ver o que está fazendo com ele?

Ele soltou uma risada.

— É isso que eu gosto em você, Nicki. Você sempre ficou do lado dele.

Ela piscou, surpresa.

— Parabéns, a propósito — ele disse. — Pelo emprego. Merecido e atrasado.

Quem diabos era esse homem? O Chet Weaver que ela conhecia era lento para elogiar e rápido para zombar.

Nicki passou a mão pela cabeça.

— Olha, você vai precisar deixá-lo sóbrio para que ele possa jogar amanhã. Presumo que você seja muito bom nisso.

— Vou fazer isso. E sou muito bom mesmo.

Ela começou a sair, mas parou e fechou os olhos, subitamente envergonhada pelas palavras maldosas. Então se virou e disse:

— Desculpe. Eu não deveria ter dito isso.

— Por que não? É a verdade e eu mereço.

— Não é da minha conta.

Ele fechou o saco com a compressa de gelo e o colocou de lado.

— Claro que é. Eric é sua responsabilidade.

Palavras simples, mas pesadas com uma história complexa. Eles também trouxeram de volta algo que Eric havia dito durante a discussão deles no escritório do clube, quando perguntou sobre sua cicatriz.

"— Você é da minha conta.

Ela se afastou de seu toque.

— Desde quando?

— Desde o dia em que te conheci."

Sim, Eric era responsabilidade dela. Assim como ela foi a dele.

Só que, agora, eles eram apenas colegas de equipe. O coração dela saltou uma batida outra vez.

— Você me lembra a Melody, sabia?

A mãe de Eric. O que diabos ela deveria responder a isso?

— Eric já te contou que a mãe dele estava aqui para o treinamento de primavera quando percebemos pela primeira vez que algo estava errado?

Nicki recuou até a ilha onde Chet estava.

— Não.

Chet olhou para a geladeira.

— Ela estava pegando um pote de picles. Caiu de sua mão, e ela não conseguiu pegá-lo de volta. Seus dedos não funcionavam.

Picles. Eric poderia comer um pote inteiro em uma única refeição.

Chet ficou quieto por um momento enquanto olhava para o chão em frente à geladeira antes de, por fim, olhar para Nicki novamente.

— Eles não podem testar para ELA[3]. Você sabia disso?

Ela balançou a cabeça em negativa, assombrada pela informação dada por Chet.

— Eles têm que descartar um monte de outras coisas com os mesmos sintomas antes de chegar a isso — disse ele.

— Quanto tempo demorou para obter um diagnóstico?

— Meses.

— Foi por isso que você finalmente ficou sóbrio?

Seus lábios se contorceram com a pergunta impertinente.

— Não. Isso aconteceu um ano antes de ela ficar doente. — Ele deu uma risada desprovida de qualquer humor. — Ela teve um bom ano comigo antes de descobrir que ia morrer.

Ele olhou para as mãos.

— Eles deram a ela três anos. Ela aguentou um.

— Sinto muito.

— Estou aqui agora por causa dela. Ela me pediu, antes de morrer, que eu consertasse meu relacionamento com Eric.

---

3   ELA: Esclerose Lateral Amiotrófica, também conhecida como Lou Gehrig, é uma doença grave e neurodegenerativa, sem causa específica ou cura.

JOGADA DECISIVA   107

— E como está indo?

— Não muito bem até agora, mas pelo menos ele não me expulsou. Ele me disse no funeral que nunca mais queria me ver, então isso é progresso.

Ah, Eric. Nicki cobriu a boca com a mão para abafar a dor silenciosa. Ela fechou os olhos e balançou a cabeça.

— Por que você está me contando tudo isso?

— Porque Eric precisa de você.

Não. Era tarde demais. Ela abriu os olhos.

— Sou apenas a treinadora dele, Chet.

— Você tem certeza disso?

— Nós terminamos há sete anos. Acabou.

Chet inclinou a cabeça, uma pergunta cintilando em sua feição.

— Ele nunca te contou.

— Contou o quê?

— Sobre o motivo para ter terminado com você.

Seu estômago revirou.

— Do que você está falando?

Chet bufou uma risada triste e se virou, agarrando o balcão.

— Foi por isso que rolou tudo aquilo lá em cima. Você nunca soube.

— Nunca soube o quê?

Ele a encarou novamente.

— Você está me dizendo que esse tempo todo, por todos esses anos, você pensou que ele te largou só porque ele foi convocado?

Ela concordou com um aceno, alarmes soando em sua cabeça.

— Não, Nicki — disse Chet. — Foi minha culpa.

— Sua culpa? Como...?

— Ele terminou com você porque eu disse para ele fazer isso.

Uma vez, Nicki assistiu à implosão de um prédio no campus da universidade onde ela estudava. Houve um rugido ensurdecedor quando as bombas explodiram uma a uma, seguido de um silêncio chocante e uma rajada de vento quente.

As palavras de Chet tiveram o mesmo impacto.

— O-o q-que você quer dizer com isso?

— Ele ia te pedir em casamento. Ele queria te dar a aliança que dei à mãe dele. Mas quando ele me contou, eu surtei. Disse que ele estava jogando a carreira fora. Disse que ele acabaria ficando com raiva de você, assim como fiquei com raiva da mãe dele.

Um ruído estranho ecoou nos ouvidos de Nicki. Só então ela percebeu que era o som de sua respiração acelerada.

Ele ia te pedir em casamento.

— Não. Isso não, quero dizer... Por quê? Por que você está me dizendo isso?

— Porque você merece saber da verdade.

Ela balançou a cabeça em desespero.

— Não. Não quero saber de nada disso. Por que você tinha que me dizer isso?

Ela se virou e saiu em disparado da cozinha.

— Nicki. — Ele a perseguiu por todo o caminho até a porta. Em seguida, estendeu o braço e a manteve fechada. Quando ela olhou para cima, deparou com o semblante angustiado. — Eu te disse, porque ele precisa de você.

— Eu sou apenas a treinadora dele. Só a treinadora. — A mentira saiu em um ofego débil.

— Ele está em um caminho ruim, o mesmo caminho que eu segui uma vez. Ele acha que o jogo é tudo o que importa, que não é ninguém sem o jogo, porque foi isso que eu o fiz acreditar. Eu estava errado. Mais cedo ou mais tarde, ele vai cair. Ele vai precisar de alguém para pegá-lo quando isso aconteceu. E acho que você é a única capaz.

Ah, meu Deus. Como as palavras podiam realmente machucar fisicamente? Nicki empurrou o braço dele para longe e abriu a porta.

Quando chegou ao carro, as mãos estavam tremendo.

Ao chegar no fim da rua, todo o seu corpo tremia loucamente.

Quando chegou em casa, estava anestesiada.

Robby estava sentado no sofá, levantando pesinhos e assistindo TV quando ela entrou. Ele olhou para cima e imediatamente largou os halteres.

— O que aconteceu?

Ela engoliu em seco e caminhou até a cozinha.

— Isso é por causa do Eric?

Ela pegou uma garrafa de água da geladeira e a abriu com dedos trêmulos.

— O que ele fez?

Nicki abaixou a garrafa, mas se recusou a olhar para ele.

— Preciso ir lá e conv...

— Não. Deixe isso para lá.

Robby suspirou e se recostou à bancada central da cozinha.

— É óbvio que alguma coisa está acontecendo.

— Você chegou a conversar com Eric depois que nós terminamos?

Ele se remexeu no lugar, franzindo o cenho.

— Por quê?

— Eu só quero saber.

Robby esfregou o queixo.

— Muito pouco.

— O que você disse?

— Eu disse que se ele chegasse perto de você novamente, eu daria uma surra nele. E que a nossa amizade estava acabada.

Ela estremeceu.

— Sinto muito.

— Por quê? Ele fez a escolha dele.

Só que ele não havia feito de verdade. Sua mente tentou relembrar todos os detalhes daquele dia – detalhes que ela havia se esforçado tanto para esquecer. Ele deu algum sinal que ela não enxergou, de que não queria realmente deixá-la?

Não. Ela não deixou passar nada despercebido. O relacionamento deles era firme. Quando ela soube que ele havia sido convocado, eles conversaram muito sobre como o que deviam fazer para as coisas continuarem dando certo. Eles até mesmo avaliaram o calendário de jogos para descobrir quando poderiam se encontrar. Eles fizeram amor e promessas.

Na noite anterior à sua partida, eles decidiram sair para comemorar. Nicki até comprou um vestido novo.

Ela entrou no carro dele em frente ao seu prédio e se inclinou sobre o console como sempre fazia para beijá-lo, mas ele virou a cabeça.

— *Precisamos conversar.*

Nicki recuou para o assento dela.

— *O que há de errado?*

Eric entrou no trânsito e fez um retorno.

— *Para onde você está indo? O restaurante é para o outro lado.*

— *Acho melhor nos sentarmos e conversar por um tempo.*

Ela sentiu a primeira pontada de incerteza. Ele nem sequer olhava para ela, o que não era do feitio dele. Ela geralmente tinha que pedir que ele parasse de a encarar para que pudesse dirigir. Seu olhar pousou nas mãos apertando o volante com firmeza.

— *O que está acontecendo?*

Os músculos da garganta dele se apertaram quando ele engoliu.

— *Só espere, beleza?*

— *Não. Você pode me dizer agora o que há de errado?*

Ele praguejou baixinho e entrou bruscamente no estacionamento de um shopping center, estacionando diante de uma pizzaria. Em seguida, esfregou o rosto com as mãos.

— *Eric, você está me assustando.*

— *Eu preciso...*

Ele parou e engoliu em seco novamente. Depois, apertou o volante com força e pressionou a testa contra os nódulos dos dedos.

Nicki desafivelou o cinto e se inclinou, então envolveu o braço dele com a mão.

— *Eric, por favor.*

Ele virou a cabeça e olhou para a mão dela. Xingando novamente, se endireitou no assento. E se transformou diante dos olhos dela. Desapareceu o homem que ela amava. Sumiu a ternura no olhar dele que sempre acelerava o coração dela. Sumiu o sorriso gentil que ele reservava somente para ela. Até a voz soou diferente quando ele, finalmente, disse:

— *Temos que terminar, Nicki.*

Nicki se afastou. Ela tinha que ter ouvido errado. Ou isso era uma pegadinha. Sim. Uma brincadeira de muito mau gosto, por sinal, mas uma brincadeira. Tinha que ser. Ela tentou dar uma risada.

JOGADA DECISIVA

— *Meu Deus, Eric, você me assustou pra cacete.*

Só que quando ele olhou para ela, não havia o menor sinal de que era uma brincadeira. Ela perdeu o fôlego na mesma hora. E se agitou no assento.

— *P-por quê?*

— *Não podemos mais continuar com isso. Preciso estar focado no jogo.*

O jogo.

Ele continuava falando. Alguma coisa sobre não ter tempo e que precisava viajar demais e tinha que estar concentrado no jogo.

Ele estava terminando com ela porque havia sido convocado. Ela era AQUELE tipo de garota. Aquela que era abandonada quando a liga principal convocava o atleta. O jogo antes de tudo.

Esse era o tipo de história das antigas, uma que ela nunca sonhou em fazer parte, porque eles não eram AQUELE tipo de casal. Eles se amavam.

Ou ela pensava que se amavam.

Nicki encarou o para-brisa.

— *Me leve pra casa.*

— *Que merda, Nicki. Eu sei que você entende. O jogo tem que vir primeiro.*

— *Me leve pra casa.*

— *Então, é isso? É tudo o que você tem a dizer?*

O que mais ela poderia dizer? Não dava para competir com o amor pelo jogo.

— *Dirija, ou vou descer e voltar a pé.*

Eric praguejou baixinho e fez outro retorno. Ele acelerou com raiva até o apartamento dela. Parou no mesmo lugar em que a havia buscado mais cedo.

Será que tinha sido apenas há alguns minutos que ela checou pela janela para ver se ele já havia chegado, sentindo o corpo formigar de ansiedade só diante da reação dele ao vestido que ela usava? Ele adorava vê-la usando vermelho. E sempre disse isso.

Nicki estendeu a mão para a maçaneta, e Eric a segurou pelo braço.

— *Espera.*

Ela continuava encarando o vazio à frente.

— *O que foi?*

— *Eu sinto muito. Talvez quando as coisas estiverem mais ajeitad...*

— *Não.* — *Ela se afastou do toque dele e abriu a porta. Em seguida, fechou com força para abafar o som de sua voz pedindo que esperasse um pouco. Ouviu os passos pesados atrás de si antes de entrar pela portaria do prédio.*

Porém, nunca olhou para trás.

— Nicki, o que está acontecendo?

Ela piscou diversas vezes para bloquear as lembranças e olhou para o irmão.

— Ele não terminou comigo por causa do jogo. Ele fez isso porque o pai mandou.

O rosto de Robby ficou vermelho de raiva.

— Ele te disse isso?

— O Chet que me contou. — Ela relatou os poucos detalhes que Chet havia compartilhado.

— Isso é mentira — Robby rosnou. — Ele tinha 23 anos. Era um homem adulto, porra. Essa merda não passa de uma desculpa esfarrapada.

— Você sabe como Chet era. Sabe como o relacionamento deles era complicado.

— Não dou a mínima se o Chet apontou uma arma pra cabeça dele. Você não joga fora uma mulher a quem diz amar.

Nicki abriu a garrafa d'água e bebeu metade do conteúdo. Ela não ingeria álcool mais e se arrependeu por um instante disso. Porque... não seria bom poder se jogar a apagar como Eric tinha feito mais cedo?

— Mesmo que isso seja verdade — Robby continuou —, o que importa agora? Como isso muda alguma coisa?

Ela jogou a garrafa de plástico no compartimento de reciclagem.

— Nada — respondeu, apenas para aplacá-lo. — Não muda nada.

Mas isso era uma mentira.

O mundo inteiro havia mudado.

A própria base na qual ela havia construído sua vida tinha se deslocado, como placas tectônicas se movendo sob seus pés. Os tremores a enviaram cambaleando para seu quarto com as pernas trêmulas, o estômago embrulhado.

Era quase mais fácil acreditar que Eric tinha apenas feito o que tantos outros jogadores faziam quando eram convocados. Se ele a tivesse abandonado para se concentrar no jogo e em todas as suas recompensas, ela quase poderia justificar tudo que rolou depois disso.

Ela poderia justificar os sacrifícios que fez, o isolamento completo enquanto se dirigia para um objetivo específico.

Ela poderia justificar o mantra que havia definido toda a sua vida. *O jogo é tudo que importa.*

Ela poderia justificar a pessoa em quem ela havia se transformado.

Nicki chegou ao banheiro a tempo. Seu jantar subiu em uma ânsia dolorosa que a levou aos joelhos. Traição e confusão eram um coquetel tóxico em suas veias, e ela não sabia se seria capaz de expulsá-los completamente.

Ela se despiu e entrou no chuveiro, ajustando a água para a temperatura mais quente. Então, deixou a água lavá-la, deixou as gotas escaldantes atingissem a pele até que não conseguisse sentir mais nada.

Por puro hábito, coçou distraidamente o local no braço onde seu implante contraceptivo estava. Ela tomava a pílula com Eric, mas parou depois que ele a deixou. Então, por três semanas após o ataque, quando aguardou em total agonia que a menstruação descesse – mesmo que seu médico tivesse garantido que seus exames de sangue não indicavam a presença do hormônio gestacional –, ela jurou que nunca mais se permitiria ser tão indefesa, tão *desprotegida*, novamente. Ela tinha um implante desde então.

Sentou-se no piso do chuveiro enquanto perguntas giravam em sua mente. E se ela tivesse ficado sabendo da verdade? Será que teria doído menos quando ele foi embora? E, se a resposta fosse 'sim', será que sua colega de quarto teria insistido em arrastá-la para aquela festa?

E a pergunta mais difícil de todas... Se ela soubesse a verdade, ela teria estado sozinha naquele beco?

— É isso aí. Coloca tudo pra fora. — Chet dava tapinhas nas costas de Eric enquanto ele vomitava as tripas no vaso sanitário na manhã seguinte.

Eric esticou o braço para trás, mas não atingiu o pai.

— Dá o fora daqui.

— Desculpa, mas fiz uma promessa muito séria à sua treinadora de que o colocaria em forma para o dia de hoje.

Ele ouviu o barulho do chuveiro sendo ligado e sentiu as gotículas de água. Ele se encolheu com um grito.

— É, tá frio, e vai ser uma droga, mas você tem que entrar debaixo da ducha.

Eric gemeu e desabou no piso do banheiro.

— Por favor, me diga que foi só um pesadelo.

— Qual parte?

— A parte em que eu disse pra Nicki que dormi com outras mulheres.

— Desculpa, filho. Você praticamente fez uma serenata para todas as suas outras namoradas.

Eric gemeu novamente, e Chet começou a rir.

— *In vino veritas*[4].

— Vá se ferrar.

— Entre no banho. O café da manhã estará pronto quando você tiver terminado. Se não sair em dez minutos, eu vou voltar.

Eric deu um jeito de se levantar do chão, mas não se incomodou em tirar a cueca antes de engatinhar para dentro do boxe. O choque térmico causado pela temperatura fria da água foi doloroso contra o corpo combalido. Como diabos ele seria capaz de arremessar hoje? Droga, como ele daria conta de fazer *qualquer* coisa hoje? Ele apoiou as mãos contra os azulejos e deixou que o frio se instalasse nos ossos. Tudo doía. A cabeça. Os músculos. O estômago.

Seu coração.

---

4   Tradução livre do latim: No vinho está a verdade.

JOGADA DECISIVA   115

Ela o havia abraçado... aninhado. Havia envolvido todo o seu corpo com o dela como se estivesse tentando protegê-lo.

Minha nossa. Ele era um maldito cartão piegas de Dia dos Namorados.

Livrou-se da cueca molhada e esfregou os resquícios da noite anterior. Ele se secou com a toalha e se vestiu com o maior cuidado – cada movimento era como uma marretada em sua cabeça. Foi preciso parar inúmeras vezes e se se curvar com as mãos apoiadas nos joelhos para recobrar o fôlego.

Quando finalmente saiu do banheiro, estava se sentindo um pouco melhor. O telefone tocou enquanto terminava de se vestir, e leu a mensagem na tela com os olhos ainda turvos.

> Você está vivo?

Era uma mensagem de Cal.

Eric digitou uma resposta.

> Mal e porcamente.

> Que bom. Vou te pegar aí em 20 minutos.

Vinte minutos. Seria tempo suficiente para pensar numa desculpa adequada pelo que disse a Cal noite passada? Seus dedos pairaram acima das teclas, mas só conseguiu digitar uma palavra.

> Valeu.

O cheiro do café da manhã atraiu Eric até a cozinha, porém só de ver a pilha de ovos mexidos, batatas e presunto nas mãos de seu pai o fez desejar morrer. Chet colocou o prato sobre a bancada central, junto com um copo cheio de um líquido viscoso e verde que embrulhou o estômago de Eric.

— Que diabo é isso?

— Vitamina verde.

— Parece vômito.

— É uma mistura de couve, espinafre e frutas.

— *Couve?* Quem é você, porra?

— Experimente. Você vai gostar.

— De jeito nenhum.

— Anda logo, Eric. Você tem que comer.

Ele se sentou na banqueta, em frente ao prato, e tentou dar uma mordida com cuidado. Depois mais outra. E mais outra. Então, seu estômago aceitou a oferta e ele devorou a refeição. Ele praticamente podia sentir as batatas absorvendo o álcool. Deus do céu, que merda ele estava pensando noite passada?

— Acabou? — Chet estendeu a mão para pegar o prato.

Eric assentiu, aliviado por ter conseguido balançar a cabeça e não morrer no processo. Chet levou o prato sujo para a pia, deu uma enxaguada e colocou na lava-louças.

Eric abriu e fechou a boca duas vezes antes de, finalmente, disparar a palavra que parecia ter dificuldade em dizer:

— Obrigado. — Deu uma tossida. — Pelo café da manhã.

Chet olhou para o filho por cima do ombro.

— De nada. Está se sentindo melhor?

— Vou sobreviver.

— E como estão as costelas?

— Está tudo bem.

Chet se virou, secando as mãos com o pano de prato.

— Tem uma coisa que acho que preciso te dizer.

Ótimo. Ele fez alguma coisa noite passada e que não conseguia se lembrar? Saiu correndo pela rua? Pediu o cachorro do vizinho em casamento?

Chet coçou a barba por fazer.

— Eu contei a verdade a Nicki... sobre o porquê você terminou com ela.

Eric precisou agarrar a borda da bancada para impedir a queda.

— O que você acabou de dizer?

— Contei pra ela que fui eu que te mandei terminar.

— Não. — Uma camada de suor frio recobriu sua pele. — Você não tinha o direito.

— Por que você a deixou pensar o contrário?

Porque a verdade era muito humilhante.

— Ela merecia saber a verdade, Eric.

Uma onda de náusea o fez correr pelas escadas até o banheiro, mas o vômito não saiu de jeito nenhum. Agarrado ao vaso sanitário, ele ouviu o som dos passos do pai chegando ao batente da porta.

Eric não ergueu a cabeça. Era incapaz de fazer isso.

Na sua cabeça, ele se levantou de um pulo, avançou em direção ao pai e o jogou contra a parede. Na sua mente, ele gritou como um animal selvagem até Chet se tremer todo de medo.

Na realidade, Eric baixou ainda mais a cabeça e fechou os olhos.

— Você está bem, filho?

— O que ela disse?

— Quase nada. Ela saiu daqui correndo.

Eric se dirigiu à pia e abriu a torneira na água fria, então lavou o gosto amargo da boca. Ele jogou água no rosto e na nuca, mas isso não aliviava a ardência da humilhação.

— Eric, eu não entendo por que você mentiu pra ela.

Eric se virou.

— Sério? O que eu deveria ter dito, pai? *Claro, amor. Eu sei que fizemos muitos planos, mas sou um covarde de merda e não quis enfrentar o meu pai, então, a gente tem que terminar.* É isso o que deu deveria ter dito?

— Isso é verdade? Você ficou com medo de me peitar?

Eric retesou a postura.

— Você sabe que sim. Por isso você me mandou terminar. Por isso você fez tudo o que fez. Eu era a merda do alvo perfeito para as suas próprias e malditas inseguranças.

Ele saiu do banheiro e esbarrou no ombro do pai. Ouviu o som do motor do carro de Cal quando ele parou na calçada. Pegou sua bolsa de ginástica da cozinha e saiu de casa fechando a porta com força. Era uma criancice, mas o fez se sentir bem pra caramba.

— Você está um horror — Cal disse, assim que Eric se sentou no banco do carona.

— Foi uma noite difícil.

— Fiquei sabendo.

— Você precisa ver o estado do outro cara.

Cal deu uma risada debochada, enquanto Eric engoliu de volta a nova onda de náusea.

— Eu sinto muito pelo que eu te disse, Cal.

— Eu sei disso. Está tudo bem.

— Não está coisa nenhuma. Eu fui um babaca egoísta e insensível.

— Então, e desde quando isso é novidade?

Eric recostou a cabeça no banco e ficou em silêncio, dando uma risada de alívio quando Cal disparou pela estrada. O alívio teria uma breve duração, porque ele ainda tinha que encarar Nicki. O que ele diria? Ele achou que a experiência mais humilhante que já teve na vida foi ver o fim da sua carreira escrito em letras gigantes na manchete do USA Today. Como as coisas mudaram rapidamente.

O telefone de Eric começou a vibrar.

Uma. Duas. Pelo amor de Deus. A porcaria estava querendo saltar de dentro do bolso da calça.

Erguendo um pouco o quadril, pegou o celular do bolso e viu que havia uma enxurrada de notificações de tweets na tela. Levou apenas um segundo para se dar conta do que estava vendo, e quando seu cérebro finalmente assimilou, o conteúdo do estômago quase voltou de novo.

Ray Fox tinha fotos deles.

Devia existir algum tipo de regra universal que dizia que seu mundo estivesse virado de ponta-cabeça, o tempo faria uma pausa até você se ajustar. Nicki não entendia isso.

Depois de uma noite maldormida, ela tinha que encontrar Abby e David na sala de reuniões do estádio para discutir estratégias sobre o gerenciamento dos perfis de redes sociais dela. Às oito horas da manhã.

Se dependesse de Nicki, ela não teria nenhum perfil nas redes sociais. Era como ser observada pelo mundo inteiro, vinte e quatro horas por dia. Mas Abby insistiu.

— O preço do sucesso, querida — ela disse.

Então, lá estava Nicki, semiacordada, emocionalmente dilacerada, enquanto David falava sem parar sobre *hashtags* e chats no Twitter.

O telefone sempre presente de Abby, de repente, tocou. Nicki aproveitou a oportunidade para se levantar e alongar o corpo, mas quase dez segundos depois, Abby desligou e direcionou o olhar para Nicki.

— Você levou o Eric para casa do bar ontem à noite?

O estômago de Nicki deu um nó.

— Sim. Por quê?

— Ray Fox tem fotos.

David acessou o site de Ray Fox enquanto ela falava.

Nicki contornou a mesa para olhar por cima do ombro de Abby. Ela e Abby praguejaram ao mesmo tempo. As fotografias eram escuras, mas nítidas. Era como se alguém tivesse seguido os dois e tirado as fotos no momento perfeito para dar uma impressão completamente errada.

A primeira mostra Nicki se inclinando em direção a ele no carro. A segunda mostrava Eric dando um sorriso embriagado para ela. A terceira era do carro dos dois se afastando.

Fotografias inofensivas, mas que combinadas com as insinuações incessantes de Ray Fox, se tornaram um pesadelo.

— Ai, meu Deus. — As palavras saíram em um ofego.

Nicki teve que se segurar no encosto da cadeira de Abby. Ela não achava que poderia aguentar mais um choque no sistema após a bomba que Chet jogou em seu colo na noite passada.

— Ele tuitou um link dois minutos atrás — informou David, clicando no Twitter.

Nicki observou enquanto David fazia uma busca rápida pelo nome dela. A bile subiu na garganta quando os resultados apareceram.

O tweet sarcástico de Ray Fox já tinha sido retuitado quinhentas vezes. *"Apenas amigos? Aham, claro."*

A porta da sala de reuniões se abriu subitamente. Eric entrou, furioso. Ele estava péssimo. Olheiras. Mandíbula tensa. Expressão sombria.

O coração de Nicki deu um salto no peito, o que a fez querer gritar.

Seus olhos fizeram uma rápida varredura na sala antes de retornar para ela.

— Nicki, preciso falar com você. A sós.

— Vocês dois, sozinhos, já causaram estrago suficiente — retrucou Abby.

Nicki desviou o olhar.

— Estamos no meio de uma crise, Eric. O que quer que você precise conversar comigo terá que esperar.

— Não pode esperar.

Nicki olhou para Abby.

— Sinto mui...

Eric disparou:

— Você não precisa pedir desculpas por isso, Nicki, ainda mais para ela. Qualquer um que achar ruim o fato de você ter me dado uma carona para casa pode ir se foder.

— Que maravilha — Abby caçoou. — Vou deixar por sua conta para escrever uma declaração. Isso deve resolver as coisas rapidamente.

O telefone dela tocou outra vez, atraindo sua atenção para a tela.

— Fox Sports.

Mantenha a calma. Sem nenhuma emoção. Nicki precisa manter a cabeça focada no jogo. Suspirou fundo e encarou Abby.

— O que devemos fazer?

— Nicki, por favor — Eric pediu.

Abby o interrompeu:

— Se você não tem a intenção de dar entrevistas, então temos apenas três opções. A primeira é ignorar tudo isso por completo, o que não reco- mendo; a segunda é você dar uma resposta simples no Twitter, em uma tentativa de fazer pouco caso disso; e a terceira é que podemos dizer a verdade. *Toda* a verdade.

JOGADA DECISIVA

— Não. — De jeito nenhum.

Abby bufou e agarrou um punhado do próprio cabelo.

— Você vai me matar desse jeito!

— Puta que pariu! — Eric gritou, de repente.

Todo mundo congelou.

Eric parecia mal ser capaz de falar por entre os dentes cerrados:

— Eu. Preciso. Conversar. Com. A. Nicki. *A sós.*

— Não posso falar com você agora, Eric. Não consigo. — Ela odiava a debilidade de sua própria voz. Tão frágil.

— Nós temos que conversar. Não dá pra deixar isso de lado.

Abby pigarreou de leve.

— Por que tenho a impressão de que há algo muito mais comprometedor aqui do que apenas aquelas fotos?

As bochechas de Nicki ficaram vermelhas.

A assessora suavizou a voz ao dizer:

— Nicki, entendo sua relutância. Eu sei muito bem o que é ser uma mulher nesse meio. Mas não tenho como fazer o meu trabalho se você continuar mentindo pra mim. Então, veja o que vou fazer: David e eu vamos deixar vocês dois sozinhos por cinco minutos. Quando eu voltar, ou você me conta a verdade, ou estou fora. Estamos entendidas?

Ela não esperou pela resposta. Saiu da sala e David fechou a porta ao passar.

Eric não perdeu tempo. Acabou com a distância entre os dois, dizendo:

— Nicki, meu pai te contou...

Ela ergueu a mão e recuou alguns passos.

— Não importa, Eric.

Ela tinha planejado evitá-lo o dia inteiro, e esse era o motivo. Porque ela sabia que no instante que eles tivessem a chance de conversar, o assunto seria exatamente esse.

Ela não podia fazer isso. Não podia *se tornar isso.* Havia fotos publicadas que precisavam de uma explicação, e um time inteiro de beisebol contava com ela; além disso, havia um monte de fãs esperando por autógrafos, e inimigos a perseguindo em becos escuros.

Então, ela decidiu fazer com ele a mesma coisa que ele fez anos atrás.

Ela mentiu. Porque as mentiras eram a única verdade em que ela podia confiar.

— Não interessa o motivo pelo qual você me deixou — disse ela. — Eu não estaria onde estou hoje se você não tivesse feito isso.

Ele tropeçou para trás como se ela tivesse lhe dado um golpe.

E o golpeou outra vez.

— O fato de você ter terminado comigo me fortaleceu, Eric. Me obrigou a manter o foco. Você fez com que eu me desse conta de que se queria realmente uma carreira, eu precisaria sacrificar tudo.

A voz dele se tornou sombria e áspera:

— E como isso está funcionando pra você?

— Acho que tão bem quanto funcionou pra você.

Ele vacilou. Engoliu em seco. Estremeceu. Enrijeceu a postura de novo.

— Mentira. Eu podia estar bêbado ontem à noite, mas me lembro de você me tocando. A maneira como me abraçou.

Sem emoção. Sem emoção. Sem emoção.

— Olhe nos olhos, Nicki, e diga que não sente mais nada por mim.

— Não importa o que eu sinto por você.

— Importa para mim.

A única coisa que os separava agora era um espaço ínfimo, mas havia um abismo de arrependimento poderoso. Ela recuou, com medo de se jogar em cima dele. E quando abriu a boca para falar, não tinha certeza se podia confiar em sua voz.

— Eu preciso que você dê uma passada no escritório da equipe médica para dar uma olhada nas suas costelas.

— Então é isso? Você voltou a ser apenas a *treinadora*?

— É tudo o que eu posso ser, Eric.

Ele deu um passo para trás e se virou. Seus movimentos eram lentos, aflitos. Ela imaginou que seu coração tinha a mesma aparência.

— Nunca mais — disse ela, de repente.

Ele olhou para trás, com o cenho franzido.

— O quê?

— Minha tatuagem. Significa *Nunca mais*.

Outra mentira. Mas foi uma que parece ter cumprido o propósito.

A expressão no rosto de Eric endureceu.

— Vou tentar me lembrar disso.

Ele abriu a porta com uma calma aparente, e passou por ela, deixando-a aberta ao sair. Como se ele nem mesmo se importasse o suficiente para se esforçar em fechar.

Abby entrou na sala outra vez, deu uma olhada para Nicki e fechou a porta com força.

— Ah, garota. Você precisa de uma amiga.

JOGADA DECISIVA

Uma amiga. Como seria? Ter alguém em quem pudesse confiar, alguém além do irmão dela, com quem, definitivamente, não podia conversar sobre tudo isso. Nicki tinha muitos conhecidos. Ex-colegas de turma. Ex-colegas de quarto. Mas o número de pessoas em quem ela confiava? Podia ser contado nos dedos de uma mão.

O jogo, ela se deu conta, com tristeza, era seu único amigo.

Abby atravessou a sala e sentou-se na cadeira que havia ocupado antes.

— Você está lidando com isso bem?

— Achei que você fosse desistir.

— Não gosto de chutar alguém que já está caído no chão.

— Por que não? Todo mundo faz isso.

A expressão de Abby se tornou meio decepcionada com o silêncio de Nicki.

— Olha, eu quis dizer o que disse. Eu preciso da verdade...

— Aconteceu há muito tempo.

— Obrigada, Senhor. — Abby se desfez de alívio, deixando a cabeça recostar na mesa com um baque surdo.

Nicki poderia ter rido se não estivesse lutando para manter o café da manhã no estômago.

Abby se sentou ereta novamente.

— Detalhes, por favor.

— Eu o conheci quando tinha 17 anos. Ele e Robby jogaram juntos em Vanderbilt. Nós morávamos apenas a algumas horas de distância, mas Eric era do Texas, então Robby começou a trazê-lo para casa. Nós brincávamos e o chamávamos de nosso cachorro vira-lata.

Nicki nunca esqueceria a primeira vez que o viu. Foi no Dia de Ação de Graças do primeiro ano do ensino médio dos meninos. Eric mal reparou nela quando Robby o apresentou para a família, mas ela sentiu o calor abrasador de seu breve olhar. Ela sabia disso da mesma forma que uma menina sabe quando um garoto olha para ela de um jeito diferente.

Havia uma certa quietude controlada nele, como se todos os seus músculos estivessem focados em conter uma corrente de energia que passava por ele. No final daquele primeiro longo final de semana de feriado, Nicki sabia duas coisas com toda a certeza que uma jovem mulher poderia ter:

Ela queria Eric Weaver.

E ele a queria também.

Passaram-se mais quatro anos até que ela teve a coragem de, finalmente, tomar uma atitude. Ela tinha 21 anos, era caloura na faculdade até então.

Malditas *Cherry Bombs*.

— Robby não se importava que vocês dois namorassem?

— Ele nunca soube, não até que acabou. Nós não contamos a ninguém.

Mesmo com isso, ela quis proteger sua reputação, e Eric quis proteger sua amizade com Robby.

Abby apoiou os braços na mesa.

— E, aí, o que aconteceu?

— Foi incrível por cerca de dez meses, e então ele foi convocado para a Liga principal e me largou. Fim da história.

Exceto que não era toda a verdade, mas não havia necessidade de entrar no assunto.

— Quantas pessoas sabem disso?

— Apenas meus irmãos.

— Você ainda está apaixonada por ele?

Nicki arfou.

— O quê? Não.

A resposta de Abby foi um suspiro.

— Eu estava com medo disso.

— Medo do quê?

— Já faço isso há anos. Você sabe disso, né?

— Sim. E daí?

— Sei como esse mundo funciona. Sei o tanto que você teve que ralar pra chegar aonde está e para ter a reputação que tem. — Abby suavizou o olhar. — Você está preparada para a implicação de tudo isso? Quero dizer, *realmente* preparada?

— O que isso tem a ver com Eric?

— Tudo. Porque não há a menor margem de erro aqui. Você não pode cometer erros. Tudo o que você faz e diz pertencerá ao público. Por mais que eu quisesse que as coisas fossem diferentes, e por mais injusto que isso seja, a primeira treinadora da liga principal não pode ter uma relação amorosa com um jogador, Nicki. Não há quantidade de manipulação que eu possa fazer que seria capaz de salvar a sua reputação. Você entende isso, não é?

— Eu *não* estou apaixonada por ele.

O olhar de Abby parecia gritar em letras garrafais: MENTIROSA! SEU NARIZ ESTÁ CRESCENDO!

— Aqui se resume ao Eric ou sua carreira, Nicki. Você não pode ter os dois.

Ela encontrou o olhar de Abby, sentindo os próprios olhos marejados com lágrimas não derramadas.

— Me diga algo que eu não sei.

Abby estacionou o carro na vaga na garagem do subsolo do hotel e entrecerrou os olhos para enxergar as horas no painel. Aquilo estava certo? Já passava das dez da noite? Pelo amor de Deus, que dia louco. Não era de se estranhar que ela estivesse fantasiando com um banho quente e uma garrafa de vinho. Ela mal havia conseguido comer o dia todo e estava funcionando à base de cafeína, adrenalina e simpatia por Nicki.

Quando descobrisse quem vazou aquelas fotos de Nicki levando Eric para casa, do bar, ela arrancaria as bolas do infeliz.

Desceu do carro, colocou a bolsa imensa no ombro e trancou a porta com a outra mão. Então pegou o celular no bolso.

Ela ligou para David, que atendeu quase na mesma hora.

— As fotos ainda estão bombando — disse ele, sem nem ao menos a cumprimentar.

— Alguma novidade sobre Fox? — Estremeceu de pura raiva só de dizer o nome dele.

— A mesma merda. O primeiro tweet que ele soltou com as fotos teve mais de quatro mil retuitadas.

O que significava que havia pelo menos quatro mil pessoas que concordavam com a crueldade característica dele. As redes sociais tinham seus pontos positivos, mas eram momentos como esse em que ela desejaria que nunca tivessem sido inventadas. Completos estranhos se escondiam por trás de pseudônimos anônimos para perturbar, caçoar, mentir e arruinar vidas – só porque podiam fazer isso. Abby quase sentiu pena o bastante de Nicki naquela manhã para encerrar todos os perfis dela. Mas isso teria sido um tiro no pé, porque Ray Fox poderia insinuar que só as pessoas com algo a esconder fariam isso.

Abby agradeceu a David e encerrou a chamada. Em seguida, pegou o elevador no estacionamento até o saguão do hotel, e quando chegou na metade do caminho, a recepcionista a chamou:

— Senhorita Taylor?

Abby parou e se virou.

— Sim?

— Desculpe incomodá-la, mas há um cavalheiro à sua espera no bar. Ele me pediu que entregasse esta mensagem quando você chegasse.

Um cavalheiro? Seu sentido de aranha ganhou vida, e ela imediatamente procurou o segurança mais próximo. A mulher estendeu um bilhete dobrado. Abby o pegou e abriu.

Mesa do fundo. Dev

Abby sorriu em agradecimento e tentou ignorar as pernas bambas conforme seguia em direção à entrada do bar do hotel. O ambiente estava pouco iluminado, mas ela o viu assim que entrou. Ele estava concentrado em uma pilha de documentos, uma caneta a postos na mão. Óculos de aros grossos e escuros, do tipo nerd, estavam apoiados em seu nariz e sua gravata se encontrava solta. Na mesa ainda estava um fardo de cervejas *Pabst Blue Ribbon*. Ela abafou uma risada.

Provavelmente não disfarçou bem o suficiente, pois ele olhou para cima; o que a fez perder o fôlego. *Minha nossa, como ele era sexy.* O cabelo ligeiramente bagunçado; a sombra da barba por fazer escurecendo seu maxilar. E aqueles óculos. Pelo amor de tudo o que é mais sagrado, esse homem podia engravidar uma mulher só de olhar para ela com esses óculos.

Ele sorriu e ergueu a mão em um cumprimento. Ela mudou a posição da alça da bolsa no ombro e atravessou o bar escuro. Devin se levantou assim que ela se aproximou, e ela sentiu o arrepio percorrer o corpo. Ele era um homem alto, com o corpo magro e tonificado coberto por um perfeito terno Armani.

— Que surpresa te encontrar aqui — disse ele.

Ela apontou para o pacote de cervejas.

— Estou surpresa por terem deixado você trazer isso aqui.

— Dei uma gorjeta de cem dólares para o garçom fingir que não viu.

— Que cerveja cara, hein?

— É pra você. Então, vale a pena.

Ela ajustou a bolsa mais uma vez, gemendo quando o peso sobrecarregou o ombro.

— O que você está fazendo aqui, Devin?

— Esperando que possa te convencer a se sentar e beber comigo. Foi um dia bem duro.

— O que aconteceu com o *"marque um horário da próxima vez"*?

— Peço desculpas por isso.

Ele realmente parecia meio arrependido.

— Há quanto tempo você está aqui?

— Uma hora.

— Por que não me ligou ou mandou uma mensagem?

— Eu queria te pegar de surpresa.

— E esses óculos aí são o seu disfarce?

— Minhas lentes de contato estavam incomodando hoje.

Devin usava lentes desde sempre. E elas o tinham incomodado. A qualidade comum desses dois fatos sobre alguém tão extraordinário como Devin fez algo se agitar em seu peito. Ela ignorou a sensação.

— Olha, eu tive um dia realmente longo, e estou exausta, então…

— Eu sei. Você fez um ótimo trabalho lidando com aquelas fotos hoje. Melhor que a minha equipe.

— Você realmente está numa missão para conseguir transar, não está?

Ele fingiu estar boquiaberto.

— Assim você me magoa.

Ela riu, apesar de todo esforço para não fazer isso.

Devin arqueou uma sobrancelha.

— Eu só quero dividir uma cerveja com você depois de um dia péssimo. Tudo bem?

— Tenho certeza de que há muitas mulheres que adorariam aceitar essa oferta.

— Talvez, mas você é a única que eu espero que aceite.

Ela desviou o olhar para os próprios pés, seu sorriso provocador e olhos diabólicos desfazendo toda a sua resistência.

— Qual é, Abby. Uma cerveja.

Uma cerveja. Isso não iria matá-la. Ela colocou a bolsa no assento e deslizou para a cabine enquanto Devin fazia o mesmo do outro lado. Ela observou os dedos longos soltando duas latas das amarras de plástico. Em seguida, ele abriu uma e entregou a ela.

Depois de abrir a dele, ergueu a lata em um brinde.

— A Milwaukee.

Seu sorriso era verdadeiro enquanto ela brindava e depois tomava um longo gole.

— Esta é a cerveja favorita do meu pai — comentou ela.

— Eu sei. Você me disse uma vez.

— Foi há muito tempo. Como você poderia se lembrar disso?

— Eu me lembro de quase tudo sobre você.

— Acho difícil de acreditar.

— Por quê?

— Eu leio a revista People.

— As histórias que contam a meu respeito são bem exageradas.

Abby tomou mais um gole, porém muito mais para camuflar a reação. Não faria bem a nenhum dos dois ela revelar o quanto esperava que as histórias sobre as inúmeras namoradas supermodelos fossem exageradas.

Ele relaxou contra o encosto do banco.

— E você? — ele perguntou.

— O que tem eu?

— Alguém especial?

— Eu praticamente sou casada com o meu trabalho.

— Há mais na vida do que trabalho, Abby.

— Diz o homem que está revisando documentos financeiros às dez da noite.

— *Touché.*

Eles beberam novamente, e o silêncio acabou se tornando desconfortável. Ela olhou para todos os lugares, exceto para ele.

— Eu tinha 22 anos quando meu pai morreu.

Ela direcionou seu olhar para ele com a mudança repentina na conversa. A vergonha aqueceu suas bochechas. Não importava o que ele havia feito com ela na faculdade, ele havia sofrido uma perda terrível e ela deveria ter sido madura o suficiente para se aproximar dele.

— Eu sinto muito. Quando fiquei sabendo que ele estava na Torre Sul, eu deveria ter te ligado… sei lá.

— Eu não te dei exatamente um motivo para fazer isso. — Os olhos dele se enrugaram nos cantos. — Ele tinha dormido no escritório na noite anterior. Ele fazia isso, às vezes. Minha mãe costumava dizer que ele trabalharia até morrer algum dia. Acho que ele meio que fez isso…

Devin olhou para o vazio por um momento, e ela se perguntou onde estavam seus pensamentos, o que ele devia estar se lembrando.

— Sabe qual foi a pior parte?

Ela negou com um aceno de cabeça, apertando a lata de cerveja para manter as mãos ocupadas e se impedir de estender para tocar as dele.

— O questionamento. Ele morreu no impacto, quando o avião atingiu o prédio? Ele sucumbiu à inalação de fumaça? Ou ficou vivo tempo suficiente até o desabamento das torres? Por anos, havia essa constante repetição de imagens em minha mente sobre todas as inúmeras maneiras pelas quais ele poderia ter morrido.

Ela desistiu de não o tocar. Estendeu a mão e cobriu a dele.

— Sinto muito, Devin. Não consigo imaginar o que você e sua família passaram.

Ele observou as mãos unidas, como se o toque dela o surpreendesse. Abby estava prestes a recuar quando ele, de repente, virou a palma para cima e entrelaçou os dedos aos dela, como se ansiasse pela conexão. Seu coração retumbou no peito.

— Ele costumava me dizer que o negócio era apenas um jogo. Ele dizia isso o tempo todo, e nunca entendi o que significava. Então, decidi levar isso ao pé da letra.

— Por isso que você foi trabalhar para o seu tio, nos *Aces*, ao invés de juntar às Empresas Dane...

— Acho que sim.

Ela se inclinou um pouco para mais perto, atraída por uma força indefinível. Ele a manteve cativa com o olhar, absorvendo sua presença.

— Por que você realmente está aqui, Devin?

— Eu fui muito intenso naquela outra noite, e sinto muito.

— Você poderia ter dito isso pelo celular — disse ela, gentilmente jogando na cara dele as mesmas palavras usadas na outra noite.

— Você está certa. Eu poderia. Mas eu queria te ver.

— O que você *quer*, Devin?

— Retomar o que tínhamos.

— É tarde demais para isso.

— Começar do zero, então.

Impossível. Ela afastou a mão da dele e pegou a bolsa.

— Obrigada pela cerveja — agradeceu, deslizando para sair da cabine.

— Abby, espere. — Ele se levantou junto. — Não podemos nem ser amigos?

— Eu me lembro muito bem o que isso significa pra você.

JOGADA DECISIVA

Ela colocou a bolsa novamente no ombro se se virou para sair, mas ele a segurou pelo braço.

— Abby, isso foi há doze anos. Estávamos na faculdade. Eu era um garoto idiota.

— Você roubou minha ideia, Devin. Eu quase fui expulsa por trapaça.

— Eu estava desesperado. Estava fracassando.

— Você me *usou*. — Ela poderia soar ainda mais patética?

— Não foi assim. Meus sentimentos por você eram sinceros. Eu fiz uma escolha realmente ruim, e te machuquei. Me desculpe.

Ela não queria ouvir nada disso. Não queria deixar de sentir a amargura que a protegia por tantos anos.

— É tarde, Devin.

Ele agarrou os cotovelos dela e a obrigou a encará-lo.

— Por favor, Abby.

— Por favor, o quê?

— Só me dê uma chance de consertar isso.

Eles continuaram se encarando, e ela percebeu o segundo exato em que Devin deduziu que a havia vencido. Um sorriso se abriu em seus lábios. Seus polegares traçaram círculos gentis em seus braços.

O toque do celular dele sobressaltou aos dois. Devin contraiu a mandíbula e praguejou baixinho. Em seguida, soltou os braços de Abby e vasculhou o bolso interno do casaco, mas seu olhar não se desviou dos dela em momento algum.

— Devin Dane — ele atendeu.

O rosto dele mudou, ficou pálido.

— O que aconteceu? — ela perguntou, se aproximando.

— Eu sinto muito, Cal — disse ele, ao telefone.

Ah, não. Ela não chegou a conhecer Cal Mahoney, mas sabia que isso só poderia significar uma coisa. A irmã dele.

— Eu te encontro no aeroporto — declarou Devin.

Abby colocou a mão no quadril de Devin, que encerrou a ligação e passou a mão no rosto.

— A irmã dele?

— Eles acham que ela não passará desta noite.

— Você precisa ir?

Ele assentiu, sério.

— Vou ceder meu jatinho para ele. Dessa forma, ele chegará em casa mais rápido.

Seus olhos a contemplaram por mais um segundo, então ele colocou a mão na nuca de Abby, os dedos acariciando de leve até puxá-la para mais perto.

Em seguida, os lábios dele roçaram sua testa.

— Senti sua falta — ele murmurou.

E foi isso.

Bastou um olhar para os olhos arrependidos de Devin e ela soube que Nicki Bates não era a única lutando contra velhos sentimentos.

Eric prometeu a si mesmo que nunca mais faria aquilo de novo. Ele nunca mais apareceria do nada na porta dela, nunca mais iria atrás dela, nunca daria a ela outra chance de se aproximar do buraco cheio de cicatrizes onde seu coração já esteve e deixá-la arrancar novamente.

Mas então o telefone de Cal tocou. E então ele viu Cal cair de joelhos. E então ele levou Cal ao aeroporto onde Devin mantinha seu jato particular, e então Cal saiu do carro com um pedido.

— Você vai contar para Nicki?

Então, lá estava ele, encarando o gramado verde de Nicki e a caminhonete de Robby na garagem. Ele havia sido espancado pelo golpe duplo da frieza de Nicki naquela manhã e a agonia que sugava a alma no rosto de Cal naquela noite. Quanto mais ele poderia aguentar antes de estar muito machucado para funcionar?

Acho que era hora de descobrir.

Eric caminhou com as mãos enfiadas nos bolsos até a porta da frente. Ele bateu uma vez e encarou os pés enquanto esperava.

Segundos depois, a porta se abriu. Ele olhou para cima.

Ah, merda.

— Robby...

Ele estava deitado de costas, com a mão no lábio ensanguentado, quando Nicki espiou por cima dele. Ela usava um pulôver de lã e um olhar de pena.

— Alguma vez você pensa em desviar do soco?

Ela estendeu a mão e ele a deixou ajudá-lo a levantar. Robby lançou um olhar de raiva pela porta.

Nicki cruzou os braços sobre o peito.

— O que você está fazendo aqui?

— A irmã do Cal não deve passar dessa noite. Ele pediu para eu te contar.

Nicki baixou os braços, a compaixão explícita em seu semblante agora já não mais dirigida a ele.

— Ele está bem?

— Não.

Ela engoliu em seco, lançou um olhar para Robby, e então suspirou.

— Deixe-me pegar um pouco de gelo para você.

Eric ignorou Robby enquanto seguia Nicki para o interior da casa. Ela apontou para o sofá.

— Espere aqui.

Claro. Não. Ele preferiria ficar em pé.

Assim que Nicki estava fora de vista, Robby avançou como um rebatedor se dirigindo para o monte.

— Não sei que história lamentável você inventou sobre o porquê terminou com ela, mas eu não acredito.

Eric levantou as mãos, mas manteve-se firme.

— Robby, não vou discutir isso com você. O que aconteceu entre mim e Nicki é entre nós. Somos adultos e merecemos alguma maldita privacidade. Então, afaste-se, porra.

Robby cerrou a mandíbula. Depois, surpreendentemente, obedeceu.

— Quem vazou aquelas fotos?

— Provavelmente Kas. Não consigo provar, mas ele é o único em quem consigo pensar e que faz sentido.

— Eu vou matar esse desgraçado.

— Entre na fila. — Eric olhou em volta. — Onde estão seus pais?

— Eles foram jantar no litoral.

— No Meathead.

— Hein?

Eric balançou a cabeça.

— Deixa pra lá.

Robby o observou em silêncio. Então, do nada, foi até a porta e pegou o casaco de um gancho na parede.

— Tenho umas coisas pra fazer. Vou dar uma hora pra vocês.

Hmm. Okay. Isso foi um desdobramento inesperado dos acontecimentos. Nicki voltou momentos depois.

— Aonde o Robby foi?

— Saiu.

— Ele está sabendo que ficamos aqui sozinhos?

— Acho que ele chegou à conclusão de que somos adultos e não precisamos de uma dama de companhia.

JOGADA DECISIVA

— Ele é superprotetor.

Eric deu uma risada sarcástica.

— Não me diga.

— Ele tem seus motivos, Eric.

— Eu sou um deles?

Ela não respondeu, ao invés disso, apenas entregou uma compressa de gelo enrolada em papel-toalha. Em seguida, cruzou os braços de forma protetora contra o peito. Nicki mordiscou o lábio inferior – um hábito que ele sabia que ela fazia quando estava nervosa.

A garota que eu conheci não existe mais há muito tempo.

Isso foi o que ele disse para ela na sala de multimídia quando a encontrou assistindo ao último jogo do campeonato. Mas ele estava errado. Ela não tinha desaparecido. Estava apenas se escondendo atrás de um sólido disfarce de obstinação. Ela usava o trabalho como uma armadura. Do que ela se protegia, ele não sabia.

No entanto, ele queria descobrir, e era por isso que não deveria ter vindo aqui. Ela era a gravidade, e ele era um satélite desgovernado, girando e procurando por um cabo para puxá-lo de volta para a órbita. Se ela cortasse a linha novamente, ele despencaria em queda livre de volta para qualquer parte distante do espaço escuro onde ele havia estado flutuando por muito tempo.

Ela se sentiu inquieta sob o olhar dele. Apertou ainda mais os braços ao redor de si mesma, e os dedos dos seus pés se curvaram por dentro das meias.

Sua mente lhe dizia para ir embora. Para sair porta afora, se jogar de cabeça no jogo e esquecer tudo sobre ela. Mas quando ele abriu a boca, seu coração assumiu o comando da conversa.

— Você está feliz, Nicki?

— Feliz?

— Sim. Feliz. Com a vida. Trabalho. Todas essas coisas. *Feliz.*

— Que tipo de pergunta é essa?

— Deveria ser uma fácil de responder.

— Olha, fico grata por você ter vindo aqui me contar sobre o Cal. Mas tive um dia horrível, e preciso mesmo ir para a cama.

— Eu também tive um dia de merda.

Os olhos dela flamejaram.

— Tem gente por aí dizendo que você é uma puta que transou com alguém pra subir de posto?

— Não.

Ela deu uma risada de escárnio.

— É claro que não. Você só recebeu os cumprimentos típicos de homens no clube.

— Você pode me culpar o tanto que quiser pelas fotos, mas sabe que não é disso que estou falando.

Os ombros dela baixaram, assim como a voz:

— Não quero mais falar sobre aquilo de novo.

— Mas eu quero.

As mãos dela pairaram acima da sobrancelha esquerda, e o gesto quebrou algo dentro dele. O tom da voz dela quase o fez sangrar.

— Por favor, Eric. Eu só quero ir me deitar.

Uma ideia brotou na cabeça dele. Na verdade, uma ideia muito, muito ruim. Ele ficou imóvel por um segundo e logo depois tirou o suéter.

Nicki arregalou os olhos.

— O que você está fazendo?

— Você disse que precisa ir se deitar pra gente conversar, então estou me preparando para ir para a cama. — Tirou a camiseta em seguida.

— Pare com isso, Eric.

Arrancou os tênis e arqueou as sobrancelhas.

A voz dela, subitamente, se tornou aguda e frágil.

— Você quer conversar sobre isso? Beleza. Mas eu começo.

— Nada mais justo.

O lábio inferior de Nicki tremeu.

— É verdade?

Agora vinha a parte mais difícil.

— Sim.

JOGADA DECISIVA

Nicki já havia ouvido falar que algumas vezes os "joelhos cedem", mas nunca tinha vivenciado a experiência. Não até esse momento. Suas articulações relaxaram, e se ela não estivesse tão perto da parede, teria desmoronado como um monte patético de ossos.

A única coisa mais débil que seus músculos foi o som de sua voz:

— *Por quê?*

— Porque ele me disse que eu acabaria ficando com raiva de você, do mesmo jeito que ele tinha ficado com a minha mãe, e eu acreditei nele.

Ela cobriu os lábios trêmulos com os dedos mais trêmulos ainda.

— Eu não queria te magoar, Nicki, e fiquei com medo de acabar fazendo isso. Eu iria te magoar da mesma forma que ele magoava a minha mãe. E eu te amava demais para correr esse risco.

Nicki quase se engasgou diante da incredulidade.

— Você está me dizendo, de verdade, que me deixou *porque* me amava?

— Sim.

Ela balançou a cabeça por longos segundos. Então avançou, agarrou a camiseta do chão e jogou na cara dele.

O tecido caiu aos pés de Eric.

— Você acha que sou burra? Você me largou porque já tinha conseguido o que queria de mim e, daí, decidiu me descartar.

— Isso não é verdade.

— Você amava o jogo, não a mim.

— Não.

— Você fez uma escolha, e eu não fazia parte dela. Foi só isso o que aconteceu!

Ele agarrou os braços de Nicki.

— *Não* foi só isso que aconteceu. Por que você não lutou por mim?

— O quê? — Ele não podia estar sugerindo isso...

— Você ficou lá sentada. Não chorou, não me xingou. Você simplesmente abriu mão de mim.

Era exatamente aquilo que ele estava sugerindo. E isso a fez gaguejar.

— V-você está d-dizendo que a culpa f-foi *minha*?

— Não, mas...

— Mas o quê? Você me jogou fora como alguma prova de lealdade? Para ver se eu me ajoelharia e imploraria pra você ficar?

— Não, mas você podia ter tentado. Por que não tentou?

— Porque era inútil! Bastou eu dar uma olhada na sua cara e eu soube.

Os dois estavam gritando agora.

— Soube o quê?

— Eu não poderia competir com o jogo. E você me deixou acreditar nisso, Eric. *Por quê?*

— Porque eu estava com vergonha da verdade! — Ele a largou e enfiou os dedos pelo cabelo. — Que tipo de homem termina com a mulher amada só porque tem medo do próprio pai, porra?

Nicki sentiu um estalo, como se um elástico tivesse arrebentado dentro dela.

E, assim, de repente, tudo se rompeu – a fina cobertura que mantinha uma tênue sombra sobre a ardente e confusa raiva que vinha queimando seu corpo desde a noite anterior. Foi súbito. Feroz. E fez com que ela caminhasse com passos decididos até o centro da sala onde ele estava.

— Você me deixou! — Ela deu um soco no meio do peito desnudo. Ele cambaleou para trás com um grunhido. — Você me abandonou!

Ela o golpeou de novo, o punho cerrado deixando uma marca vermelha no peitoral direito.

Quando ergueu as mãos para bater nele outra vez, Eric agarrou os punhos frágeis.

— Seu cretino! — arfou. — Você não pode reescrever a história agora só porque quer culpar o seu pai pelos próprios erros.

Ela tentou se livrar do agarre firme, mas ele a puxou contra o peito e a envolveu com os braços fortes.

— Pare, Nicki. Por favor, me escuta.

Ela se debateu contra ele, mas quanto mais lutava para se soltar, mais apertado ele a segurava, até que seu corpo cedeu e reagiu à proximidade. Os seios contra o peito nu. Coração batendo contra coração.

A voz dele ressoou em seus ouvidos.

— Foi um inferno deixar você. Um *inferno*.

— Mas você me deixou de qualquer jeito.

— E me arrependi no minuto em que você saiu do meu carro.

JOGADA DECISIVA

Ela começou a empurrá-lo, mas não pôde continuar.

Ao invés disso, ela entrelaçou os dedos nos pelos grossos e escuros que cobriam o peito forte. Ele inspirou fundo com o toque dela e apertou a mão que segurava.

Seria tão fácil. Ela poderia virar o rosto e pressionar os lábios contra a pele quente. Podia deixar as mãos explorarem cada relevo e vale de seu corpo da forma que desejou que ele fizesse desde a noite passada. Ele gostaria; reagiria e a tocaria do mesmo jeito.

Seria tão fácil deixar os antigos vestígios de si mesma assumirem o controle.

E era isso que a assustava.

— Só... só por curiosidade — ela sussurrou. — Quanto tempo levou para você parar de me amar?

Ele aproximou os lábios do ouvido dela.

— Quem disse que eu parei?

Se as palavras de Chet na noite passada tiveram o mesmo efeito de uma implosão, as de Eric agora pareceram um asteroide arrebentando a terra. Tudo tremia. Foi violento, duro e doloroso e ela fez a única coisa que sabia fazer, a única coisa que parecia natural.

Virou o rosto e pressionou os lábios contra a pele quente.

Ele reagiu da maneira que ela imaginou – como ela queria que ele reagisse. As mãos fortes deslizaram pelo torso delicado, tocando de leve a lateral de seus seios.

Ela não o impediu. Deveria, mas não o fez, porque, caramba, ela queria isso. Ela queria as mãos dele sobre o corpo dela; queria o toque, as palavras dele; queria sentir o calor e fogo e cura... e *ele*. Só ele. O único homem em quem ela já confiou e sempre confiaria.

As mãos viris acariciaram seu rosto e o inclinaram para que os lábios quase se tocassem. Os ofegos se misturaram conforme os peitos arfavam, enquanto lutavam para decidir o que fazer. Cruzar essa linha, ou não? Ceder... ou não?

Ele se aproximou dolorosamente por um breve segundo, e então ele tomou a decisão por eles. O rosto dele mudou, e a pressão quente de seus lábios cobriu a cicatriz dela. Ela ofegou, apertando os dedos contra o peito dele. Com uma mão, ele segurou a nuca de Nicki, nunca perdendo contato com o local que a lembrava todos os dias da violência sofrida.

Os lábios dele trilharam um caminho até o canto do olho dela, para a têmpora e de volta para a cicatriz fina. A atenção dele não exigia nada dela, mas oferecia um consolo que ela havia esquecido há muito tempo de que precisava.

Era a ternura com que ele a tratava que a desfez.

— Eric... — sussurrou.

Com um grunhido, a boca de Eric cobriu a dela e deu início a uma guerra no interior de Nicki. Uma guerra entre a mente e o coração, lógica e saudade, passado e presente. Uma guerra entre Nicki e a treinadora Bates, entre quem ela costumava ser e a mulher em que havia se transformado.

E ela soube antes que as mãos dele encontrassem um lar contra as costas delgadas, antes que os dedos despertassem um tumulto de sensações com um toque suave em seus mamilos, antes que ele a puxasse com vontade contra o próprio corpo... ela soube antes que tudo isso acontecesse... qual lado sairia vencedor.

Então, ela se rendeu.

Ela se rendeu ao que queria, à pressão ardente dos lábios dele contra a pulsação acelerada em seu pescoço; ela se rendeu às mãos errantes e desesperadas contra os seios doloridos. Ela se rendeu ao desejo latejante entre as pernas, às batidas aceleradas de seu coração, à força que sempre os uniria.

Ela se rendeu ao fogo.

E se permitiu queimar.

Eric nunca tinha acreditado no amor enquanto crescia. Ele nunca soube como poderia ser – quando duas almas se tornariam uma só a ponto de não existirem uma sem a outra. No mundo dele, o amor sempre foi uma arma. Uma prisão.

E quando você não acreditava em alguma coisa, era fácil abrir mão dela. Você poderia justificar o fato de jogar tudo fora, porque, como poderia algo assim durar? Como algo tão ardente, tão apaixonado, podia ser qualquer outra coisa além de uma chama passageira que, em algum momento, se tornaria fumaça?

E quando ele fez isso – quando jogou fora –, descobriu tarde demais o que realmente tinha com ela. Descobriu tarde demais que teve muito medo de confiar... confiar nela, confiar em si mesmo. Ele descobriu tarde demais que separar suas almas criaria uma ferida física, um buraco negro em seu peito que nunca sararia, nunca pararia de sangrar.

A dor havia sido uma presença constante, uma dor surda, desde o momento em que a viu sair de seu carro e fechar a porta sem nunca olhar para trás.

Até agora.

Porque agora, ela estava aqui. De volta aos seus braços e de volta à sua vida. E a dor em seu peito era diferente.

Eric enlaçou a cintura fina e a puxou contra o corpo. Ela gemeu, abriu a boca ainda mais e aprofundou o beijo.

Pele. Ele precisava provar sua pele. Interrompendo o beijo, trilhou um caminho com a boca ao longo do queixo até o pescoço. Ela exalou um som – metade gemido, metade suspiro – e agarrou seus ombros como se estivesse com medo de cair.

Ele conhecia o sentimento.

Eles cambalearam contra a parede. Ele tentou amortecer o impacto com os braços, mas suas mãos não paravam de se mover. As peles firmes roçaram uma à outra, contornos de músculos tonificados que não estavam lá antes. O corpo dela era ao mesmo tempo familiar e novo, e ele queria rugir diante das mudanças. Por causa do tempo perdido quando ela experimentou uma vida sem ele e, droga, provavelmente outros homens, e tudo por culpa dele.

Os seios dela roçaram seu peito. Ele precisava vê-los. Prová-los. Ele deslizou as mãos para agarrar a barra de sua camiseta, e ela ergueu os braços para permitir que se livrasse da peça. Com dedos gananciosos, afastou para o lado o tecido rendado do sutiã, e então se inclinou para abocanhar o mamilo duro e protuberante.

Ela soltou um soluço e tremeu. Ele mordiscou, puxou e chupou até que seus joelhos quase cederam. Ele a pegou pela cintura e beijou seu pescoço até que suas bocas se unissem novamente. Eric poderia beijá-la para sempre e nunca se saciar.

Ela ofegava e tremia. Ele também.

Deus, ele poderia fazer isso de forma mais refinada, mas não havia tempo porque... puta merda, a mão dela estava dentro da sua calça.

Ele gemeu contra o calor de sua boca. Então enfiou a mão na frente da calça folgada e encontrou o calor de seu centro.

Ela gemeu em um grito.

Eric afastou a boca da dela e abriu os olhos. Queria vê-la, observar seu semblante se transformar enquanto provocava e despertava o prazer de seu corpo.

Os lábios carnudos de Nicki estavam inchados, os olhos fechados, as bochechas coradas, e ela era a mulher mais linda que ele já viu na vida. Esta mulher que estava de volta à sua vida e de volta no calor de seus braços.

A cabeça dela tombou para trás e ela se balançou contra ele. Seu nome escapando dos lábios cheios no auge do orgasmo foi o som mais erótico que ele já havia ouvido e que quase o fez gozar dentro do maldito jeans.

Ele a ergueu em seus braços e depois a colocou no chão. Nicki ainda estava fraca e tremendo quando ele se deitou sobre ela e retomou de onde haviam parado. As mãos de Eric tremiam enquanto ele puxava a calça dela pelas pernas. Em seguida, ele abaixou o próprio zíper e baixou o jeans.

Ela envolveu o comprimento rígido com os dedos. Um rugido profundo e gutural escapou da boca de Eric, que mergulhou o rosto na curva do pescoço feminino conforme ela o acariciava e o guiava.

E, então, ele estava dentro dela.

JOGADA DECISIVA

Ele estava em *casa*.

Ela era o seu lar.

Gemeu contra a boca de Nicki à medida que deslizava para fora e para dentro. Devagar. Com carinho. Até que ambos encontraram um ritmo que eles haviam aperfeiçoado anos atrás. Até que estivessem os dois tremendo outra vez. Até que ele sentiu o primeiro espasmo que indicava que ela estava prestes a gozar pela segunda vez. Então Nicki gritou e arqueou as costas.

Aquilo era mais do que ele poderia aguentar. O mundo explodiu. Ele estremeceu uma e outra vez à medida que ondas quentes e molhadas explodiam dentro do corpo de Nicki.

Isso nunca havia acontecido dessa forma antes. Nunca.

O corpo dele relaxou contra o dela e Eric ofegou no pescoço delgado.

— Senti tanto a sua falta, Nicki. Tanto.

Ela envolveu o corpo forte com os braços e o segurou apertado. Com ele ainda dentro dela; ainda fazendo parte do dela, como um lar.

E ele nunca mais queria sair dali.

Ela estava tremendo.

Levou um segundo para Eric se dar conta, mas quando percebeu, ergueu o tronco e se apoiou nos cotovelos, olhando para Nicki.

— Amor?

Os músculos da garganta feminina contraíram quando ela virou o rosto para o outro lado. Em um movimento lento e agonizante, ele observou uma lágrima escorrer pela bochecha.

Puta merda.

— Nicki, o que foi?

— E-eu preciso... p-preciso me levantar.

Eric rolou para longe e ela se levantou. Ainda tentou tocá-la, mas Nicki se afastou. A pulsação dele acelerou.

— Nicki, o que está acontecendo? Por que você está chorando?

Ele a viu cobrir os seios com o braço, pegando a camiseta largada no chão.

— Amor, por favor, fala comigo.

Ela disparou para o quarto e fechou a porta.

Medo encharcou suas entranhas. O que diabos estava acontecendo? Ele se levantou do chão em um pulo, puxou o jeans para cima e seguiu pelo mesmo caminho que ela havia tomado em pânico.

Tentou a maçaneta, mas a porta estava trancada.

Porra.

— Nicki, o que está acontecendo?

Ele ouviu o barulho da torneira no banheiro da suíte, bem como o som de água caindo para todo lado, como se ela estivesse... como se estivesse se lavando?

Eric sacudiu a maçaneta outra vez, agora com mais insistência.

— Nicki, abra a porta.

— Me deixa em paz, Eric. Por favor.

— Amor, você precisa conversar comigo. — Ele engoliu em seco, até que se deu conta de uma coisa. — E-eu te m-machuquei?

— Não. Eu só preciso de um minuto, Eric. *Por favor*.

A voz dela se tornou um fiapo na última palavra. Puta merda.

Eric apoiou os braços contra o batente.

— Tudo bem. Escuta... eu entendo que você meio que surtou agora mesmo. Quero dizer, eu também estou surtado. O que fizemos foi intenso. Por favor, só abre a porta e conversa comigo.

A torneira foi fechada. Um segundo depois, a maçaneta se moveu quando ela destrancou a porta e a abriu. Ela estava usando uma camiseta e nada mais.

Estendeu a mão para ela.

— Não. — Nicki ergueu as mãos para impedi-lo. — Por favor, não me toque.

Ele abaixou os braços e a encarou, chocado, por um instante. Então suspirou e agarrou a própria nuca.

— Tudo bem. Estou um pouco confuso aqui, Nicki. Nós acabamos de fazer ou não amor ali atrás?

Nicki cobriu o rosto com as mãos.

— Por favor, não chame *aquilo* disso.

— E como eu devo me referir, porra?

— Nada. Não diga nada. Por favor... meu Deus, nunca mais vamos falar disso.

JOGADA DECISIVA

— *O quê?* Você está brincando comigo?

Ela abaixou as mãos.

— V-você precisa ir embora.

— De jeito nenhum, porra. Não vou a lugar nenhum até você recobrar o juízo.

— Isso nunca deveria ter acontecido.

Ele ouviu as palavras, mas levou um segundo para assimilar o significado. *Nunca deveria ter acontecido.*

— Você está arrependida?

Ela ergueu o olhar na mesma hora.

— É óbvio que estou arrependida! Nós nem mesmo usamos uma camisinha!

— Você n-não toma anticoncepcional?

— Eu tenho um implante contraceptivo, mas não é essa a questão!

Ah, graças a Deus. O alívio o atingiu com força. Seguido, imediatamente, de uma onda de descrença.

— Caracas, Nicki. Estou limpo. É com isso que você está preocupada?

Ela grunhiu e se afastou dele.

— Essa também não é a questão.

— Então, qual é a porra da questão?

Nicki se virou de supetão.

— Eu perdi o controle!

As palavras saíram como uma explosão que ressoou pelas paredes.

— Amor... — Eric suspirou, tentando tocá-la outra vez. — Era isso que tinha que acontecer. Perder o controle deixa as coisas ainda melhores. Por isso sempre foi maravilhoso entre nós.

Ela balançou a cabeça em negativa e se afastou dele.

— Não. Eu não tenho permissão para perder o controle. Não mais.

— Não mais? O que diabos isso quer dizer?

Os lábios dela tremularam.

— Você não entende.

— Pode ter certeza de que não entendo! Há cinco minutos, eu estava imaginando o novo "felizes para sempre", e agora está me dizendo que não passou de um erro pra você?

— Eric, por favor — ela implorou, a voz arrasada. — Eu preciso pensar. Preciso processar tudo isso.

Ele a segurou pelos ombros e recostou a testa à dela. Não pelo bem dela, mas pelo dele próprio, pois estava em vias de perder a cabeça.

Ela tentou se afastar, mas Eric segurou firme.

— Por favor, não me peça para ir embora agora. Foi um inferno me afastar de você da primeira vez. Não me peça pra fazer isso de novo.

Ela se virou e saiu de seu alcance. Os dedos roçaram de leve a cicatriz. Os olhos percorrendo todo o quarto.

Mas, de repente, como se alguém tivesse virado uma chave dentro dela, Nicki ficou imóvel. Ela aprumou a postura, se transformando diante dele como já havia feito antes. Ele pode ter tido Nicki em seus braços minutos atrás, mas essa agora era a treinadora Bates.

— Você não faz ideia do que é o inferno — disse ela, encarando-o com o olhar vazio. — Por favor, Eric. Eu preciso que você vá embora.

Então seguiu a passos lentos até o banheiro e fechou a porta.

O ruído da fechadura ecoou por todo o quarto. Um som solitário em um espaço mais solitário ainda.

Eric esfregou o rosto com as mãos e engoliu o nó que se formava na garganta. O que havia acontecido? *Você não faz ideia do que é o inferno.* O que essas palavras significavam?

Ele fechou o zíper do jeans e olhou para os pés ainda calçados. Nunca chegou a se livrar da porra dos sapatos. Ele também havia perdido o controle.

Nicki só estava em pânico. Era isso. Ele também estava. A realidade do *depois* era um lance muito mais assustador porque não havia como voltar ao *antes*. O que aconteceu hoje à noite foi uma linha de demarcação. O mundo agora era um lugar diferente do que foi uma hora atrás. Porra, sim, ele estava entrando em pânico também. Mas ele ficaria mais apavorado ainda se não conseguisse se comunicar com ela.

Eric caminhou até a porta fechada do banheiro e recostou a cabeça contra a madeira. Abriu a boca várias vezes, tentando descobrir o que dizer antes de, finalmente, se decidir pela única coisa que *precisava* dizer:

— Nicki, vou embora, se é isso o que você quer, mas...

A voz dele estava trêmula. Caralho! Pigarreou de leve antes de continuar:

— Mas não vou te abandonar de novo.

O silêncio do outro lado o devastou.

Nicki ouviu o som dos passos de Eric se afastando. Suas pernas cederam e ela se sentou com um gemido no piso frio de cerâmica. Como podia estar querendo comemorar e chorar ao mesmo tempo?

O estômago dela embrulhou, mas não de arrependimento. Seu corpo zunia com o prazer que pensou que nunca mais sentiria. Sua pele queimava só com a lembrança do toque dele, dos lábios. A mente reproduziu as palavras ditas uma e outra vez, palavras que ansiou ouvir sete anos atrás, mas que vieram tarde demais agora.

Ele achava que sabia o que era o inferno, mas não sabia coisa nenhuma. Não fazia a menor ideia.

Inferno era passar semanas a fio encarando o vazio e sentindo que havia perdido uma parte de si mesma.

Inferno era entrar em casa sozinha e ouvir vozes atrás de você. Inferno era se acovardar seminua no asfalto imundo e rezar para que o chão a engolisse. Inferno era saber que eles se safaram do que fizeram.

Inferno era descobrir que a base em que havia fundado toda a sua vida não passava de uma mentira em ruínas.

Inferno era saber que não havia nada que pudesse ser feito a respeito.

Ele disse que não a abandonaria outra vez. Ele não tinha entendido ainda? Essa decisão não era dele, não dessa vez.

Ela estava muito perto de conseguir tudo pelo qual se esforçou tanto, lutou, sangrou. Ela estava muito perto da vitória.

Não poderia arriscar tudo agora, não importava o quanto seu coração, de repente, quisesse.

Nicki se deitou em posição fetal no chão.

Quem disse que eu parei? A voz dele soava alta e clara em sua mente, como se ele ainda estivesse ali.

Nicki cobriu os ouvidos para abafar as palavras. Era tarde demais. Muito tarde.

Curvou-se em desespero e deixou que as lágrimas pingassem no chão.

O telefone tocou às cinco e meia da manhã. Eric se sentou de supetão na cama. Pegou o celular da mesa de cabeceira e encarou a tela com os olhos entrecerrados, o coração martelando no peito, em total esperança.

Nicki.

Ele atendeu com tanta rapidez que quase deixou cair o aparelho.

— Amor?

Ouviu quando ela fungou do outro lado, e sentiu como se algo estivesse se quebrando por dentro.

— Vai ficar tudo bem, querida. Nós podemos fazer isso.

— A irmã de Cal faleceu.

Ele desabou contra a cabeceira.

— Ele me pediu pra te avisar.

E, então, ela encerrou a chamada.

Eric apertou o celular com força.

E o arremessou contra a parede do lado oposto.

A melodia inquietante de uma harpa ressoava com o zumbido abafado das conversas enquanto Eric e Nicki se esquivavam de pequenos grupos de pessoas na capela nos subúrbios de Ann Arbor, Michigan.

Já haviam se passado dois dias. Dois dias infernais em que Nicki se recusou a tratá-lo como algo além de um colega. Ele sabia que estava oficialmente fora de si quando percebeu que estava ansioso pelo maldito funeral, porque significava que poderia ficar com ela quase a sós. Devin disponibilizou o jatinho particular para levá-los ao enterro, e o restante do time ficou para trás. O jogo nem mesmo parou o suficiente para um colega de equipe sepultar sua irmã gêmea.

Agora eles estavam cercados por familiares usando suas roupas reservadas para os domingos na igreja, beliscando biscoitos ali, bebendo ponche acolá, e fazendo o melhor para controlar as crianças que não entendiam o que estava acontecendo. Sob o clima forçado de civilidade, a tristeza preenchia os espaços entre as pessoas com uma presença sufocante. Ela se encontrava nos lenços amassados nas mãos das mulheres, no aperto nervoso de mãos dos homens. Alguns se viraram e sorriram. Eric assentiu em reconhecimento, mesmo sem conhecer nenhum deles.

Ele se lembrava muito pouco do funeral de sua mãe. A maior parte era um borrão de tristeza e raiva. Mas ele se lembrava dos semblantes. O sorriso triste e sem palavras era tão parte do traje de funeral quanto um terno escuro.

Eric apoiou a mão nas costas de Nicki enquanto caminhavam pela sala. Tocá-la era uma tortura, mas pelo menos ela não se afastou. Eles não tiveram tempo para conversar, e toda vez que ele tentava ficar a sós com ela, ela negava com um aceno de cabeça e se afastava.

O pai de Cal, de repente, apareceu na frente deles. Eric apertou sua mão e apresentou Nicki.

— A presença de vocês significa muito para nós — o homem disse. — Eu sei que Cal ficará grato. Ele está lá fora, se estiverem procurando por ele.

Eric agradeceu e seguiu com Nicki por uma área da cozinha em direção a uma porta dos fundos que levava a um espaçoso alpendre com vista para um enorme gramado. A grama estava marcada com poças de neve que ainda resistiam à chegada da primavera.

As filhas de Sara – Emily, Kelly e Annie – brincavam sem entusiasmo em um balanço no playground ao lado do deque.

Escondido em um canto, Cal as observava, recostado ao corrimão como se fosse a única coisa que o mantinha de pé. Por mais que sua aparência estivesse ajeitada, ele parecia devastado, como alguém que não dormia há muito tempo e se mantinha acordado apenas por pura vontade.

Eric podia se identificar. Ele contemplava no espelho, pelos últimos dois dias, a mesma expressão de quem levara um soco no estômago.

Nicki correu até Cal e o abraçou apertado. Eric sentiu uma fisgada incômoda de ciúmes, mas rapidamente ignorou o sentimento. O amigo se afastou de Nicki e acenou para Eric, estendendo a mão.

Eric ignorou o gesto simples e o puxou para um abraço apertado.

— Você está bem, cara?

Cal se afastou e enfiou as mãos nos bolsos da calça.

— Não conheço metade das pessoas lá dentro, e a temperatura está passando dos 32° graus em cada sala.

— Nós passamos por um bar a caminho daqui. Quer fazer uma pausa?

Cal olhou de novo para as sobrinhas.

— Eu não deveria deixá-las sozinhas.

— Eu fico com elas — Nicki se ofereceu.

Cal balançou a cabeça em negativa.

— Você não precisa fazer isso.

— Eu ficaria muito feliz em ajudar, Cal. Só me apresente, daí posso ficar brincando com elas até você voltar.

Eles seguiram Cal pelas escadas do deque e foram até o playground onde estavam. As meninas olharam para cima na mesma hora. A mais nova, Emily, levantou os bracinhos e o tio a pegou no colo.

— Meninas, essa é minha amiga, Nicki. Ela vai brincar aqui com vocês um pouquinho, okay?

Emily escondeu o rostinho contra o peito de Cal e observou Nicki com os olhos atentos. Então, esticou os braços para Nicki, que a pegou e abraçou com carinho.

Um calor estranho se alastrou pelo corpo de Eric. Nicki tinha muito

JOGADA DECISIVA

jeito com crianças, desde sempre, e ele se pegou imaginando se ela queria ter filhos. Pelo menos, ela costumava querer.

Então, outro pensamento se atropelou na mente dele – Nicki tendo filhos com outra pessoa. Com alguém que não fosse ele.

Sentiu vontade de vomitar.

A garotinha olhou para Eric.

— Quem é você?

— Eu sou o Eric, amigo do seu tio Cal. Você provavelmente não se lembra de mim, porque da última vez que eu te vi, você era um bebê.

— Você joga beisebol — Saiu mais como se ela tivesse dito *beixebol* em sua vozinha de criança.

— Sim.

Emily recostou a cabeça no ombro de Nicki por um segundo, então, com a típica inocência da infância, disse:

— Minha mamãe morreu.

Cal tossiu. Eric desviou o olhar, mas viu a umidade nos olhos do amigo que não estava presente ali antes.

Cal bagunçou os cabelos de Kelly e Annie.

— Vocês duas fiquem aqui com a Nicki e a Emily, beleza? Eu volto daqui a pouco.

Kelly, a mais velha, assentiu. Eric observou Nicki colocar Emily de pé no chão, segurando a mãozinha dela para guiá-la até o escorregador. A dor em seu peito o fez recuar.

O bar ficava a um quarteirão dali, então os dois foram caminhando. Estava escuro lá dentro, e praticamente vazio. Um grupo se encontrava sentado nas cabines, mas o balcão estava livre. Ambos se sentaram nas banquetas e pediram uma cerveja.

— Como as meninas estão lidando? — perguntou Eric.

— Emily é muito novinha para realmente entender. Acho que ela está esperando que Sara volte a qualquer momento. Kelly e Annie estão com as carinhas boas, mas eu sei... — Ele parou e engoliu em seco. — Eu sei que estão sofrendo.

Eles beberam em silêncio por alguns minutos, encarando inexpressivamente as legendas do jogo do *Red Wings* que passava na TV atrás do bar. No intervalo, o programa voltou a transmitir direto do estúdio da Fox Sports Detroit. De repente, eles estavam encarando o rosto de Cal projetado na tela.

— *Como relatamos agora há pouco, nossos sentimentos ao jogador dos Vegas Aces, natural de Michigan, Cal Mahoney. Sua irmã gêmea, Sara Shane, perdeu a longa batalha contra o câncer no início da semana. Nossas fontes disseram que Cal voou para casa, direto do centro de treinamento em St. Augustine, na Flórida, para que pudesse ficar ao lado da irmã quando ela morreu.*

Eric mal reconheceu a voz de Cal quando ele rosnou para o bartender:

— Desliga essa merda.

O rapaz lançou um rápido olhar entre a tela de TV e Cal, e só então pareceu perceber quem estava sentado ao bar. Ele murmurou um pedido de desculpas e mudou de canal. O bar inteiro pareceu se afogar em um silêncio tenso.

— Você está bem?

— Eu deveria ter estado aqui com ela — disse ele, baixinho.

— Você não tinha como saber quan...

— A gente sabia que não ia demorar. Sabíamos que ela não resistiria por muito mais tempo, mas eu fui para a Flórida do mesmo jeito. — Cerrou a mandíbula. — Por causa do maldito jogo.

Eric ficou em silêncio por um tempo, tomou um gole da cerveja e depois se inclinou para o lado do amigo.

— Pelo menos você chegou a tempo de se despedir.

Com o choro entalado na garganta, Cal se levantou de um pulo e arremessou a garrafa contra a TV com toda a força e velocidade de uma bola rápida. O bartender se abaixou com um xingamento e uma mulher ao fundo deu um grito.

Eric se levantou na hora e agarrou o braço estendido de Cal, enrolando os dedos ao redor do pulso.

— Cal...

— Eu não consegui. — A voz ricocheteou entre as paredes.

— O quê?

Cal conseguiu soltar o braço e bateu os punhos cerrados no balcão.

— Ela morreu enquanto eu estava no voo. E eles disseram que... — Ele esmurrou a bancada outra vez. — Eles disseram que ela chegou a acordar. Pouco antes de morrer, ela abriu os olhos... e eu não estava lá.

Sua voz vacilou ao continuar:

— Ela abriu os olhos e olhou ao redor. E e-eu não c-consigo dormir, porque estou pensando s-se ela estava procurando por mim.

As lágrimas desceram livremente pelo rosto de Cal. Com o punho

JOGADA DECISIVA

cobrindo a boca, um soluço doloroso e engasgado saiu da garganta. O bartender apenas encarava, os clientes sussurravam, e tudo o que Eric queria era dar o dedo médio a todos eles.

Ao invés disso, ele pegou a carteira no bolso traseiro da calça e deixou várias notas sobre a bancada.

— Compre uma TV nova.

Eric segurou o cotovelo do amigo e o arrastou para fora do bar.

Cal tropeçou na calçada, sob o sol escaldante, e se virou.

Com as mãos apoiadas entre as escápulas do jogador, Eric disse:

— Está tudo bem, cara.

Cal se virou de supetão outra vez.

— Não está. Nada disso está bem. Não passa de um monte de merda. Eles nos tratam como se fôssemos heróis só porque sabemos lançar uma bola, mas eu não estava aqui quando minha própria gêmea... — Pigarreou e pressionou os polegares nos cantos dos olhos fechados. — Minha família precisa de mim. As garotas precisam de mim.

— É claro, irmão. Tenho certeza de que a diretoria vai te dar o tempo que for preciso. Você não precisa voltar ao treinamento agora mesmo.

Cal piscou diversas vezes, uma expressão indecifrável cruzou seu semblante. Ele encarou Eric e disse na lata:

— Não vou voltar.

— O quê?

— Eu larguei tudo. Não quero mais saber do beisebol.

Nicki soube no segundo em que os dois voltaram que algo havia acontecido. Os olhos de Cal estavam vermelhos e inchados, mas isso já era de se esperar. No entanto, foi a expressão no rosto de Eric que a fez se esquecer de continuar a empurrar o balanço em que Kelly estava sentada. A pele pálida de seu rosto acobertava uma expressão atordoada.

As meninas correram em direção ao tio. Ele se ajoelhou e as puxou para um abraço apertado.

Eric se manteve distante e Nicki foi até ele, cautelosa.

— O que aconteceu?

Ele abriu a boca várias vezes, como se não conseguisse formar as palavras.

— Ele está largando tudo.

— Largando o beisebol? — Não era possível. Lançadores da liga principal não largavam a posição desse jeito. Não importava o que estivesse acontecendo na vida pessoal de cada um. — O contrato dele ainda está vigente.

— Ele disse que não está nem aí. Que vai pagar a rescisão se tiver que fazer isso.

— Ele só está chateado. Não deve ter falado sério.

— Eu acho que ele falou muito sério.

Cal se levantou, e ele e as meninas foram até eles. Cal deu um tapinha carinhoso no topo da cabeça de Kelly e disse:

— Vocês podem entrar, okay? Estarei bem aqui.

Nicki deu um abraço em cada uma delas até que as três estavam longe de alcance, então se aproximou do jogador.

— Cal...

— Sou eu que decido isso, Nicki. Não posso mais continuar.

— Como você pode simplesmente renunciar ao jogo?

— Porque o jogo não é tudo na vida, sabia?

— Eu sei — Nicki rebateu automaticamente, mas as palavras tiveram um gosto amargo na boca.

— Sabe mesmo? — Cal perguntou, com raiva. — Às vezes, dizemos a nós mesmos que os sacrifícios feitos valem a pena, mas não valem merda nenhuma. Espero que você e Eric se deem conta disso antes que seja tarde demais.

Nicki começou a suar frio.

— Do que você está falando?

— Vocês se amam. Não estrague isso por causa do jogo. Essa porcaria nunca vai retribuir esse tipo de amor.

Ele passou pelo casal e correu até a escadaria do alpendre. Nicki o observou, abismada e nervosa, até que ele sumiu de vista no interior da capela.

Uma brisa suave soprava pelo gramado, agitando o cabelo dela e trazendo um arrepio ao corpo trêmulo. Ela estava paralisada, mas não por conta do frio. O mundo inteiro estava de ponta-cabeça, um tornado girando e circundando até que nada parecesse certo e ela tivesse perdido o senso de direção.

— Você acha que ele vai ficar bem? — ela sussurrou.

JOGADA DECISIVA

155

O suspiro profundo de Eric atraiu a atenção de Nicki.

— Não sei. Ele está se punindo de forma brutal agora.

— É por isso que ele quer largar a equipe? Para se punir?

— Acho que a morte da irmã o forçou a organizar suas prioridades.

Diferentemente de mim. O pensamento veio do nada e a deixou oca por dentro. Ela odiava essas emoções, todos esses sentimentos. Ela nunca havia duvidado de suas escolhas na vida antes. A confusão a deixava amargurada e zangada.

Eric invadiu seu espaço pessoal, e a envolveu com seu cheiro e sua presença. Ela estremeceu de novo.

— Está com frio? — perguntou ele.

— Estou bem.

Ele estendeu a mão, a deixou no ar e depois baixou.

— Quero tanto te tocar agora.

Ela fechou os olhos com força.

— Não faça isso.

— O que o Cal disse...

Nicki abriu os olhos.

— Pare.

Então passou por ele, furiosa. Cal estava de luto. E a perda que ele sofreu o estava instigando a fazer e dizer coisas sem sentido. Era tudo o que poderia ser dito. Você não desistia de tudo desse jeito. Não depois de tudo o que havia sido feito para chegar até aqui. Cal recobraria o juízo. Ele voltaria a jogar e perceberia que os sacrifícios feitos valeram a pena, e que ela e Eric...

— E se nós nunca tivéssemos terminado?

Ela tentou bloquear a pergunta conforme descia correndo a escada do deque. As passadas longas de Eric, assim como sua voz a seguiram por todo o caminho até a porta do prédio.

— Tenho me torturado com essa pergunta, Nicki. Será que estaríamos casados? Teríamos tido filhos? Com quem de nós dois eles se pareceriam? Espero que com você.

Ela se virou de supetão, como se o coração estivesse apertado em um punho.

— Casamento? Filhos? De que diabos você está falando?

— Eu te perguntei uma vez se você era feliz, mas você nunca me perguntou.

Ela lutava para engolir a sensação de pânico. *Por favor, Eric. Por favor, não faça isso comigo agora.*

— Não sou feliz, Nicki. Não sou feliz sem você.

Ele avançou dois passos e a segurou pelos ombros; sua expressão a deixou sem fôlego.

— Você tem me ignorado por dois dias, Nicki. Dois malditos dias. Mas agora mesmo, bem aqui, somos só nós dois. Diga alguma coisa. *Qualquer coisa*. Só, por favor, converse comigo, porra.

Foi o que ele não disse – o que ele transmitiu apenas com o olhar – que fez com que o coração dela acelerasse e o ar faltasse nos pulmões. O peso de todo o passado deles se mostrava no olhar semicerrado. Todo o sofrimento. A paixão. Todos os arrependimentos e mentiras... e o *amor*.

Quem disse que eu parei?

Ah, meu Deus. Ela desabou contra a parede de tijolos da parte externa da capela.

Cal estava certo. Ela o amava também. E não havia nada que pudesse fazer a respeito disso.

Eric recostou a testa à dela, as mãos ladeando o corpo dela.

— Por favor, Nicki, você pode me dizer *qualquer* coisa.

Ela queria dizer. Queria tanto que sentia os pulmões queimando de vontade de explicar tudo para ele. Mas não podia. Nunca. Era um segredo imundo que ela levaria para o túmulo. Porque, no segundo que contasse, ele ficaria sabendo da verdade sobre ela, e então ele nunca mais a olharia do mesmo jeito. Ele a veria como a garota frágil que ela já foi um dia.

— Eu sinto muito — ela sussurrou.

Ele a interrompeu com um palavrão furioso. As mãos cerraram em punhos, e ele deu um soco na parede. Ela arquejou de susto. Não por medo – nunca sentiria medo dele –, mas porque sabia que o estava machucando.

Mas, então, de repente, eles estavam se beijando. Ela não sabia dizer quem se moveu primeiro, e não estava nem aí. Seus lábios roçaram de leve. Uma. Duas vezes. Como a união hesitante de um primeiro beijo. Mas este não era o primeiro beijo deles, e segundos depois, seus corpos se recordaram da sensação. Do fogo ardente. Do calor. Da necessidade. O beijo era emoção crua, uma tempestade de desejo não confessado, abastecido pelo anseio, pela dor e pela fome.

Ele assumiu o comando rapidamente; a imprensou contra a parede e devorou sua boca.

O beijo dele não fazia exigências. Apenas promessas. De risadas, amizade e compreensão. De dias há muito esquecidos e que ainda viriam. Eles

JOGADA DECISIVA

se atraíram com suave persuasão, abrindo a boca dela cada vez mais. A ponta da língua dele roçou a dela. Era tão gostoso sentir esse contato, e ela precisava tanto disso.

Eric deslizou a mão para a nuca de Nicki e a segurou contra si. Cada vez mais fundo, a boca sondava a dela, em busca daquilo que ambos queriam, mas não podiam ter. O anseio se acendeu ainda mais. Inflamou, queimou. Tão quente. Muito quente. O tipo de fogo que deixaria a terra queimada em seu caminho.

E, então, do mesmo jeito repentino como começou, acabou.

Ele afastou a boca da de Nicki, e quando a encarou, seus olhos tinham uma expressão angustiada e de pura necessidade.

— Não podemos continuar assim, Nicki. Isso vai nos matar.

Sem mais uma palavra, ele se virou e a deixou.

Ela estava sozinha no frio.

A viagem de volta para casa foi uma experiência dolorosa. Eric olhava para o outro lado do corredor do avião, onde Nicki estava sentada sozinha e encarando o lado de fora da janela. As mãos delicadas estavam cerradas sobre o colo, os ombros tensionados. Ela não trocou uma palavra com ele no trajeto até o aeroporto, mas só por ter escolhido um assento tão distante do dele já dizia mais do que mil palavras.

Sentiu o olhar de Devin focado nele e ergueu a cabeça para o chefe. Ele se encontrava tão bem-arrumado quanto esteve pela manhã. Eric, por outro lado, se sentia como se tivesse sido arrastado por um monte de esterco em um rodeio no Texas.

Devin tomou um gole do copo de uísque que tinha em mãos. Ele havia oferecido uma dose a Eric, que recusou. Não queria perder o gosto dela em sua língua. Quão patético era isso?

— Ele te contou? — Devin perguntou.

Eric respondeu com um simples aceno de cabeça.

— Eu poderia me recusar a liberá-lo. Ele ainda tem quarenta milhões restantes no contrato dele.

— Não seja um babaca, Devin.

— Você provavelmente poderia fazê-lo mudar de ideia.

— E por que eu iria querer fazer isso?

— Não podemos ganhar sem ele.

— Talvez ganhar não seja tudo o que interessa.

A cabeça de Nicki subitamente se virou em sua direção.

Foi preciso toda a sua força de vontade para continuar olhando para frente ao invés de olhar para ela.

— Nunca pensei que ouviria essas palavras de você, Weaver — Devin refletiu.

O tom de sua voz fez com que Eric sentisse um desejo enorme de mandá-lo à merda.

— Talvez você não me conheça de verdade.

— Ou talvez você esteja desistindo.

— Você está jogando a porra da *bullpen* na minha cara de novo? Agora?

— Não. Apenas avaliando sua dedicação.

— Pare com isso, Devin.

A voz de Nicki soou derrotada, cansada. Eric teria rido da expressão surpresa no rosto de Devin se pudesse superar o aperto repentino no peito.

— Algo a acrescentar, Nicki?

— Eric deu tudo de si pelo jogo. Você pode criticá-lo por muitas coisas, mas não ouse criticar o nível de comprometimento dele.

As sobrancelhas de Devin quase tocaram a raiz do cabelo.

— Obrigado por sua contribuição, treinadora.

O olhar de Nicki se desviou de Devin para ele, e ele não conseguiu mais respirar. Mesmo que ela o tivesse beijado como a Nicki que conhecera, o olhar que ela deu agora dizia que a *treinadora Bates* era tudo o que ela poderia dar a ele.

Ela estava escolhendo o jogo ao invés dele.

A cruel ironia desse fato criou um buraco ardente em suas entranhas.

As luzes de sua casa ainda estavam acesas quando chegou duas horas depois. Chet ainda estava acordado. Provavelmente, esperando por ele. Chet sempre o esperava chegar.

Eric odiava isso quando era adolescente, e era um medo frequente e justificável. Se ele ficasse fora de casa até muito tarde, levava um baita sermão por não estar levando a vida como atleta a sério. E isso só acontecia nos dias bons. Se rolasse nos dias ruins? Ele ainda tinha a cicatriz na mão esquerda de uma bolha que infeccionou, causada pelo atrito da luva de couro depois de três horas arremessando no escuro.

Ele não tinha mais motivo para sentir medo da ira do pai. E, para sua total surpresa, ele estava satisfeito – pelo menos – por não encontrar a casa vazia.

Eric apertou o botão para abrir a garagem e parou o Escalade. O cheiro de comida se infiltrou em suas narinas assim que abriu a porta da casa. O pai não havia mentido sobre essa coisa de aprender a cozinhar. Ele realmente sabia o que estava fazendo na cozinha.

O estômago roncou em resposta, e ele refletiu há quanto tempo estava sem comer. Horas. Largou as chaves na bancada central e foi até a geladeira.

— Está com fome?

Eric olhou para o pai, por cima do ombro, e percebeu que não tinha mais forças ou vontade para discutir. Soltou a porta da geladeira para que se fechasse sozinha e se virou.

— Morrendo.

O sorriso do pai o atingiu com uma pontada de culpa.

— Vou arrumar um prato pra você — disse Chet. — Eu fiz batata assada. A receita da sua mãe.

Eric se sentou em uma das banquetas e apoiou os cotovelos na bancada de granito. Em seguida, apoiou as palmas das mãos contra os olhos doloridos.

Chet pegou uma panela da geladeira e colocou sobre a pia.

— Como o Cal está?

— Ele... hmm... — Eric ainda não conseguia acreditar, quanto mais dizer em voz alta. — Ele vai sair do time.

Chet serviu uma porção generosa de carne, batatas e cenouras em um prato antes de colocar tudo no micro-ondas. Logo após, guardou a panela e pegou o leite.

— Você está de boa com isso?

— Ótimo — respondeu Eric, a resposta monossilábica emergindo automaticamente, só que desta vez veio com um toque extra de mentira.

Ele suspirou.

— Na verdade, não estou nada bem.

A voz de Chet soou casual demais.

— Por causa do Cal ou por causa da Nicki?

— Não sei — Eric disse, com sinceridade. Mais uma surpresa do dia. — Ambos, eu acho.

O micro-ondas apitou e Chet tirou o prato e o colocou, junto com um copo cheio de leite e alguns talheres, na frente de Eric. Caramba, aquilo cheirava bem demais. Eric atacou a comida e colocou uma grande garfada na boca.

— Sua mãe costumava cozinhar isso em todas as vésperas de Natal, lembra?

Eric olhou para cima. Seu pai estava do outro lado da ilha, observando-o e esperando por uma resposta.

Sim, ele se lembrava de todos os jantares de véspera de Natal. Ele se lembrava da mãe usando um avental – um que ela só usava para o feriado – e de seu pai mexendo com a árvore, as luzes ou alguma merda do tipo. Ele se lembrou de como a mãe insistia que comessem com os pratos mais

JOGADA DECISIVA

chiques e só depois de fazerem uma oração. Ele se lembrava do quanto ansiava por essa data durante o ano inteiro, porque era o único momento em que o pai agia como metade de um ser humano decente e a mão parecia genuinamente feliz.

Eric sabia o que Chet queria que ele respondesse, mas se recusava a dar o braço a torcer. Ele já estava tão imerso em sentimentos que bagunçavam sua mente que temia que fosse perder a compostura por completo se desse um passeio por todas as essas lembranças.

Chet pareceu aceitar o silêncio de Eric, então deu um soquinho no granito.

— Bem, acho que vou voltar para o meu livro.

Eric observou o pai saindo da cozinha abruptamente e sentiu algo semelhante a pânico. Largou o garfo, o barulho do talher de prata soando como um alarme. Esfregou o rosto com as mãos e tentou respirar.

Então pensou em seu pai sentado na sala de estar com nada além de um livro para lhe fazer companhia.

Pensou em Nicki, vulnerável e assustada.

Ele pensou em Cal, sem conseguir dormir pela culpa.

Ele pensou em mais uma maldita noite sozinho em seu quarto.

— Você quer ir para Tampa… para o jogo contra o Yankees?

As palavras saíram de sua boca antes que seu cérebro tivesse tempo de processar. Chet parou e se virou. A expressão em seu rosto era como a de uma criança cujos pais acabaram de surpreendê-la com uma viagem à Disney.

Eric olhou para o prato, engasgando-se com a sensação da bola rápida no peito que surgiu do nada. *É apenas um maldito jogo de exibição*, ele queria gritar.

— Claro — Chet finalmente respondeu. — Vai ser ótimo.

E saiu da cozinha, deixando o filho exalar o ar que estava segurando.

Eric pegou o garfo outra vez e terminou de comer. Cada garfada era uma memória que ele, de repente, queria saborear.

Abby socou o botão do volume da TV, na sala de reuniões, que acabou meio que se tornando seu escritório-extraoficial-e-que-ninguém-dava-a-mínima no estádio.

A ESPN estava transmitindo um programa de debates há mais de uma hora, cujo tema central era Nicki e o time de arremessadores dos *Aces*. Finalmente, chegou a hora.

Avery Giordano, do New York Times, era uma das comentaristas. Infelizmente, Ray Fox também estava na bancada.

— *Acho que podemos dizer que o experimento dos Vegas Aces deu certo* — disse Avery. — *Estamos agora com duas semanas no treinamento, e a diretoria dos Aces deve estar feliz com o que está vendo.*

Ray Fox deu uma risada de escárnio.

— *Você está me zoando? Estamos assistindo ao mesmo time? Eles perderam um terço dos seus jogos de exibição.*

De alguma forma, Avery manteve a calma.

— *Ray, fiquei por aqui nas duas últimas semanas inteiras, e posso dizer que o time está melhorando. Harper Brody está com uma média de arremessos a mais de 150km por hora durante as sessões no bullpen. Isso é três quilômetros mais rápido do que rolou na última temporada. Zach Nelson está mostrando incrível força e controle. E Eric Weaver recuperou o giro de sua bola de efeito...*

Ray resmungou como o porco que era.

— *Ah, tá, bem, vá lá saber que tipo de atenção individual ele está recebendo.*

Argh. Abby desligou a TV e se lembrou de que seria de muito mau gosto jogar o controle remoto longe. Graças a Deus, por Avery Giordano. Se Abby fosse obrigada a participar de uma mesa de debates com Ray, ela acabaria na prisão.

Ele não tinha ideia do que estava falando. Abby nunca tinha visto uma pessoa trabalhar mais pesado do que Nicki nas últimas duas semanas. Ela estava obcecada. Ainda mais agora do que no início do treinamento de primavera. Era como se ela tivesse voltado do enterro com um foco ainda mais restrito no jogo. Abby não conseguia entender. Nicki estava simplesmente diferente.

Abby não tinha dúvidas de que a mudança tinha tudo a ver com Eric.

Sem pressa, ela pegou suas coisas e enfiou tudo na bolsa. Então apagou as luzes da sala de reuniões e seguiu para o elevador no fim do túnel. O escritório de Devin ficava no último andar da ala de escritórios.

Ela reprimiu o sorriso bobo que curvava seus lábios ao entrar no elevador. Não sabia se poderia dizer que ela e Devin estavam namorando, propriamente dito. Eles saíram para jantar duas vezes, e depois do segundo jantar, ele a beijou no carro como se ela fosse sua única fonte de oxigênio. Também houve ligações e mensagens de texto. Algumas delas bem indecentes.

A quem ela queria enganar? Sim, eles estavam namorando.

O corredor que levava ao escritório estava deserto. A porta dele estava aberta, e ela ouviu apenas a voz de Devin.

Ah, não, espera. Não era a voz dele. Era de alguém que tinha uma voz muito parecida. Será que estava no viva-voz?

— *Isso já foi longe demais, Devin.*

— Tenho certeza de que você vai sobreviver — Devin respondeu, cansado.

— *Você tem alguma ideia do que tudo isso está causando pra mamãe? Você devia ter ouvido as perguntas que aquele maldito repórter fez pra ela hoje! Como se nossa mãe tivesse qualquer coisa a ver com o gerenciamento dessa merda de time.*

Abby se recostou à parede para ficar longe de vista. Provavelmente deveria se sentir culpada por ouvir a conversa alheia e particular, mas não conseguiria se afastar dali nem se o alarme de incêndio disparasse.

— Não tenho como controlar a imprensa, Bennett.

— *Sim, você pode muito bem controlar a porcaria do seu time. Eles estão dormindo juntos ou não?*

Abby sentiu um arrepio percorrer seu corpo, indignada, ainda esperando que Devin respondesse. Ele não teve a menor chance, porque uma vozinha infantil soou ao fundo.

— *Eu quero falar com o tio Devin!*

Tio Devin? Abby sorriu, apesar da irritação.

— Coloque-a no telefone — Devin ordenou.

— *Tudo bem. Mas ainda não terminamos essa conversa.*

Ouviu-se um barulho de agitação e, então, a voz de uma menininha ressoou pela sala.

— *Oi, tio Devin!*

— Oi, pitica. Como está a minha garotinha? — Abby praticamente podia ouvir a voz sorridente, o que fez com que seu sorriso aumentasse ainda mais.

— *Meu aniversário é na semana que vem!*

— Eu sei. O que você quer ganhar do tio Devin?

— *Posso conhecer a Nicki Bates?*

— Claro que sim.

Mais uma vez ela ouviu a agitação e farfalhar, então o irmão de Devin mandou a filha sair da sala.

— *Não estou de brincadeira dessa vez, Devin. Isso já causou constrangimento demais.*

A voz de Devin assumiu um tom áspero.

— E o que isso significa, Bennett?

— *Se aqueles dois estiverem dormindo juntos, você precisa demiti-la. Ou eu vou te afastar da administração.*

Um clique audível ecoou, seguido pelo silêncio. Mas que merda foi aquela?

— Você pode entrar agora, Abby.

Com as bochechas vermelhas, ela abriu a porta.

Devin apontou para os vidros que ladeavam a porta. Com um tom divertido na voz, disse:

— Deu pra ver você através do reflexo do vidro.

Ele estava sentado à mesa, parecendo ainda mais bonito do que qualquer homem tinha o direito de ser. O cabelo estava levemente bagunçado na frente, como se ele tivesse passado os dedos várias vezes. A mandíbula estava sombreada pela barba por fazer. Em algum momento do dia, ele havia se livrado da gravata, e o colarinho de sua camisa social agora estava aberto, dando um vislumbre dos pelos que cobriam seu peito.

Abby pigarreou de leve.

— Me desculpa. Eu não quis interromper.

— E por que não? É sempre divertido fazer parte de mais uma rodada — a voz adquiriu uma entonação de deboche: — *Você está nos decepcionando, Devin.* É a frase favorita do meu irmão.

— Do que ele estava falando? Ele quer que você demita a Nicki?

— Ele só está blefando, Abby. Não precisa se preocupar.

— Mas você irá apoiá-la, não é?

JOGADA DECISIVA

Aquilo o fez se sentar ereto na cadeira. Ele piscou diversas vezes.

— Você realmente pensou que eu não a apoiaria?

Ela balançou a cabeça.

— Sinto muito. Eu só estou sentida por ela.

Ele deu uma piscadinha.

— E eu não sei disso?

Ele se levantou e bocejou por trás da mão cerrada. A outra mão coçou a parte inferior da barriga, os dedos levantando a barra da camisa que se encontrava para fora do cós da calça – aquilo foi o suficiente para revelar uma pele firme e mais pelos escuros. Ela começou a suar.

Devin contornou a mesa e recostou um quadril no canto. Seus olhos se conectaram na mesma hora. Os dele brilhavam como gemas ambarinas à luz do abajur de sua mesa. O efeito que teve sobre ela foi rápido e brutal. Uma onda de calor subiu pela sua coluna.

— Jante comigo hoje à noite.

Não havia como negar o significado oculto em seu tom de voz. *"Jante comigo"* era apenas um código para: *"Vamos parar de rodeios e, finalmente, partir para a ação"*.

E, nossa, ela estava pronta, mas a decepção era como um banho gelado. Ela pigarreou e disse:

— Não posso. Estou indo embora.

A expressão dele se tornou séria.

— Indo para onde?

— Tenho que voltar para Nova York.

— Hoje?

— Amanhã de manhã. Cedo. Preciso fazer as malas hoje à noite.

— Por quê?

— Eu tenho outros clientes que estão começando a se sentir negligenciados, além de uma série de reuniões marcadas para essa semana. Posso cuidar das coisas da Nicki de lá.

Os olhos dele cintilaram com uma expressão que roubou todos os pensamentos coerentes de Abby. Não era somente pelo desejo explícito em seu olhar. Era o jeito que ele olhava para ela, como se pudesse enxergar a parte do coração dela que também o queria.

Ele olhava para ela como se a desafiasse a negar isso.

Ela não podia. Todo o corpo dela gritava, ansiava por ele em lugares que estavam dormentes há muito tempo. Fazer amor com Devin outra vez seria ou a experiência mais emocionante da vida dela, ou outro erro absurdo que a deixaria ainda mais devastada do que já estava.

Devin ajeitou a postura e foi na direção de Abby.

— Diga-me o que está pensando agora — ele sussurrou, estendendo o braço por sobre o ombro dela para fechar a porta.

— Estou pensando que para algumas pessoas a atração é muito forte, não importa o quanto queiram lutar contra ela.

Os braços fortes rodearam a cintura dela e a puxaram suavemente contra ele.

— Você quer lutar contra isso?

— Não.

As narinas dele dilataram.

— Quanto tempo você precisa ficar em Nova York?

— Não sei.

— Mas você vai voltar.

— Quando eu for necessária.

Ele se abaixou até a boca pairar pouco acima da dela.

— Você é necessária.

Então seus lábios cobriram os dela. Suas bocas se fundiram em uma explosão de sensações e fascínio que a fizeram perder o fôlego. As mãos másculas seguraram a parte de trás da cabeça de Abby, segurando-a com possessividade carinhosa. E ela gostava demais disso. Era como ser possuída e devorada por ele.

A boca de Devin foi trilhando um caminho de beijos que iam desde o queixo delicado até a pulsação latejante do pescoço.

— Diga-me o que você está pensando agora — murmurou, a boca dançando pouco acima da clavícula.

Ela arquejou na mesma hora.

— Estou pensando que não vou suportar ser magoada outra vez.

Seus olhares se encontraram. E ela segurou o rosto dele entre as mãos.

— Por favor, não me magoe, Devin.

— Não vou fazer isso.

Ela procurou em seus olhos sinais de engano ou qualquer outra razão para parar isso agora. Não encontrou nenhum. Onde antes enxergava arrogância, agora via sinceridade. Onde antes havia egoísmo, agora havia compaixão.

— Eu acredito em você — ela sussurrou, incapaz de esconder a surpresa em sua voz.

JOGADA DECISIVA

Então, Devin, de repente, a ergueu em seus braços. Ela riu e rodeou a cintura dele com as pernas para se segurar.

— Eu preciso fazer as malas — ela murmurou contra a boca dele.

— Esperei por isso por doze anos. Você vai me deixar agora por causa de bagagem?

Ela riu novamente. Ele atravessou a sala com Abby nos braços até chegarem ao sofá ao longo da parede oposta à sua mesa. Em seguida, ele a colocou ali com total gentileza, quase com reverência, e os despiu de suas roupas.

Quando o corpo forte a cobriu, ela soube.

Desta vez seria diferente.

Uma semana se passou, e então mais outra. Os *Aces* continuavam a enfrentar dificuldades durante os jogos de exibição sem a presença de Cal.

Mas com Eric era o contrário. Ele havia se tornado uma máquina novamente, e ele não sabia que raios de pó mágico o pai estava colocando em sua comida, mas estava funcionando. Toda vez que Eric abria a partida, os *Aces* venciam.

O pai passou a assistir a todos os jogos, e uma nova tradição foi criada. Jogo, então um jantar fora. Hoje à noite, eles escolheram uma churrascaria chique com vista para o mar e com pedaços de carne tão grandes que não de se admirar que o lugar fosse popular entre os jogadores de beisebol.

Ele e o pai optaram por esperar no bar até que a mesa estivesse disponível. Seu pai pediu uma água com gelo, enquanto Eric pediu uma Budweiser. A fileira de TVs acima do balcão central estava sintonizada em canais esportivos diferentes. A ESPN era um deles, então os dois se sentaram a tempo de assistir os destaques de várias partidas do dia.

Eric viu sua própria jogada em câmera lenta, quando ele eliminou o quinto rebatedor do jogo. Puta merda, aquilo foi bom demais. Ele eliminou um total de oito rebatidas, e os *Aces* ganharam do *Washington Nationals* por 4x1.

— Você estava ótimo hoje — Chet comentou.

— Obrigado. — Ele realmente se sentiu super bem no jogo.

— Nicki sabe o que está fazendo como treinadora, não é?

— Sabe mais do que qualquer treinador que já tive.

Ela também era uma máquina. Parecia o maldito coelhinho das pilhas *Energizer* do beisebol. Ela e Hunter decidiram posicionar Zach Nelson na rotação inicial para substituir Cal, mas o garoto não estava pronto, o que significava que Nicki estava se dedicando ainda mais ao trabalho. Eric chegou a pensar se ela estava dormindo no estádio, porque parecia que ela nunca saía de lá.

Como se tivesse sido combinado, a ESPN mostrou um clipe de Nicki saindo para o monte no meio do sétimo *inning* naquele dia, para dar instruções a ele e Riley Quinn. Eric cerrou a mandíbula. As vaias da torcida dos *Nationals* eram repletas de palavras vulgares, mas Nicki se manteve calma o tempo todo. Ela não demonstrou, em momento algum, que tinha ouvido o que eles diziam. No entanto, Eric ouviu. Cada maldita palavra. E ele calou a boca de todos eles ao eliminar o próximo rebatedor.

A melhor maneira de vencer caras como esses é ganhando. Talvez ela estivesse certa.

Uma risada alta e retumbante veio da parte da frente do restaurante e fez seus ouvidos se aguçarem. Em seguida, ouviu o lírico e forte sotaque italiano.

Eric se virou para olhar assim que todo o clã Bates se espalhou pela área do bar em um grupo barulhento.

É claro. Claro que ele e seu pai escolheriam o mesmo restaurante que Nicki e sua família. Os *Aces* iam jogar contra o *Red Sox* no dia seguinte, e parecia que toda a gangue estava na cidade para o espetáculo.

— É a família da Nicki? — Chet perguntou.

Eric não teve tempo sequer para responde, porque Isabella os avistou e deu um grito ensurdecedor.

— Olha só quem está aqui!

Ela correu até o bar. Chet se levantou e, na mesma hora, se viu espremido no abraço de urso de Isabella.

— Ah, Chet. Que maravilhoso te ver por aqui.

— Faz um bom tempo.

— Tempo longo demais. Sinto muito pela perda de Melody. Que mulher maravilhosa. Foi tão terrível.

— Sentimos saudades dela — Chet disse.

Eric esperou pelo ressentimento que sempre acompanhava as palavras do pai, mas, estranhamente, não sentiu nada.

Isabella agarrou Eric logo depois.

— Ah, meu menino. — Se afastou e beliscou as bochechas dele. — Ai, meu Deus. — Ela se virou e lançou um olhar para a família. — Eles devem comer com a gente!

— Com toda certeza — Andrew Bates respondeu. Então estendeu a mão para Chet, e os dois homens se cumprimentaram com um abraço lateral.

Isabella não esperou que Eric ou Chet concordassem. Ela foi até a bancada da *hostess* e Eric a ouviu dizer à mulher de que precisavam adicionar mais dois lugares na reserva dos Bates.

A mulher pegou mais alguns cardápios e solicitou que o grupo a seguisse.

Eric pagou pelas bebidas no bar. Olhou para cima e deparou com o olhar de Nicki, mas ela o desviou assim que percebeu que havia sido flagrada.

O restaurante havia reservado uma imensa área privativa ao fundo. Uma parede inteira era de janelas que davam vista para o mar. Assim que entraram, ele e o pai foram cumprimentados com mais abraços apertados e tapinhas nas costas, além dos clássicos olhares de *"como você está"* e *"eu vou te dar uma surra"*, até que Eric se viu diante de Robby e Nicki.

A sala ficou estranhamente silenciosa. Eric tentou manter a expressão neutra, mas estava com medo de que seu rosto gritasse: SIM, EU TRANSEI COM A SUA IRMÃ OUTRA VEZ.

— Bom trabalho hoje — Robby disse.

Um suspiro audível ressoou pelo ambiente.

— Obrigado. Foi bem bacana.

Ele ouviu o som de um talher tilintando, como se alguém estivesse batendo a peça contra uma taça, típico de casamentos. Nicki e Robby trocaram um olhar depois de revirarem os olhos. Isso só podia significar uma coisa: Andrew Bates estava prestes a fazer um brinde.

Os lábios de Eric se abriram em um sorriso largo. Os brindes de Andrew, nos jantares, eram lendários. Ele poderia encontrar qualquer motivo para se postar diante da família e transmitir uma pérola de sabedoria, gratidão ou uma piada ruim que, inevitavelmente, virava motivo de gozação dos filhos.

Meu Deus, ele tinha sentido falta disso.

— Robby, Nicki, por favor, venham aqui — Andrew pediu.

Nicki grunhiu baixinho.

— Pai, não…

— Shhh… Clutch. Se tem um momento perfeito para se fazer um brinde, é hoje.

Nicki e Robby reviraram os olhos de novo, dessa vez de um jeito mais dramático, e foram até o pai na cabeceira da mesa.

Mais uma vez, os olhares de Nicki e Eric se encontraram, mas ela desviou o dela rapidamente.

Andrew pigarreou antes de dizer:

— Nunca vou me esquecer da primeira vez em que minha garotinha disse que queria jogar beisebol com os irmãos. Não havia nada que pudesse mantê-la longe do campo no início, pensamos que ela só queria ficar por perto mesmo…

JOGADA DECISIVA

Eric cobriu o sorriso com a mão. Ele ouviu esse discurso tantas vezes, que poderia dizer de cor.

— E quando percebemos o tanto que o talento dela era especial, que ela era tão boa quanto Robby, bem... honestamente, eu fiquei apavorado.

O olhar de Eric se voltou para Andrew. Esta parte era nova.

— Sabe, não há nada pior para um pai do que a percepção de que ele não pode proteger seus filhos contra tudo. E sua mãe e eu sabemos, Nicki, que o caminho que você queria seguir seria muito, muito difícil, e que haveria um monte de gente que não queria o seu sucesso. Os obstáculos que você enfrentou poderiam ter impedido o mais forte dos homens. E você, literalmente, carrega a cicatriz disso.

A voz de Andrew vacilou um pouco, mas Eric mal reparou. Seus olhos estavam cravados em Nicki, cujo rosto estava pálido. A cicatriz. O que diabos havia acontecido com ela?

— Mas você superou todos eles — continuou Andrew. — Você se esforçou mais do que qualquer um que eu já conheci, e agora aqui está: a primeira mulher a treinar um time da liga principal.

Sua voz se tornou rouca, mais profunda diante da emoção. Ele ergueu sua taça.

— Amanhã veremos minha filha, minha Clutch, treinar o time adversário do meu filho, Robby. Nunca estive mais orgulhoso como pai do que estou neste momento. Saúde.

Todos ergueram suas taças e brindaram.

Robby acenou com as mãos.

— Beleza, beleza, chega dessa baboseira. Cadê o bife?

Foi como um musical de cadeiras sendo arrastadas. A família inteira se dispersou e brigou por um assento. E quando a música parou, os únicos dois lugares vazios que sobraram se encontravam lado a lado. Nicki olhou para ele de maneira significativa antes de reivindicar um deles.

Eric se acomodou no outro. Ele esperou dez minutos – até que todos tivessem feito seus pedidos e se perdido em suas próprias conversas – antes de olhar para ela.

Ela soltou um suspiro angustiado.

— Pare, Eric.

Ele abaixou o tom de voz:

— O que aconteceu com você?

— Você nunca vai deixar esse assunto para lá, vai?

— Não. Especialmente depois do que seu pai acabou de dizer.

Ela fechou a boca. Eric observou os músculos de sua garganta trabalhando enquanto ela engolia, e sua mente se lembrou da sensação de seus lábios naquele exato local. Por fim, ela desistiu com um aceno de cabeça.

— Fui assaltada na faculdade. Beleza? Pronto.

Ele ficou calado por um instante, o peito apertado.

— Quem te assaltou?

— Uns caras lá. Eu estava no último ano. Era outubro. Fui a uma festa com uma amiga. Ela ficou bêbada, então fiquei pau da vida e decidi voltar para casa sozinha. Foi estúpido, mas peguei um atalho por um beco. Um grupo de caras me seguiu, começou a me assediar. Quando mandei eles à merda, eles me espancaram.

Bile subiu pela garganta de Eric. Ele apertou um pouco mais o agarre no braço dela.

— Qual foi a gravidade?

— Eu fiquei com muitos hematomas e alguns cortes...

Eric soltou um som parecido com um rosnado, o que lhe rendeu um olhar de advertência de Nicki. Ela tinha sorte de ele não estar gritando alto.

O último ano. Outubro. Isso foi apenas alguns meses depois da convocação dele. Depois que ele a deixou.

— Você deveria ter me contado.

— E por quê? Você nem estava mais comigo na época.

E ela acreditou que ele não se importava. Que não a amava. Ela acreditou exatamente no que ele queria que acreditasse.

O jantar se arrastou pelo que pareceu a eternidade. Ele disfarçou bem – pelo menos, achou que sim. Respondia quando alguém perguntava alguma coisa, riu quando isso era esperado. Mas a mente estava presa em Nicki.

Quando tudo acabou, ele estava mais do que pronto para surtar. Chet surpreendeu a todos quando pagou a conta inteira às escondidas, o que lhe rendeu outro abraço de Isabella, dessa vez acompanhado de lágrimas.

Eric viu e ouviu muito pouco. Antes de se despedir, Eric pediu que o pai fosse para casa sem ele.

Quinze minutos depois, ele se sentou em sua banqueta preferida no bar do Mac. Depois minutos se passaram, e ele se arrependeu da decisão. Alguém enfiou uma nota de cinquenta dólares no jukebox e escolheu nada mais, nada menos que uma música de Garth Brooks. Eric estava a um solo de guitarra de arremessar a garrafa de cerveja em direção à máquina.

JOGADA DECISIVA

Mac colocou outra Budweiser na frente dele.

— Cadelas...

Eric ergueu a mão, para impedi-lo de continuar.

— Não diga nada.

Mac deu de ombros e então olhou para algo além do ombro de Eric.

— Um jogador do *Red Sox* em um bar dos *Aces*. Isso é uma coisa que não se vê todo dia.

Eric seguiu a direção do olhar de Mac.

Ah, que merda. Robby.

Robby estava parado ao batente. Ao flagrar o olhar de Eric, gesticulou para a porta atrás dele e saiu.

Eric só poderia pensar em alguns motivos para Robby estar ali, e um deles devia ser sua morte iminente. Ele tomou o que restou da cerveja, se levantou e deixou uma nota de dez dólares no balcão.

— Chame os tiras se ouvir alguma coisa estranha.

Mac bufou uma risada.

Eric avistou Robby parado ao lado de sua Yukon, no estacionamento, os braços cruzados e as pernas abertas. Como se estivesse preparado para uma briga. Porcaria.

Decidiu ir até lá com calma.

— O que você quer?

— Entra aí. Nós vamos dar uma volta.

E terminar como Jimmy Hoffa[5]? De jeito nenhum.

— Não vou a lugar nenhum com você.

— Precisamos conversar, e não pode ser aqui.

— Sobre o quê?

— Você pode entrar na droga do carro?

Eric deu a volta pela frente do SUV e se sentou no banco do carona ao mesmo tempo em que Robby se sentava ao volante. Eles ficaram em silêncio conforme o veículo deixava o estacionamento e pegava a estrada deserta que levava ao centro da cidade.

Lançou uma olhada para o banco traseiro, só para conferir se havia fita adesiva e uma pá dando sopa por ali.

— Eu meio que sou importante, Robby. Se eu desaparecer do nada, as pessoas vão dar falta.

---

5   Jimmy Hoffa foi um importante líder sindical norte-americano, que foi dado como desaparecido em 1982. Como inimigos, ele possuía a família Kennedy, mas como aliados, encontrou parceria com a Casa Nostra, uma família de gângsteres de Detroit. A história de Hoffa é contada através de um filme estrelado por Al Pacino e de documentários na Netflix.

Robby soltou uma risada que era um misto de zombaria e diversão. Nenhum dos dois falou qualquer coisa por mais quinze minutos, até que Robby virasse em uma entrada e pegasse um acesso que dava para uma praia e uma área de piqueniques. O lugar estava abarrotado de ervas-daninhas, era escuro e ainda possuía uma churrasqueira toda enferrujada que mais parecia um desastre de tétano prestes a acontecer.

— Uau. Você realmente sabe como proporcionar um bom momento a um cara.

— Só desce.

Eric abriu a porta e desceu do veículo, pisando em cheio no solo arenoso. Um segundo depois, ele se juntou a Robby na frente do capô. Robby entregou a ele uma lata de cerveja, retirou outra do pacote de seis, e colocou o resto em cima da lataria.

— Você vai me deixar bêbado antes de me matar?

— Não vou te matar.

— Então o que estamos fazendo aqui?

Robby abriu a sua lata e se recostou na grade frontal do carro. Ele tomou um gole e cravou a ponta do pé na areia.

— Fala logo, Robby.

— Preciso de um favor.

— *Você* precisa de um favor *meu*?

— Não torne isso mais difícil do que já é.

— O que você precisa?

— Estou preocupado com a Nicki.

Eric disse, com cuidado:

— Eu também.

— Eu sei. Eu vi o jeito que você olhou pra ela hoje à noite, quando meu pai mencionou a cicatriz.

— Ela me contou que foi assaltada.

Robby tomou um longo gole. Então, praguejou baixinho e se afastou do carro. Ele foi em direção à praia. A mente de Eric trouxe à tona uma lembrança esquecida há muito tempo. Segundo ano da faculdade. Uma viagem de última hora à praia com alguns dos caras do time. O pessoal ficando bêbado e rindo muito com as coisas mais idiotas. Ele dizendo ao Robby, enquanto estava bêbado, que a irmã dele era atraente. Levando um soco e caindo na areia por conta disso.

Eric observou Robby colocar a cerveja no chão e pegar uma pedra. Ele a jogou na água. Seja lá o que pairava na cabeça de Robby, era algo sério. Eric colocou sua cerveja em cima do capô do carro e se juntou a ele na beira da água.

— Fala.

Robby apoiou as mãos nos quadris e encarou o mar.

— Preciso te contar uma coisa. E se você gosta da minha irmã, você vai ouvir e jurar sobre o túmulo da sua mãe que nunca vai dizer isso a alguém. Especialmente para Nicki.

— Oookay — conseguiu dizer a palavra.

Robby o encarou com seriedade.

— Estou falando sério. Nicki vai me matar se souber que te contei.

— Então talvez você não devesse contar.

— Não consigo mais fazer isso sozinho. E nem ela, quer ela admita isso ou não.

Ele ouviu os sinos de alarme na cabeça.

— Ela não foi assaltada. É isso o que ela diz para as pessoas, mas não é a verdade. Ela não queria que ninguém soubesse da verdade. Só a minha família e eu sabemos o que aconteceu realmente.

O alarme se tornou uma sirene.

— O que aconteceu de fato?

Robby praguejou de novo e olhou ao redor. Eric agarrou a manga da camisa do amigo.

— É melhor você dizer logo, porque estou prestes a surtar aqui.

— Não foi um assalto. Eles sabiam quem ela era... a reconheceram da capa da *Sports Illustrated*. Eles deram uma surra nela. Disseram que aquele não era o lugar dela, que ela tinha que desistir.

Eles a mandaram desistir. Assim como Eric fez.

A bile subiu na garganta quando a sirene se tornou um alerta de ataque nuclear.

— Essa não foi a pior parte... — Robby disse.

— Como assim? O que pode ser pior que isso?

Espera.

Não.

O mundo sacudiu sob seus pés. Ele se inclinou e apoiou as mãos nos joelhos dobrados.

— Não diga nada, Robby. Por favor.

— Ela foi estuprada.

JOGADA DECISIVA

A voz de Robby baixou um tom, tanto que Eric não estava certo se tinha escutado direito. Ou talvez fosse o sangue correndo e zumbindo em seus ouvidos que tivesse afogado as palavras. A praia. O mar. Tudo desapareceu em uma névoa vermelha de fúria que nublou sua visão.

Não. Não era apenas fúria. Agonia. Um som irrompeu de seu peito, mas foi interrompido quando Robby agarrou a camiseta de Eric.

— Me escuta...

Eric piscou diversas vezes e olhou para cima, tentando focar no rosto de Robby.

— Eu sei como você está se sentindo agora. Sei que quer esbravejar e sair para matar alguma coisa. Mas você precisa me ouvir, entendeu? Ela não pode saber que você sabe.

Robby soltou Eric, que sentiu os joelhos falharem. Ele caiu na areia. Tudo o que havia comido e bebido naquele dia se agitou no estômago. Inclinado para frente, vomitou o conteúdo na areia.

— Eu sei, cara — Robby disse. — Comigo aconteceu a mesma coisa.

A ânsia de vômito durou alguns minutos até que Eric se sentou na areia. Com a ponta do tênis, chafurdou a areia para enterrar a bagunça nojenta e se deitou de costas. A areia estava fria e úmida, e ele podia sentir a umidade se infiltrando pelo jeans e a camiseta. Robby se largou ao lado dele.

— Como não fiquei sabendo disso? O julgamento deve ter aparecido em todos os telejornais.

Robby deu uma risada irônica.

— Não houve um julgamento.

— Eles nunca foram pegos?

— Ela não pôde identificá-los. O *kit de estupro* coletou o DNA, mas não combinou com o de ninguém.

O estômago de Eric revirou novamente quando ouviu kit de estupro. Ele cobriu os olhos com o antebraço para bloquear as imagens que sua mente estava determinada em obrigá-lo a ver. Nicki, sozinha no pronto-socorro. Ensanguentada e espancada. Obrigada a aguentar outra espécie de violação para que os detetives colhessem evidências.

— Eles conseguiram se safar — disse Eric.

— Não de acordo com Nicki. Ela disse que a melhor maneira de derrotá-los...

— É vencendo — Eric sussurrou.

Robby virou a cabeça e olhou para ele, surpreso.

— Ela me disse essa mesma frase quando discuti com Kas no vestiário.

Não tinha feito nenhum sentido para ele na hora. Na verdade, a atitude dela foi ingênua e o deixou pau da vida. Agora ele entendia tudo – a máscara que ela usava, a fria determinação, a relutância com ele.

Ele, finalmente, *a* entendeu.

Robby apoiou a cabeça no braço dobrado.

— Ela mudou depois que isso aconteceu. Eu sei que qualquer mulher mudaria. Mas Nicki, de repente, cortou tudo da vida dela, com exceção do beisebol. Eu nunca vi ninguém mais focado. Tão motivado. Nunca vi ninguém se esforçar tanto. E não somente em relação ao beisebol. Ela concluiu o mestrado, depois fez um doutorado. Era como se ela tivesse que provar alguma coisa.

A voz dele vacilou por um segundo.

— Só que ela não vê isso — continuou. — Eu tentei conversar com ela sobre o assunto, e ela me manda ir à merda. Meus pais têm medo de que ela nunca mais queira namorar ninguém, nunca se case. Você foi o último cara com quem ela esteve. Que tal isso, como uma ironia cruel?

Eric pensou que não poderia ficar mais devastado do que já estava, mas então o peso da bomba que Robby lançou aterrissou em seu peito.

Ele a pegou no maldito chão, porra. Será que aquela foi a primeira vez que ela transou desde… Ah, meu Deus. Foi por isso que ela surtou logo depois.

Ele ia passar mal de novo. Eric se sentou e se levantou de um pulo.

— Você tem que me levar de volta.

Robby também ficou de pé e agarrou o braço dele.

— Ei. Seja lá o que está pensando nesse momento, pode esquecer. Você não pode transparecer de que sabe qualquer coisa sobre isso.

— Você não pode me pedir isso. Eu não consigo fingir.

— Posso pedir, sim. E você vai ficar calado. Porque, se ela souber que te contei, ela nunca mais vai falar comigo.

Eric sentiu falta de ar, como se alguém estivesse com as mãos ao redor de sua garganta, o sufocando. Ele estava preso. Completamente fodido, não importava o que fizesse. De jeito nenhum ele conseguiria manter o segredo compartilhado por Robby. Não depois de ter feito amor com ela. Ele precisava saber se ela estava bem. Tinha que se desculpar pela forma como tudo rolou, tomar Nicki em seus braços e prometer cuidar dela se ela apenas lhe desse a oportunidade de consertar as coisas.

Mas, com certeza, não podia contar *isso* para Robby. Porque Nicki ficaria arrasada se ele contasse ao irmão sobre *eles*.

JOGADA DECISIVA

Eric cerrou os punhos e exalou um suspiro frustrado.

— Você precisa se conter, Weaver. Eu te contei tudo isso por um motivo.

— Qual? — Eric grunhiu. — Que motivo poderia haver se não posso fazer nada a respeito? Só pra me torturar? Você me odeia tanto assim?

— Eu costumava odiar, mas aqui está o negócio... — Robby se aproximou. — Eu também acho que você ainda a ama.

Eric congelou. Todos os seus músculos retesaram. Ele não ia negar, porque não fazia o menor sentido.

— O que você precisa que eu faça?

— Que você a proteja. Fique do lado dela. Porque, se ela conseguir ser efetivada no cargo, se ela conquistar *isso*, não sei o que pode vir a seguir. Ninguém pode continuar seguindo de um jeito tão intenso sem acabar tendo um colapso. E quando isso acontecer com ela, é melhor que você seja o cara que vai aparar a queda dela.

Eric observou o antigo amigo – os ombros curvados em derrota, o brilho sombrio em seus olhos. Ele nunca teve tempo de sentir a perda dessa amizade, mas agora sentia com força total. Robby tinha sido como um irmão para ele. Eric perdeu muita coisa quando se afastou de Nicki. Ele não sabia se algum dia superariam tudo isso, mas agora eles compartilhavam uma coisa: ambos amavam a mesma mulher, e fariam qualquer coisa para protegê-la.

O fato de que Robby, apesar de todo o passado entre eles, confiou nele para ser o cara que cuidaria da irmã significava mais para Eric do que qualquer palavra poderia expressar. Então, ele optou pela única linguagem que jogadores compreenderiam:

— Porra, Robby.

A boca de Robby se torceu em um sorriso zombeteiro.

— É. — Ele suspirou e se virou para o carro. — É melhor a gente ir. Vou te levar de volta.

Eles seguiram por todo o caminho em silêncio outra vez, envoltos na escuridão do carro, perdidos em seus próprios arrependimentos. Eric encarava a janela até que o bar surgiu à vista. Só então ele olhou para Robby.

Ele tinha um milhão de coisas a dizer, mas não conseguia encontrar as palavras certas.

— Você se lembra daquela vez que fiz uma jogada decisiva, mas aí o filho da puta do arremessador *reliever* perdeu o lance seguinte?

Robby deu uma risada e entrou no estacionamento.

— Sim, eu me lembro.

— Você me fez beber até cair e me obrigou a jogar HALO a noite toda, só pra eu parar de me lamuriar.

— O que não rolou.

— Você se lembra do que me disse naquela noite?

As mãos de Robby apertaram o volante.

— Que não ia deixar meu melhor amigo desistir só por causa das bases cheias.

— Eu ainda jogo HALO quando preciso esquecer uma derrota. Penso no que você disse, todas as vezes. Então, quero agradecer por isso.

— Você não precisa me agradecer. É isso o que amigos fazem um pelo outro.

— Eu sinto muito por ter fodido as coisas, Robby.

Robby assentiu e parou o carro na frente do bar. Eric hesitou por um segundo, mas segurou a maçaneta da porta.

— Eric.

Ele olhou para trás e Robby estendeu a mão direita. Eric a encarou, surpreso e emocionado. Então se inclinou um pouco para aceitar o aperto de mãos. Não era exatamente uma trégua. Mal podia ser considerado uma oferta de paz. Mas era bem diferente de um soco na cara, e era isso o que importava. Importava pra caramba.

Eles se cumprimentaram mais uma vez, então Eric saiu do carro. Robby se afastou e fez um breve aceno de despedida. Enquanto observava as luzes do freio desaparecendo na pista, Eric exalou pelo que pareceu a primeira vez em horas.

O trajeto até sua casa foi uma espécie de tortura – foi como ver um jogador de outro time correndo um doloroso home run em câmera lenta, com a bola voando acima do alambrado.

Mas, pela primeira vez na vida de Eric, a comparação não pareceu uma simples metáfora. Beisebol nem se comparava.

Ele sentia como se pesasse uma tonelada quando entrou em casa. O brilho das luzes do jardim o guiou até a cozinha e pela sala de estar. Ele olhou para as portas corrediças de vidro, que davam para a varanda dos fundos, e avistou o pai sentado sozinho em uma cadeira no deque, um copo de água em uma mão, enquanto a outra brincava com as pontas da página de um livro em cima da mesa ao lado. O velhote deve ter passado o dia lendo, pelo jeito.

JOGADA DECISIVA

181

Eric observou Chet por um momento; observou de verdade. O homem que uma vez se tremia todo pela impaciência, agora exalava uma calma firme. A sobriedade havia apagado as marcas ao redor dos olhos e a contração constante da mandíbula.

Durante toda a vida, Eric se perguntou o porquê de a mãe ter continuado com o pai. O que fazia uma mulher tão maravilhosa quanto a mãe ficar com um homem que não conseguia manter o pau dentro da calça quando estava perto de outras mulheres? Um homem que amava mais ao jogo do que a própria família e que esperava que eles simplesmente aceitassem isso? Por que ela apoiaria um homem que a fez chorar com mais frequência do que a fez rir?

Talvez este homem, o que estava sentado mais adiante agora, fosse o homem pelo qual ela havia se apaixonado, o homem pelo qual ela esperou tanto tempo que estivesse de volta.

Eric abriu a porta e saiu. O pai olhou para cima.

— Estava aqui pensando que horas você voltaria pra casa.

— Eu… hmm… eu me encontrei com Robby para tomar uma bebida. — O que era uma meia-verdade.

Chet deu o mesmo sorriso triste que Eric passou a reconhecer agora. O pai se sentia culpado por alguma coisa.

— Fico feliz por vocês dois serem amigos de novo.

Eric deu de ombros.

— Não tenho certeza se podemos chamar de amizade no momento.

— Espero que isso aconteça algum dia.

— Eu também.

Chet se levantou e deu um suspiro cansado.

— É incrível — disse ele, pensativo. — O efeito cascata que suas atitudes podem gerar.

Ele arrastou os pés pelo piso de concreto, em direção à borda da piscina que Eric quase nunca usava.

— Eles me alertaram sobre isso na reabilitação — disse ele. — A parte mais difícil, às vezes, é aceitar a forma como você mudou as coisas ao seu redor. É fácil não enxergar isso quando se está bêbado. O vício é egoísta. Ele permite que você ignore tudo à sua volta, menos as próprias necessidades. Então, quando você fica sóbrio e olha ao redor, daí você vê o caminho de destruição que deixou para todos os lados.

Chet se virou.

— Foi muito bom estar na companhia dos Bates esta noite, mas eu vi a destruição que causei. Onde você estaria, onde Nicki estaria, se eu não tivesse te obrigado a terminar com ela?

Eric suspirou fundo. Uma centena de respostas flutuaram em sua mente, mas quando ele finalmente disse, as palavras escolhidas surpreenderam a ambos:

— Não foi sua culpa.

Ele poderia culpar o pai por um monte de coisas – por magoar a mãe dele, por ter sido um cretino exigente, por incontáveis coisas. Mas Eric não podia colocar a culpa nele pelo que aconteceu com Nicki.

Não foi culpa do pai que Eric tenha sido tão imaturo naquela época, a ponto de não confiar que Nicki ficaria ao lado dele caso fracassasse. Não foi culpa do pai que Eric tenha sido tão egoísta, para não considerar nada além de suas próprias necessidades, seus próprios medos.

Não... não foi culpa do pai que Eric escolheu o jogo em primeiro lugar. Chet tinha servido apenas como uma desculpa conveniente.

Eric aprumou a postura e repetiu as palavras que já nem pareciam mais tão chocantes:

— Não foi sua culpa, pai. A decisão de deixar a Nicki foi só minha. Toda minha.

Ele entrou novamente em casa antes que fizesse algo bem estúpido. Tipo... abraçar o pai.

Eric se permitiu acreditar, por todos esses anos, que não havia mais ninguém no mundo que entenderia sua necessidade de sacrificar o que fosse preciso pelo jogo. Mas Nicki entendeu. Eles eram a mesma pessoa... lutando a mesma batalha. E ele sabia disso agora.

Ele foi movido pela necessidade de ganhar a aprovação do pai do único jeito que sabia fazer – através do jogo.

Ela estava determinada a derrotar um grupo de fantasmas sem nome ou rosto da única maneira que sabia – através do jogo.

Como ele poderia culpá-la por isso?

Não podia, porque eles eram iguais.

E isso mudava tudo.

Todas as noites, os pesadelos se tornavam piores. Mais vívidos. Mais reais. Eles colocavam Nicki em um terror sufocante, até que ela acordava coberta de suor.

Mesmo quando dava um jeito de voltar a dormir, a manhã seguinte a sugava como um buraco negro e a jogava em uma rotina silenciosa.

Todo dia, Ray Fox continuava sua cruzada incessante contra ela.

Todo dia, Kas zombava dela.

Todo dia, ela o ignorava.

Até hoje.

Hoje, mais de uma semana depois do jogo contra o *Red Sox*, Kas foi longe demais.

Nicki empurrou as portas do vestiário com ambas as mãos. Ela nem se incomodou em anunciar sua presença, o que normalmente fazia para que os caras tivessem tempo de se vestir, caso fosse necessário. Alguns jogadores gritaram, assustados, e correram para cobrir suas nudezes.

— Kas, preciso de um minutinho seu — disse Nicki, marchando, furiosa, até onde ele estava diante do armário.

Ele continuava de costas para ela, com uma toalha ao redor dos quadris.

— Ah, claro. Mas não tenho um minuto — respondeu de maneira arrastada, pegando um desodorante da prateleira.

— Preciso que você pare o que está fazendo e olhe para mim.

Ele se virou bem devagar. Quando o fez, de alguma forma conseguiu soltar a toalha que cobria suas partes.

— Ops — caçoou.

Nicki nem sequer olhou para baixo, muito menos piscou.

— Você deixou cair uma coisa.

— Você disse que era para eu parar de fazer o que estava fazendo. Eu estava tentando me vestir. Não dá pra fazer as duas coisas, queridinha.

Harper Brody praguejou de onde estava, a dois armários de distância.

— Pelo amor de Deus, Kas.

Kas respondeu, sem desviar o olhar em momento algum de Nicki.

— Não me lembro de ter te chamado para participar da conversa, Brody.

O vestiário ficou em silêncio total, e Nicki sentiu o peso dos olhares de todos às suas costas.

— Você faltou ao treino físico da tarde.

— Não vou fazer essa porra de ioga.

— Tenho certeza de que você sabe muito bem qual é a política do time em relação à ausência de práticas físicas solicitadas durante o treinamento de primavera.

Ele coçou o saco.

— Hunter esperará o cheque no valor de cinco mil dólares na mesa dele, amanhã — disse Nicki.

Então se virou.

— Não vou pagar porra nenhuma — Kas rebateu.

— Ah, você vai, sim — ela gritou, por cima do ombro.

Ela sentiu o que viria a seguir antes de acontecer, mas, mesmo assim, não teve tempo de seus reflexos agirem rápido o bastante. Kasinski estendeu o braço, e os dedos agarraram o de Nicki.

Em seguida, ele a fez se virar com brutalidade.

— Escuta aqui, sua vagabunda…

A sala irrompeu e tudo pareceu acontecer de uma só vez. Harper Brody pulou o banco. Zach Nelson saiu correndo do outro lado, dando um grito furioso.

Riley Quinn gritou na área dos chuveiros.

— Weaver! Vem cá!

Nicki mal conseguiu ouvir ou ver qualquer coisa. Toda sua atenção estava concentrada em apenas uma coisa – no aperto brutal dos dedos de Kas em seu braço.

— Tire a mão de cima de mim — disse ela, surpresa pela calma em sua voz.

— Ou vai fazer o quê?

— Ou você vai enfrentar uma ação disciplinar.

O vestiário ficou em silêncio. Kas deu uma risada de escárnio.

— Até parece.

Brody deu um passo ameaçador adiante.

JOGADA DECISIVA

— Solta ela. Agora.

Eric entrou correndo na sala, o cabelo molhado, o peito nu, o jeans ainda aberto. O som que saiu de sua garganta não parecia humano.

Kas lançou um olhar ao redor. O que viu, aparentemente, o convenceu a soltá-la.

— Obrigada — disse Nicki, com a voz áspera.

Ela sentiu o olhar de toda a equipe conforme seguia em direção à porta.

A descarga de adrenalina não a atingiu até que estivesse segura no túnel do lado de fora. Mas quando a atingiu, foi com toda a força. As mãos dela tremiam enquanto esfregava o rosto. Então, ela cerrou os punhos e os apoiou contra a boca do estômago, tentando desacelerar o ritmo respiratório.

Ela queria bater no filho da puta. No segundo em que Kas a agarrou, tudo o que ela queria fazer era se virar e jogá-lo no chão, e atacá-lo com os golpes que aprendeu no curso de defesa pessoal. Ela queria chutar, esmurrar o babaca e gritar. A necessidade de usar de violência foi tão intensa que a incendiou por dentro.

O braço latejava no local onde ele havia agarrado. Ela esfregou a pele sem nem perceber.

— Você está bem?

Ofegou e olhou à direita. Não tinha nem mesmo ouvido a aproximação de Eric às suas costas. O cabelo ainda estava molhado, mas ele deu um jeito de vestir uma camiseta e calçar os tênis.

— Estou bem.

— Me deixa dar uma olhada no seu braço.

— Eu disse que estou bem.

Ele a encarou sem pestanejar. Com um suspiro, ela estendeu o braço para que ele desse uma olhada. Eric arregaçou a manga do suéter que ela usava, e arrastou os dedos de leve na marca avermelhada deixada pelos dedos de Kas.

Com a mandíbula cerrada, perguntou:

— Está doendo?

— Não — ela mentiu. Então afastou o braço do toque dele. — Estou bem, Eric.

— Eu vou acabar com ele, Nicki.

— Ele não vale a pena.

— Mas você vale.

O coração dela saltou uma batida.

Este era o mais perto que ela havia se permitido ficar dele nos últimos dias. Ela podia sentir o cheiro de sua pele associada com o sabonete que ele usava no banho. Observou um machucado minúsculo na mandíbula forte. Ele deve ter se cortado enquanto se barbeava, e foi preciso se afastar uns dois passos para conter a vontade louca de estender a mão e tocar o pequeno corte.

Nicki sentiu o olhar aguçado de Eric durante toda a semana, em todo lugar para onde ia. Às vezes, ele parecia um filhotinho perdido. Em outros momentos, ele a incendiava com o olhar ardente, os olhos verdes dele expressando uma urgência comedida que ela nunca vira antes.

— Tenho que ir. — Passou por ele, mas Eric bloqueou o caminho.

— Espera — disse ele. — Quero te mostrar uma coisa.

A resposta dela foi automática.

— Não posso. Ainda tenho um monte de trabalho a fazer.

— Dez minutinhos, Nicki. É tudo o que peço.

Ela se sentiu dividida.

— O que é?

— Uma surpresa.

— Talvez não devêssemos...

— Pense nisso como uma pequena aventura.

Ela o seguiu e bufou um *"argh"*. Por dentro, era outra história.

Eric a conduziu pelo túnel em direção a uma área oculta onde ficava o elevador de serviço.

Ela lançou uma olhada de esguelha.

— Para onde, exatamente, você está me levando?

Ele apertou o botão do elevador para seguirem até o último andar, e os dois ficaram em silêncio. Quando as portas se abriram, Nicki disparou na frente dele.

— Vire à esquerda — ele disse, logo atrás.

Nicki olhou rapidamente para Eric, por cima do ombro, mas fez o que ele orientou.

— Para onde estou indo?

— Você vai ficar sabendo assim que vir.

O corredor usado pela equipe de manutenção era comprido e escuro, com portas alinhadas no lado direito e que davam acesso a inúmeros camarotes de imprensa e do pessoal Vip do estádio. No final havia uma porta de saída.

JOGADA DECISIVA

— Já está vendo?

— Tudo o que vejo é o sinal de saída.

Ele a alcançou.

— Olhe para o lado de fora da janela.

Ela parou à porta e ficou na ponta dos pés para olhar pela janelinha. Então, perdeu o fôlego. Deste pequeno cantinho que dava acesso à saída de incêndio, ela podia ver não somente o campo inteiro abaixo, mas também o oceano ao longe.

— Melhor vista de todas em St. Augustine — disse ele.

Ele estendeu o braço – que acabou roçando ao dela – ao tentar abrir a maçaneta. Nicki se afastou para o lado.

— Isso não vai disparar algum alarme ou algo do tipo?

A porta se abriu.

— Algo do tipo.

Eric deu uma piscadela.

— Vamos lá... — disse ele, mantendo a porta aberta para ela.

A plataforma rangeu sob o peso de ambos conforme eles seguiam até as escadas de incêndio. Ele se sentou primeiro, deixando as pernas penduradas na beirada. Nicki fez o mesmo, com cautela.

— Ainda tem medo de altura? — ele perguntou.

— Não. Você ainda tem medo de cobras?

— Sim. Ainda fico apavorado.

Ela riu baixinho, relaxando aos poucos a ponto de apoiar os braços no degrau inferior do corrimão à frente. Na verdade, ela ainda tinha medo de altura, mas não tanto com Eric assim tão perto. Ele foi a única pessoa que já conseguiu fazer com que ela andasse de montanha-russa. Nicki nunca se sentiu segura o suficiente com qualquer outra pessoa.

— Impressionante, né? — comentou ele, recostando-se às mãos apoiadas atrás.

— Como você descobriu esse lugar?

— Por causa de um trote no meu primeiro ano como novato. Os caras mais velhos me enviaram em uma caçada louca que acabou dando bem aqui, daí eles me trancaram do lado de fora. Tive que descer pela escada de incêndio e cruzar o campo inteiro para voltar.

— Isso não se parece nem um pouco com um trote.

— Eu estava usando lingerie.

Ela riu tão alto que acabou surpreendendo a si mesma.

— Caracas, Nicki. Essa sua risada pareceu com o barulho daquele motor da velha caminhonete que você costumava dirigir.

Dessa vez, ela bufou uma risada.

— Tenho que te dar alguns tapinhas nas costas pra você desengasgar?

— Para! — debochou, mas sem intenção. Eric sempre conseguia fazê-la rir. Era capaz que isso fosse uma das coisas que ela mais sentiu falta depois do término.

— Foi aqui que fiquei depois que recebi o telefonema informando a morte da minha mãe.

— Sozinho?

— Eu não queria perder o controle na frente dos caras.

— E você perdeu o controle quando ficou aqui?

Os olhos dele encararam o horizonte à distância por um tempo.

— Sim — respondeu ele, por fim.

Eric sentou-se ali para chorar, sozinho, quando a mãe morreu. Isso era tão errado que Nicki sentiu os olhos ardendo com as lágrimas. Seu coração mandava que ela o abraçasse, mas seus medos teimosos não a deixavam fazer isso.

Tudo o que ela podia oferecer eram as palavras banais:

— Sinto muito pela sua mãe, Eric.

— Eu também.

O mundo se tornou ondulado por trás de suas camadas úmidas. O oceano à distância se agitou com a maré que subia. As espumas brancas das ondas se quebravam na costa, em uma turbulência natural que combinava com as emoções de Nicki. Vir a este lugar foi um erro.

Ela se afastou do corrimão e ficou de pé.

— Tenho que ir.

— Por quê?

— Ainda tenho uma porrada de coisas pra fazer hoje à noite. — E também porque ela estava se sentindo sufocada.

— Você vai se trancar na sala de multimídia? Se enterrar em alguma filmagem de jogos?

O tom afiado da voz dele, tão diferente da ternura anterior, a irritou.

— E se eu fizer isso? — ela retrucou. — O que isso te interessa?

— Você realmente quer que eu responda essa pergunta?

Nicki agarrou-se à maçaneta.

Eric se levantou de um pulo.

JOGADA DECISIVA

— Espera.

Ele cobriu a mão delicada com a dele, mas ela não se afastou. Não conseguiu fazer isso.

Eles estavam a centímetros de distância. Eric ergueu a outra mão e acariciou o lábio carnudo com o polegar.

— Não faça isso — Nicki implorou. Ainda assim, não se afastou dele.

— Senti tanta saudade de conversar com você — disse ele.

Sem o menor esforço, ele deu um jeito de puxá-la para mais perto. Só o calor de seu toque já a fez se reclinar contra ele, bem devagar, cada centímetro doloroso, rumo ao apoio que somente ele podia oferecer.

— Você era a minha melhor amiga, Nicki.

Ela se inclinou na direção de Eric até que seus hálitos se mesclaram, até que os narizes se tocaram.

— Eu daria tudo o que tenho para voltar no tempo — disse ele.

Eric abaixou a cabeça e os lábios pairaram acima dos dela, mal se tocando. Deu um toque suave com a boca, e ela retribuiu.

Nicki fechou os olhos, como se tivesse se perdido nas possibilidades dos 'e se...'

E se ela se aproximasse um pouco mais e permitisse que os lábios dele cobrissem os dela? E se ela se entregasse nos braços fortes, como ela ansiava fazer? E, se... eles *pudessem* voltar no tempo?

Pelo menos para essa última pergunta, ela tinha uma resposta.

— Eu não deveria ter saído do seu carro — ela sussurrou, a verdade explodindo como uma pequena bomba dentro de si. — Eu deveria ter lutado por você.

Ele gemeu, recostando a testa à dela e cobrindo o rosto delicado com as mãos.

— Lute por mim agora — sussurrou ele, com a voz rouca e aflita.

Ela virou o rosto para o outro lado.

— Não posso.

— Você pode. Nós podemos lutar juntos.

— Isso poderia me arruinar.

— Ou poderia salvar a nós dois.

Nicki inclinou o rosto para o céu. Tudo doía. Ela não deveria ter vindo aqui com ele. Girou a maçaneta e a mão de Eric se afastou da dela. Ela abriu a porta e deu um passo para dentro.

Sua voz agiu por conta própria quando ela disse, por cima do ombro:

— Eu menti sobre a minha tatuagem. Não significa 'Nunca mais'.

— E o que significa?

— *Nunca pare de lutar.* — Ah, meu Deus. Ela não conseguia respirar. — Tenho que ir para casa.

Seus pés a guiaram de volta pelo longo corredor até o elevador. Mas a cada passo, uma palavra ecoava em sua mente.

Casa.

Eric era a *casa* dela.

Mas agora ela estava perdida demais para encontrar o caminho de volta.

Uma semana depois, Nicki parou de atender às ligações de Robby. Sua resposta era sempre a mesma:

> Estou ocupada.

> Encontre um tempo pra mim

Era o que ele respondia.
Então, ela desligou o celular.

Eric encerrou a chamada e se sentou na beirada da cama. A compressa de gelo que mantinha sobre o ombro começou a gotejar em sua coxa.

Estou preocupado com ela. Foi o que Robby disse. *Era disso que eu tinha medo.*

Eric se levantou e arrancou a fita que segurava a compressa contra a pele. Isso já tinha durado tempo demais.

Ele já havia dado tempo e espaço suficiente para ela.

Estava na hora de, oficialmente, jogar a bola.

Alguém estava batendo na porta da frente. Nicki vacilou na trigésima quinta flexão. Seus cotovelos fraquejaram, e ela acabou desabando no chão da sala de estar. Quem diabos estaria batendo à porta às dez da noite?

Uma voz grossa que não aceitava "não" como resposta gritou:

— Me deixe entrar, Nicki.

Ela pegou a toalha de rosto, secou o suor da testa e caminhou até a porta. Abriu só uma fresta e quase despencou de bunda quando ele a empurrou para dentro. Ele se virou, deu uma olhada nela e praguejou.

— Você está *malhando* agora?

— E daí se eu estiver?

— São dez da noite, Nicki.

— E daí?

— Isso é um pouco obsessivo demais, você não acha?

Ela cruzou os braços. Uma camada de suor cobria cada centímetro de sua pele. E daí se ela estava malhando naquele horário? Ela era uma atleta. Era isso o que atletas de ponta faziam.

— O que você está fazendo aqui?

— Só conferindo se você não estava morta. Você desligou seu celular?

— Hmm... sim.

— Por que caralhos você parou de falar com o Robby?

— E-ele te ligou?

— Ele está preocupado com você.

— Estou bem.

— Puta merda!

Ela se sobressaltou com a explosão.

— Estou cansado de ouvir isso, Nicki.

— Mas eu estou bem.

— Você não está bem porra nenhuma. Você já não está bem há semanas.

— Vá pra casa, Eric.

Ele a segurou pelos ombros.

— Não até você conversar comigo.

Não. Não posso. Não posso falar com você. Não posso te ver. Não posso ficar perto de você. Não posso.

Ele aliviou o aperto em seus braços.

— Querida, por favor. Fale comigo.

Ela conseguiu se afastar de seu agarre e do olhar penetrante.

— Tenho que tomar um banho. E preciso dormir. Vá pra casa.

Então, ela se virou.

Eric segurou o cotovelo de Nicki, fazendo com que ela o encarasse.

— Eu sei que você não foi assaltada, Nicki — disse ele, em voz baixa.

Levou um segundo para que as palavras e o significado delas fizessem sentido na cabeça de Nicki, e quando isso aconteceu... *Não. Não, não, não, não...* Isso não era possível.

— R-Robby... Robby contou pra você?

Por que ela não conseguia respirar?

Eric tentou puxá-la para o calor de seus braços, uma tristeza insuportável nublando seu rosto.

— Ele estava preocupado com você.

Nicki se afastou de supetão e correu para o banheiro. Fechou a porta em um baque surdo. Abriu a torneira do chuveiro na temperatura mais quente. Por que ela não conseguia respirar? Por que seu coração estava tão acelerado? Por que Robby faria isso? Por quê...?

Merda. Ela estava tonta.

Entrou no boxe e se recostou à parede de azulejos.

Por que as pernas delas estavam tão fracas?

Seus joelhos se curvaram, e ela se sentou na banheira. O que diabos estava acontecendo? A água escaldante castigava a pele dela. Suas roupas de ginástica se colaram ao corpo.

Ela se curvou todinha.

E ouviu um som.

Só então percebeu que era um som que ecoava do próprio peito.

JOGADA DECISIVA

195

37

Eric ficou imóvel do lado de fora do banheiro, os braços apoiados nos batentes da porta. Ouviu quando o chuveiro foi ligado. Ele ficaria esperando ali até ela sair. Será que ela pensava que ele simplesmente iria embora só porque havia se escondido ali dentro?

Mas então ele ouviu algo mais.

Um som surdo.

Um lamento profundo.

Porra.

Ele arrebentou a porta e entrou. Arrastou a cortina do boxe com tanta força que as argolas se soltaram do trilho. O que ele viu o estraçalhou como se tivesse levado um golpe com o taco de beisebol na boca do estômago.

Ele se esticou todo e fechou a torneira. Nicki se sobressaltou e tentou se levantar.

— Sai daqui, Eric!

Ele se abaixou e passou os braços pelo corpo encurvado. Ela tentou bater em seus ombros.

— Sai!

Ele a levantou no colo, para fora da banheira, a água encharcando sua camiseta e calça. Ela continuava batendo em seus braços, em seu peito. E, puta merda, a mulher era forte, mas ele deu um jeito de sair do banheiro e a levar para o quarto.

— Eric, por favor. — Os gritos haviam desaparecido, assim como a raiva. A voz dela era apenas uma súplica desesperada. — Só me deixa aqui.

Ele se sentou na cama, com ela em seu colo. Então envolveu a cintura com um braço para ancorá-la contra o peito e apoiou a palma da mão na parte de trás da cabeça dela, para manter o rosto enfiado em seu pescoço.

— Por favor... — choramingou.

Ele firmou ainda mais o agarre.

— Converse comigo, amor. Só fala comigo. — Caralho, ele esperou tempo demais. Deu o espaço que ela precisava, se manteve distante. Ele deveria estar cuidando dela.

— Você não e-entende — ela gaguejou. — Eu não p-posso... n-não consigo.

— Você não pode o quê, Clutch?

De repente, ela enterrou o rosto em seu pescoço, agarrou a camiseta de Eric e começou a tremer. Ela estava chorando. Porra. Porra. Ela estava chorando.

Eric puxou o cobertor que estava embolado no canto e cobriu o corpo de Nicki. Então deslizou as mãos por dentro e massageou a pele molhada. Suas costas. Seus quadris. Sua barriga. Braços. Ele a acariciou e a abraçou, depositando beijos em sua testa, no topo da cabeça, e a deixou soluçar contra o seu peito, cada espasmo no corpo dela era como uma facada no coração.

O momento pareceu durar uma eternidade, mas, finalmente, os soluços começaram a diminuir. Ele sentiu quando ela engoliu em seco. Mais um minuto se passou, e as mãos dela afrouxaram o agarre em sua camiseta. Então, Nicki pigarreou de leve, e pronunciou as palavras que o aniquilaram.

— Eu tentei reagir.

Três palavras simples que em qualquer outro contexto poderiam ter um significado banal, mas que, aqui, significavam tudo.

Eric soltou um longo suspiro.

— O que aconteceu?

— Eu fui para uma festa e saí de lá sozinha.

Ele pressionou os lábios contra a testa dela, silenciosamente encorajando-a a continuar, mesmo temendo ouvir as palavras de sua boca.

— Eles começaram a me seguir. Um deles disse que tinha me reconhecido. — Ela engoliu em seco. — *Você é aquela vadia do beisebol.* Foi o que o cara disse.

Eric fechou os olhos e suspirou.

— Então, todos eles começaram a me atacar. Gritando um monte de coisas. Eu tentei fugir pelo beco.

A mão dela começou a brincar com os pelos do peito de Eric, que se projetavam pela gola da camiseta.

— Tudo aconteceu muito rápido. Eu me virei e mandei que eles fossem à merda. Eu sabia que as coisas iam piorar assim que eu gritei com os caras. Eles me alcançaram. Um deles me agarrou.

Ele estava com medo de se mexer, com medo de respirar, com medo de qualquer coisa que pudesse fazê-la parar de falar, ainda que sua alma es-

JOGADA DECISIVA

tivesse gritando pelo silêncio. Robby havia contado apenas o básico. Nicki estava pintando a imagem brutal com detalhes vívidos.

— Ele agarrou meu braço direito. E então outro cara segurou o esquerdo. E outro me deu um soco no rosto. Ele usava um anel. Eu não consegui ver mais nada depois, porque o sangue começou a escorrer pelo meu olho.

A cicatriz. Eric não conseguiu reprimir o som que irrompeu de seu peito.

— Ele ficou bem na minha cara. Começou a dizer coisas do tipo "eu não deveria estar no time". Eu comecei a reagir e revidar. Tentei chutar e espernear. Consegui soltar um dos meus braços e acertei o cara.

Ela estava falando muito rápido agora. As palavras voavam de sua boca como se ela não conseguisse contê-las.

— Ele ficou surtado. Começou a me bater. Os outros caras nem conseguiram mais continuar me segurando. Eu caí no chão e ele começou a me chutar. E, então ele mandou os amigos me segurarem…

Eric estava prestes a vomitar. A bile subiu pela garganta, cavalgando uma onda de raiva e impotência. Ele virou o rosto e o escondeu no cabelo de Nicki, fechando os olhos.

— Eu não conseguia me livrar dele. Eu era forte, mas eles eram maiores que eu. E eram muitos. O que tinha me batido ficou em cima de mim.

Ela enterrou o rosto contra o peito de Eric.

— Eu lembro… lembro que chutei com toda a força que eu tinha. Daí, ele gritou alguma coisa e e-eu… eu senti quando puxaram a minha calça, minha calcinha. E…

Ela parou na mesma hora.

Eric apertou os braços ao redor dela. Ele mal conseguiu dizer as palavras diante do nó que se formou na garganta:

— Você não precisa dizer mais nada, Nicki.

Mas ela tinha que dizer. E disse.

— Ele me estuprou.

Eric soltou um gemido que era um misto de soluço, grunhido, rosnado, então se deitou na cama com ela ainda no colo. Ele beijou o topo da cabeça de Nicki, seu rosto.

As mãos delicadas agarraram sua camiseta outra vez.

— Eu só fiquei lá, depois que eles saíram. Não me lembro de muito mais coisa. O asfalto estava sujo e molhado, e eu meio que só me deitei em posição fetal. Fiquei pensando no jogo, sabe? Praticando arremessos na minha mente. Até que me recuperei. Arrumei minha roupa e fui para o hospital.

Ele tentou bloquear a imagem que se formou em sua cabeça, mas não pôde. E foi aquela imagem – a dela deitada no chão, espancada e assustada, seminua e chorando no asfalto imundo como se fosse um monte de lixo – que, finalmente, o fez perder o controle das emoções. Ela estava largada no chão, surrada e violada, e então se encolheu no chão e começou a treinar os lançamentos na mente. Ele enfiou o rosto na curva do pescoço de Nicki e deixou que as lágrimas que ameaçavam cair finalmente escorressem livres.

Ele estava chorando. Caralho. Ele estava chorando e soluçando.

Eric espalmou as mãos grandes contra as costas de Nicki.

Ela segurou o rosto dele entre as mãos.

— Eric.

Ele se mantinha agarrado a Nicki.

Ela o obrigou a olhar para cima. E, então, o beijou.

Eric perdeu o fôlego na mesma hora. Perdeu a capacidade de pensar.

— Preciso de você — Nicki sussurrou. E o beijou outra vez. Um beijo mais profundo. Mais duradouro.

Eric gemeu contra a boca macia. Ele precisava dela também. Como precisava do ar para respirar.

Mas não desse jeito. Ele ergueu um pouco o tronco e escondeu o rosto novamente na curva suave de seu pescoço.

— Não, Nicki. Espera.

Ela gemeu e tentou atrai-lo de volta.

— Não desse jeito, amor. Por favor.

Nicki espalmou as mãos no peito forte e o empurrou.

— O quê? Estou imunda agora? É isso? Você não me quer mais?

— O quê? Não, meu Deus, não! — Ele segurou o rosto entre as mãos. — Você não pode pensar isso. Nicki.

Ela deslizou por baixo dele e conseguiu se esquivar de suas tentativas de segurá-la no lugar.

Eric se levantou de um pulo da cama e a seguiu até o banheiro.

— Só estou dizendo que não quero tirar vantagem do seu estado frágil agora.

Ela tentou fechar a porta, mas Eric impediu ao enfiar o braço no caminho.

Então a viu pegar a toalha com brusquidão do suporte de metal.

— Não preciso da sua maldita pena, Eric.

Virou-se de costas para ele e arrancou a regata molhada por cima da cabeça.

— Você sabe que não é nada disso. Eu te quero tanto que chega a doer.

JOGADA DECISIVA

Estendeu o braço para tocar o cabelo molhado grudado à nuca e depositou um beijo na pele fria. Enlaçou a cintura com os braços, por trás, e sua boca trilhou um caminho de beijos por todo o ombro.

— Eles nunca foram pegos — ela sussurrou. — É por isso que tenho que vencer. Por isso não posso parar. Eu tenho que vencer. Para que possa derrotá-los.

— Eu sei, amor. Eu sei.

Ele fez com que Nicki se virasse em seus braços e recostou a testa à dela. Os dois ficaram ali parados, daquele jeito, respirando o mesmo ar, por um longo tempo. Eric não sabia dizer o que a fez se mover, mas, por fim, ela ergueu o rosto e pressionou os lábios aos dele.

Meu Deus, ele a queria, mas precisava se conter.

Nicki afastou a boca e suspirou, frustrada.

— Não sou frágil, Eric.

— Mas eu sou. — Recostou a testa à dela outra vez, com as mãos aninhando o rosto. — Não posso fazer isso pra te perder em seguida, Nicki. Não posso. Não vou sobreviver dessa vez.

— Eu não te entendo. Pensei que fosse isso o que você queria. O que você *quer?*

— Eu quero o "para sempre".

Para sempre. As palavras flutuaram ao redor. Então, subiram e assentaram dentro dela, criando um calor que a aqueceu. Até que sentiu a queimadura. Por isso não era possível. Não mais.

— Eu quero te beijar até arrancar aquele gemido gostoso que só você faz. — A voz de Eric soava rouca, áspera, como se estivesse sendo dolorido simplesmente falar. — Quero te deitar na minha cama e reivindicar seu corpo todas as noites.

Não. Pare. Ela queria cobrir os ouvidos para impedir que as palavras e as cenas impossíveis criassem raízes em sua mente.

— Eu quero dormir com você nos meus braços e acordar com seu corpo perto de mim. Quero segurar a sua mão nas montanhas-russas e compartilhar a pipoca no cinema.

Ela tentou se afastar, mas ele a segurou firme.

— Quero maratonar séries da Netflix com você e ficar bravo quando você assistir a algum episódio sem mim. Quero usar fantasias combinadas e ridículas no Halloween, e te beijar na virada do Ano-Novo...

— Halloween? Netflix? Essas coisas são feitas para outras pessoas, Eric. Não pra mim. Eu não posso ter essas coisas.

— E por que não?

— Porque... porque não posso!

— Então, o que exatamente você acha que ganhou?

— Nada! Essa é a questão! Eu ainda nem consegui o trabalho.

— O trabalho. — A voz de Eric se tornou fria, e pela segunda vez na noite, parecia como se ela tivesse dado um tapa na cara dele.

Ela a soltou e recuou um passo.

— Quem dá a mínima para a bosta do trabalho agora? Você não ouviu o que Cal disse pra nós dois? Você realmente acha que ele não abriria mão de cada ano da carreira dele só pela chance de passar mais um dia com a irmã?

— O que raios o Cal tem a ver com a gente?

JOGADA DECISIVA

— O que aconteceu com você foi horrível, Nicki. E me mata por dentro saber que você passou por tudo isso. Mas se você usar isso como desculpa para viver uma vida vazia sem nada, a não ser o jogo, quando volta para casa, então você não ganhou nada. O jogo nunca vai retribuir o seu amor.

Jogar as palavras enlutadas de Cal na cara dela era golpe baixo. Ela reagiu e deu um soco no peito de Eric.

— Você me deixou! — As palavras saíram em um soluço. Uma lágrima escorreu pela bochecha. — Eu te amava, e você me deixou!

— Eu sei — ele sussurrou, secando a lágrima com o nódulo do dedo. — Mas temos uma segunda chance, Nicki. Agora mesmo.

— Não. — Ela afastou-se do toque da mão dele. — É tarde demais, Eric. Para nós dois.

Ele a segurou pelos braços.

— Não é. Não diga isso.

— Foi você que nos enviou por esse caminho, não eu! Eu nem teria ido àquela festa idiota se não fosse pe…

Ela parou. Não podia dizer isso. Ela não o culpava. Não mais.

O semblante de Eric congelou.

— Se não fosse pelo quê?

Com os olhos fechados, Nicki respondeu:

— Nada.

— Se não fosse por *mim*?

Ela abriu os olhos. A fisionomia de Eric oscilou por conta dos olhos marejados.

— O único motivo que me levou a sair aquela noite foi porque minha colega de quarto disse que eu estava sendo ridícula ao chorar por você.

A expressão no rosto de Eric se contorceu. Ele a soltou com tanta rapidez que ela tropeçou contra o batente da porta. Mas nem bem um segundo depois, ele a puxou contra o corpo e enfiou o rosto na curva de seu pescoço, exprimindo um som angustiado.

— Me desculpa, Nicki. Meu Deus do céu, me desculpa.

Ele começou a tremer contra ela, e tudo o que Nicki queria fazer era gritar. Ela queria esbravejar com o mundo pela injustiça, por tudo o que eles perderam. Ao invés disso, Nicki se agarrou a ele, o abraçou, o ninou em seus braços enquanto ele chorava em seu ombro.

— Não foi sua culpa, Eric — ela disse, com a voz embargada. — Foi culpa deles. Só deles. Eu não culpo você, mas aconteceu. Não dá pra mudar isso. Não dá pra desfazer. Tudo o que podemos fazer é viver com as consequências.

Ele arrastou o queixo contra a testa dela. A barba úmida e áspera era como uma lixa suave contra a dela. Eric segurou a cabeça de Nicki entre as mãos e deu um suspiro trêmulo. Então tomou a boca com a sua em beijo frenético. Desesperado. As lágrimas dos dois se misturavam e pingavam, e quando ela se afastou um pouco para respirar, ele a segurou.

— Não posso mais viver com as consequências — disse ele.

— Não temos escolha.

— Temos, sim. Tudo o que você precisa é dizer... Diga as palavras, Nicki, e nós daremos um jeito.

— O quê? O que você quer que eu diga?

— Diga que me ama.

Os lábios dela tremularam contra as palavras, contra a verdade, quando ela sussurrou com a boca colada na curva do pescoço de Eric:

— Eu te amo.

Eric devorou a boca dela outra vez. Diminuiu o ritmo apenas para conseguir dobrar um pouco os joelhos e pegá-la no colo. Nicki enlaçou a cintura dele com as pernas e repousou o rosto no ombro de Eric conforme ele a carregava de volta para a cama. Assim que ele a deitou com delicadeza no colchão, pairou acima dela.

A paixão se tornou encantamento. A urgência se transformou em satisfação. Desejo se tornou algo além de tudo isso. Com as mãos ladeando a cabeça de Nicki, ele a manteve firme no lugar, de forma carinhosa, arrastando os polegares preguiçosamente nas bochechas vermelhas. Eric a beijou como se nunca pudesse se cansar disso.

O tremor na voz dele estava em sincronia com o batimento errante do coração dela.

— Eu também te amo tanto, Nicki. Sempre amei.

Ela entremeou os dedos no cabelo escuro.

— Então, me mostre.

E foi exatamente o que ele fez.

Ele a acariciou com os lábios. Nicki arqueou as costas para estimular o contato de seus corpos, até que Eric se abaixou lentamente e pairou acima do umbigo delicado. Ela olhou para baixo e flagrou o olhar cravado no dela.

— Quero fazer tudo certo dessa vez, Nicki — fez uma promessa.

— Você sempre fez tudo certo.

JOGADA DECISIVA

Ele negou com um aceno de cabeça.

— Nunca. Isto nunca foi o bastante. Hoje à noite, é tudo sobre você. É sobre o que você quer. Diga o que precisa...

Lágrimas se formaram nos olhos de Nicki diante da ternura das palavras de Eric, de seu olhar. Mais uma vez, ela arrastou os dedos pelo cabelo escuro.

— Eu só quero você.

As mãos másculas abaixaram a calça dela com cuidado, e ela ergueu os quadris para facilitar o movimento.

— Eric... — gemeu, puxando-o de volta para ela.

Nicki precisava dele. Precisava de seu beijo e sua força. Ele depositou inúmeros beijos por todo o corpo feminino até encontrar a boca sedenta pela dele. Eric a beijou até que ela estivesse se contorcendo abaixo dele.

O mundo do lado de fora havia desaparecido. O passado havia sumido. Havia somente o agora. Somente ele. Somente os dois, e uma profunda sensação de segurança.

Houve uma época em que ela acreditou que nunca mais se sentiria segura.

Até agora.

Ele se livrou da própria roupa. Então fizeram amor lentamente, os corpos se movendo com o ritmo gentil das promessas. Depois do ato, Eric a puxou contra o corpo em um abraço apertado.

— Vamos fazer isso dar certo — jurou.

— Como? — Nicki sussurrou.

— Não sei. Só sei que não temos mais uma escolha.

Por enquanto, ela se apegaria àquilo.

Esperando que o amanhã nunca chegasse.

As coisas estavam ficando boas com a "sei-lá-o-nome-dela" quando o celular de Ray Fox tocou na mesa de cabeceira. Ele resmungou e agarrou a nuca da mulher. Ela tinha uma língua comprida como a de um lagarto e a imaginação de uma atriz pornô.

— Bem aí, bem aí mesmo — ele gemeu.

A mulher obedeceu, e ele sentiu a contração dos músculos que indicava que estava prestes a gozar, a chamada deve ter caído no correio de voz, mas começou a tocar de novo nem bem um segundo depois.

— Porra! — Ray esmurrou o colchão e empurrou para longe a "sei-lá-o-nome-dela". — Sai de cima de mim.

Ela ficou de quatro na cama.

— Você não pode deixar tocar?

Ele a ignorou e se deitou de lado. Pegou o aparelho e atendeu sem nem se dar ao trabalho de conferir o visor.

— É melhor que seja uma coisa boa, porra — rosnou.

— Ah, é, sim — disse a voz do outro lado. — Definitivamente, é uma coisa ótima.

Ela ainda estava lá. Devin soube disso antes mesmo de abrir os olhos. Ele pôde sentir o calor de seu corpo e o perfume frutado do xampu que ela usava. Seu corpo despertou na mesma hora, mas quando se virou para o lado e a viu dormindo, os lábios entreabertos e a nudez coberta parcialmente pelo lençol, não teve coragem de acordá-la. Abby dormia muito pouco, e havia se deitado muito tarde.

Devin a havia buscado no aeroporto noite passada, depois de ela ter feito uma viagem rápida a Nova York. Ela insistiu que precisava trabalhar até depois da meia-noite, mas após esse horário ele a manteve acordada por outra razão.

Ah, cara. Ele tinha que se levantar. Senão, Abby, definitivamente, não ia dormir mais um pouquinho.

Tomando todo o cuidado para não perturbar seu sono, ele se levantou da cama e vestiu uma calça jeans que havia deixado largado no chão. Saiu na ponta dos pés do quarto e foi até a cozinha. A cafeteira já estava funcionando, graças à programação diária. Serviu-se de uma caneca e foi para o escritório.

Estava na metade da checagem dos e-mails recebido à noite quando seu celular tocou. Era uma mensagem de texto de Todd Marshall.

> Você viu isso? Por que não nos citaram?

Ele anexou um link que caía direto nas notícias de negócios do *Wall Street Journal*.

Devin precisou rolar a página até a parte inferior para descobrir sobre o que ele estava falando.

OS ACES VENDERÃO AÇÕES NO MERCADO?

As empresas Dane podem estar considerando abrir venda de ações diretas dos ***Vegas Aces***. Fontes informam que Bennett Dane III, CEO do império corporativo, teve reuniões com inúmeros investidores potenciais, e espera que a jogada mantenha o time ainda operante, mas fora da contabilidade da empresa da família. Porém, isso também pode significar o fim de uma das franquias de propriedade familiar mais antiga da Liga Principal de Beisebol, e levanta questionamentos quanto ao destino do atual presidente dos **Aces**, o playboy Devin Dane...

Ele não conseguiu continuar lendo. A raiva nublou suas vistas. Ele ligou para o celular do irmão.

— Seu filho da puta!

Bennett gargalhou.

— *Isso é jeito de falar com o seu chefe?*

— Que porra é essa? O que você está armando?

— *Estou tentando te ajudar, maninho. Demonstrar um pouco de gratidão seria ótimo.*

Devin se levantou de pronto.

— Gratidão? Seu filho da puta...

— *Acalme-se. Você, definitivamente, está meio descompensando com essa história da Nicki Bates. Imaginei que isso daria um incentivo extra para você consertar esse desastre.*

— Devin? — Ele se virou, avistando Abby parada ao umbral da porta e disfarçando um bocejo.

Ela estava usando a camisa social que ele vestiu no dia anterior, o tecido folgado e solto contra o corpo miúdo. Aquele era um convite para que pudesse ver o que havia por baixo. O cabelo bagunçado pela noite de sono e sexo, os olhos vermelhos e entrecerrados pelo cansaço e preocupação. Ele perdeu o fôlego do jeito que sempre perdia só de olhar para ela.

Mas dessa vez era diferente. Porque o mundo inteiro havia mudado nos dois últimos minutos.

— *Devin!* — seu irmão gritou do outro lado da linha.

Devin desligou o celular e o largou sobre a mesa.

— Eu te acordei?

Abby negou com um aceno de cabeça.

— Eu senti cheiro de café. Mas daí te ouvi conversando com alguém aqui e...

— O que você ouviu?

Ela pestanejou.

— Nada. Por quê?

Ah, que bom. Isso era ótimo. Uma excelente maneira de gerar suspeitas. Ele balançou a cabeça.

JOGADA DECISIVA

— Ainda não estou completamente acordado. Você deveria voltar para a cama. Está cedo.

Ela entrou no escritório e, com mais um bocejo, pegou o controle remoto de cima da mesa.

— Normalmente já estou de pé às cinco da manhã. Já passei do meu horário.

Ela se virou para a TV e trocou o canal para o ESPN. Então roubou a caneca dele de café. Hipnotizado, ele a observou levar a caneca até os lábios e tomar um gole. Ele amava os lábios dela. Amava o que ela era capaz de *fazer* com aquela boca. Amava o formato do seu sorriso e da risada solta; quando ela os contraía em concentração; quando mordiscava o lábio inferior por nervosismo; quando pressionava a boca à dele e sussurrava alguma coisa.

Ele piscou diversas vezes. Abby estava falando com ele.

— Desculpa. O quê?

Ela franziu o cenho.

— Você tem certeza de que está bem?

— Só não tive minha dose suficiente de cafeína.

Por um segundo, cogitou em contar sobre Bennett. Caramba, estava na porra do *Wall Street Journal.* Ela acabaria descobrindo em algum momento. Mas ele não poderia encará-la de frente quando ela se desse conta de que ele ainda era apenas uma marionete da família. Não podia lidar com a sua descoberta de que ele não era o homem maduro que ela havia pensado.

Devin sentiu dificuldade em respirar. Ele não podia fazer isso. Não podia fazer o que era preciso para salvar o time e ainda ser o homem que Abby erroneamente pensava que ele era. Mas também não conseguia encarar a outra realidade. Ela estava na casa dele, usando nada mais do que a sua camisa e bebendo do seu café, e ele não queria que fosse embora... porque ali era o lugar dela.

Desejo ardente e desesperado correu pelas veias. Ele precisava tê-la naquele momento. Agora. Precisava sentir o calor apertado o rodeando, ouvir seus ofegos e gemidos no ouvido. Era um desejo egoísta, mas ele não se importava. Ele era do tipo que gostava de gratificação imediata.

— O que você está usando por baixo dessa camisa?

O sorriso dela se mostrou tímido.

— O que você acha?

— Venha aqui. — A voz dele soou áspera.

Ela foi caminhando devagar, rebolando os quadris em um gingado sexy que abria de leve a camisa e deixava parte da pele à mostra.

Quando Abby chegou perto, Devin perdeu o controle. Ele arrancou a camisa para fora dos ombros delicados e a jogou longe. Então esmagou sua boca com um beijo avassalador e a explorou com a língua. As mãos espalmaram sua bunda e a puxaram para montar sua coxa. Ela gemeu e se esfregou contra ele.

Dane-se as preliminares. Ele a soltou apenas o suficiente para abrir o zíper da calça jeans. Ela o ajudou a baixar o tecido pelos quadris, e então ele a ergueu no colo. Abby enlaçou a cintura de Devin com as pernas e ele a penetrou.

Ela gemeu alto quando a imprensou contra a parede e arremeteu em um ritmo frenético. Sem dó, Abby cravou as unhas nas costas largas. Os dedos másculos apertaram a bunda macia. Ela mordeu o ombro dele.

Isto não era "fazer amor". Era foder. Com desespero e selvageria. E ainda que sentisse o clímax se avolumando por dentro, Devin se sentiu culpado. Porque Abby merecia algo muito melhor que isso. Ela merecia alguém melhor que ele.

Ele impulsionou com força, até que conseguiu sentir os músculos de sua boceta começarem a contrair em espasmos diante do orgasmo intenso. As pernas dela apertaram ainda mais sua cintura diante do clímax avassalador. Um grito primitivo irrompeu de sua garganta e ela gritou o seu nome. Uma e outra vez. *Devin. Ah, meu Deus. Devin. Devin.*

Então ele também gozou com uma última estocada, o nome dela em seus lábios, sua semente explodindo dentro dela, a mente atordoada, o coração martelando.

O corpo de Abby ficou lânguido nos braços de Devin. Ela recostou a testa ao ombro forte, tremendo. Ele percebeu um segundo depois que ela estava rindo.

— Antes que eu fique realmente inseguro — ele ofegou —, o que é tão engraçado?

Ela se afastou um pouco e segurou o rosto dele entre as mãos. Sua expressão era tão carinhosa e confiante que quase arrebentou o peito de Devin.

— Estou só... — parou para recuperar o fôlego. — Imaginando o que... deu em você essa manhã.

— Você — ele sussurrou.

Abby soltou um leve ofego e os olhos ficaram marejados, então ela o beijou.

E foi quando ele se deu conta do que realmente sentia por ela. Não era luxúria. Era outra coisa. Uma palavra que começava com a letra "A".

E isso não poderia ter acontecido em um pior momento.

Revigorada. Era assim que Nicki se sentia quando acordou logo após o amanhecer. Seus olhos estavam inchados, as bochechas vermelhas, o corpo dolorido, mas seu peito... estava revigorado. Era como se a âncora que manteve submersa por tanto tempo finalmente tivesse arrebentado as correntes, a deixando livre.

    Eric a havia amado por horas antes de os dois, por fim, caírem no sono, física e emocionalmente exaustos. O braço musculoso agora era um peso contra a cintura delgada, o corpo forte aninhado às costas dela. O suave ritmo respiratório de Eric enviava arrepios pela coluna espinhal.

    Essa era uma das coisas que ela mais sentiu falta no período em que estiveram separados. A intimidade tranquila de acordar ao lado dele – de espreguiçar o corpo e senti-lo se mover, de encontrar as mãos dele por baixo da coberta, da pele cálida roçando à dela, ou de se aninhar com vontade contra o peito forte, dos sorrisos preguiçosos e das brincadeiras carinhosas.

    Ela precisava se levantar, mas não queria. Tudo o que ela queria fazer era se esconder embaixo das cobertas com ele, o dia inteiro, e fingir que o restante do mundo não existia. Ela queria ouvi-lo dizer as juras de amor da noite passada, uma e outra vez. *Eu te amo, Nicki*. Ela queria que estivessem no escuro outra vez, porque no escuro as promessas que eles fizeram não encontravam obstáculos.

    Ela pegou o celular na mesa de cabeceira e conferiu o horário. *Argh*. Já passava das oito. Eles tinham menos de uma hora para chegar ao estádio. O jogo amistoso contra o *Detroit Tigers* começava ao meio-dia, e eles ainda tinham que aquecer, treinar arremessos e toda aquela porcaria de jogada publicitária antes da partida.

    Eric suspirou profundamente ainda adormecido. Durante o repouso, sua fisionomia ficava mais suave, relaxada. Os fios da barba por fazer que haviam despontado na noite anterior agora quase cobriam o rosto inteiro. Ela queria sentir a barba contra sua pele.

Ao invés disso, ela se virou para o lado, suspirou baixinho e se sentou o mais silenciosamente possível. A camiseta dele estava largada no chão. Nicki a pegou e ergueu até o nariz, inspirando por um segundo o perfume gostoso que impregnava a gola, antes de deixar o tecido cobrir o corpo nu.

Não dava tempo de fazer seus exercícios matinais ou nem mesmo de tomar o café da manhã. Na cozinha, ela pegou todos os itens necessários para preparar uma vitamina bem proteica – bananas, morangos, suplemento, manteiga de amêndoa e gelo. O liquidificador entrou em ação, e ela estremeceu. Queria deixar Eric dormir por mais tempo, mas, segundos depois, ouviu o som de seus passos na cozinha.

Olhou por cima do ombro e tentou não babar abertamente. Ele só vestia o jeans desbotado e meio solto nos quadris. Ela já havia visto o peito nu incontáveis vezes, mas esta manhã foi diferente. Tudo estava diferente esta manhã.

— Me desculpa... o liquidificador te acordou? Eu ia te deixar dormir mais um pouquinho. Estava só preparando uma vitamina. Bati o bastante para nós dois, caso você queira beber um pouco.

Eric sorriu ao vê-la tagarelar e envolveu a cintura delgada por trás.

— Oi.

Ela afastou o nervosismo e olhou para cima. Os lábios de ambos se tocaram em um beijo rápido e firme. Quando ela se afastou, os olhos de Eric cintilavam em diversão.

— Bom dia.

Ele recuou alguns passos, bocejou e espreguiçou o corpo, os olhos de Nicki focados em como o cós da calça baixou ainda mais, revelando os pelos escuros que guiavam para a área abaixo da cintura.

— É nessa hora que me lembro de que você não gosta de café — disse ele, arrastando a mão pelo cabelo. Ele se recostou ao balcão e sufocou outro bocejo.

— Você também não deveria beber — Nicki repreendeu. Então serviu dois copos de vitamina e entregou um a ele. — Isto aqui é bem melhor pra você.

Eric deu uma piscadela.

— Okay, treinadora.

Com dois longos goles, logo depois ele deixou o copo no balcão, então estendeu a mão para ela.

— Vem cá.

Ela aceitou a mão estendida e permitiu que ele a puxasse contra o corpo forte, encaixando-se entre as coxas musculosas e abertas. Na mesma hora, sentiu-se molhada. Eric apoiou o dedo abaixo do queixo delicado e ergueu o rosto de Nicki para que o encarasse. Ele sorriu suavemente pouco antes de pressionar os lábios contra os dela. Foi um beijo carinhoso, gentil, e disse mais do que palavras poderiam expressar.

Ela apoiou o rosto contra o peitoral forte e fechou os olhos. Porque eles não podiam simplesmente apertar o botão de pausa no mundo ao redor.

Eric repousou o queixo no topo da cabeça de Nicki e arrastou as mãos para cima e para baixo pelas costas dela.

— Não faça isso.

— Fazer o quê?

— Não comece a pensar em todas as coisas que poderiam dar errado.

Ela nem se incomodou em negar.

— Eu falei sério ontem à noite. — Ele a fez encará-lo de novo. — Nós vamos descobrir um jeito de fazer isso dar certo. Tudo isso. Porque não descobrir está completamente fora de questão.

Ele enfiou o rosto na lateral do pescoço exposto. Acariciou a pele com a ponta do nariz e sentiu quando ela se arrepiou outra vez.

— Minha camisa fica perfeita em você.

— Tem o seu cheiro — ela murmurou.

— Nem sempre isso é uma coisa boa.

— Esta manhã, é, sim.

As mãos másculas encontraram a barra da camisa e ergueram o tecido, os dedos roçando sua bunda em uma carícia suave. Quando chegou à barriga plana, as carícias se intensificaram. Ela gemeu e se recostou a ele.

— Não temos muito tempo.

— Quer tomar um banho comigo? — sugeriu, lambendo o lóbulo da orelha dela.

Minha nossa, sim. Ela tinha um monte de recordações fantásticas dos banhos juntos. Ela o seguiu sem dizer mais nenhuma palavra e deixou que Eric tirasse a camiseta que ela usava. Quando entraram debaixo da ducha quente, Nicki já tremia de desejo. Mas nenhuma lembrança do passado poderia se comparar ao momento de agora. A maturidade e valorização por tudo o que haviam perdido e reconquistaram fez com que a experiência fosse completamente diferente agora.

Conforme o vapor se alastrava e a água caía, as mãos de Eric se tornaram suaves e cuidadosas, as palavras eróticas e amorosas. Ela gozou primeiro, e ele a abraçou até que os espasmos de seu corpo diminuíssem antes de se perder no clímax que o fez rugir uma poderosa declaração de amor.

Então, ele a abraçou e acariciou com longos e lânguidos beijos que fizeram Nicki desejar mais uma vez que pudessem se trancar ali dentro e esquecer o resto do mundo. Esquecer todos os motivos pelo qual este relacionamento era arriscado. Esquecer Ray Fox. Esquecer a realidade.

No entanto, assim que desligaram o chuveiro, a realidade veio com tudo para cima deles.

Eric estava tão ocupado admirado Nicki toda curvada e secando as pernas, imaginando se teriam tempo para outra rapidinha, que quase não ouviu o toque de seus telefones.

Dos celulares dos dois.

Nicki soltou um suspiro irritado e saiu do banheiro. Segundos depois, ela praguejou baixinho. Eric enrolou uma toalha ao redor da cintura e entrou no quarto a tempo de vê-la ainda segurando o telefone ao ouvido.

— O que aconteceu?

— Postaram uma foto no Twitter.

— Que tipo de foto?

Ela se virou de costas quando a pessoa com quem ela queria falar atendeu ao telefone.

— Sou eu — disse Nicki.

Eric se abaixou e pegou a calça jeans do chão, tirando o celular do bolso. Abriu no aplicativo do Twitter e...

— É isso? — Era uma foto do carro dele do lado de fora da casa de Nicki. Tudo bem que havia sido tirada no meio da noite, mas era apenas um carro.

Então ele leu o texto da mensagem retuitada por Ray Fox.

> Só amigos? Sei. Esses dois estão dando um novo sentido à "reunião no monte".

Eric esfregou o rosto. Eles não tiveram nem mesmo um maldito dia de paz.

— Não, eu não tinha visto — Nicki disse, ao celular.

Ela se virou de frente outra vez, e com relutância mostrou a tela do aparelho. Sua expressão estava arrasada.

— Estaremos aí em vinte minutos — afirmou.

Ela encerrou a chamada e jogou o celular na cama antes de arrastar os dedos pelo cabelo molhado. Eric a abraçou por trás.

— Por que ele não pode simplesmente nos deixar em paz? — ela perguntou.

Eric beijou os tendões tensionados do pescoço de Nicki.

— Não faço ideia.

— Quem tirou essa foto? Quem mandou pra ele?

Ele acariciou o pescoço dela com a ponta do nariz.

— Não sei. Mas estamos juntos nisso. Vamos enfrentar tudo isso juntos.

Ela se virou de frente para ele e fez o que ansiava fazer por semanas.

Nicki buscou o conforto em Eric.

Os dois se vestiram às pressas e foram em carros separados para o estádio, onde um segurança os aguardava para que entrassem sem ser vistos. Como se fossem criminosos. O homem os conduziu até a sala de reuniões com uma ordem direta de Abby para ficarem quietos e sem checar as redes sociais.

Nicki ignorou o conselho, abrindo o aplicativo do Twitter no celular.

— Dois mil retuítes.

Eric não queria nem pensar nos comentários dos posts.

Quando Nicki desabou em uma das cadeiras à mesa de reuniões, ele atravessou a sala e se ajoelhou diante dela.

— Amor, vai ficar tudo bem.

Ela se inclinou para frente e repousou a testa no ombro forte. Eric virou o rosto e depositou um beijo na lateral da cabeça de Nicki.

A porta se abriu de supetão. Abby entrou marchando como um general rumando para a guerra. Depois de largar a bolsa preta e enorme sobre a mesa, lançou o olhar afiado para os dois.

— Vocês tinham um trabalho muito simples. Ficar longe um do outro. Era difícil entender isso?

A porta se abriu outra vez. Hunter entrou e bastou um olhar para as mãos de Eric segurando as de Nicki, então suspirou audivelmente.

— Bem, acho que isso responde tudo.

Nicki afastou as mãos com força do contato com as de Eric.

— Você está no monte hoje, Weaver — Hunter disse. — E tem que estar em campo em quinze minutos para dar tempo de aquecer.

Então saiu da sala.

Abby pigarreou de leve.

— Está na hora de aceitar dar entrevistas, Nicki.

Nicki entrecerrou os olhos.

— Com que objetivo?

— A única coisa que as pessoas sabem sobre você é o que Ray Fox está espalhando, e você está permitindo isso. Esse interminável "conta-gotas" de fofocas e insinuações não vai parar. Ele controla toda a narrativa. Vamos revidar.

— Como?

— Dizendo a verdade — Abby afirmou.

Nicki ergueu o rosto e Eric pôde ver a decisão cintilar no rosto dela. Mentalmente, ele se xingou, porque podia ter evitado tudo isso se tivesse sido esperto o bastante para estacionar o carro na esquina. Mas ele não estava pensando assim tão longe quando parou na frente da casa dela e, com certeza, sequer pensou no carro depois que entrou.

De todo jeito, eles teriam que lidar com isso mais cedo ou mais tarde. Não poderiam esconder o relacionamento para sempre.

O celular de Abby tocou. Ela o retirou de dentro da bolsa e suspirou.

— É a ESPN.

Nicki reagiu e engoliu em seco, dando um suspiro longo depois. Ele praticamente podia ouvir os dois lados dela duelando por dentro. Ele conhecia as duas versões de Nicki agora. Sabia o que cada uma queria e temia.

E ele amava as duas.

— Ei. — Eric esticou o braço e colocou uma mecha do cabelo sedoso atrás da orelha de Nicki. — Nunca parar de lutar, okay?

Ela sorriu e pressionou a testa ao peito forte.

O celular de Abby sinalizou o recebimento de uma mensagem,

— Avery Giordano quer uma declaração. É hora de decidir, crianças.

Nicki apoiou as mãos nos quadris de Eric para se equilibrar, e ele se abaixou para depositar um beijo no topo da cabeça dela.

— Estamos nisso juntos, Nicki.

Ela endireitou a postura e assentiu.

— Tudo bem.

Abby comemorou baixinho.

— Vou colocar as mãos à obra.

A porta se abriu mais uma vez, e uma voz irritada disse:

— Vocês só podem estar me sacaneando.

Nicki se afastou de Eric, assim como ele se virou para o interlocutor.

Devin estava parado no batente, o peito arfando por baixo da camisa social branca e imaculada, como se tivesse corrido uma maratona. Ele avançou pela sala.

— Vocês dois estão trepando, porra?

— Devin! — Abby ergueu o tom de voz, furiosa e surpresa ao mesmo tempo.

O rosto de Nicki empalideceu.

— Não dá pra acreditar nisso. — Devin enfiou as mãos pelo cabelo.
— Vocês não têm ideia do que fizeram.

— Acontece que isso não é da sua conta, Devin! — Eric esbravejou.

— Eu mando em vocês! — Devin explodiu. — Em vocês dois! Tudo
o que fazem é da minha conta!

Abby agarrou o braço dele.

— Devin, qual é o seu problema?

— Acabem com isso ou deem um jeito de negar essa merda — ele disse, apontando um dedo para Nicki. — Agora. Ou não prometo conseguir
salvar você.

Então ele se virou e saiu intempestivamente da sala.

— Ah, meu Deus.

O suspiro apavorado de Nicki fez com que Eric se virasse outra vez.

— Amor...

— Não. — Ela ergueu as mãos.

A porta se abriu de novo, e Hunter enfiou a cabeça pela fresta.

— Vamos, Weaver.

Nicki olhou para ele. Eric entendia o medo que ela sentia, a relutância. Ele
compreendia, mas a expressão no rosto dela estava congelando suas veias.

— Nicki, eu sei que não planejamos tornar tudo público dessa forma, mas...

— Nós nunca conversamos sobre tornar nosso relacionamento público,
Eric.

O mundo encolheu, estreitou, até que só havia as palavras proferidas
por ela.

— E como você achava que isso daria certo, Nicki?

— Não sei!

— Você estava esperando que eu fosse me contentar em ser seu segredinho sujo outra vez?

— Você ouviu o que Devin disse! Pode ser que não tenhamos uma
escolha!

Hunter rosnou.

— Agora, Weaver.

Nicki balançou a cabeça.

— Apenas vá, Eric. Não temos tempo para falar sobre isso agora.

Descrença. Fúria. Angústia. Esses sentimentos se tornaram sua razão
de viver.

— Tudo bem. Eu te vejo no campo, *treinadora*.

Nicki nunca se sentiu tão exposta. As lentes de todas as câmeras estavam focadas nela no estádio, no segundo em que saiu da segurança do túnel e entrou no *dugout* – área dos bancos dos jogadores. A tempestade havia crescido de tamanho desde a publicação da foto. O monstro das redes sociais foi solto de sua jaula, e não havia como voltar no tempo.

Nicki daria tudo para que pudesse ter ficado dentro da sala durante os momentos que antecediam ao jogo, mas ela não poderia se esconder para sempre. Não da multidão de fãs, da imprensa, de Ray Fox. Ou de Eric.

Eric.

Ela o avistou no campo, se aquecendo com Riley Quinn. Mesmo à distância, era nítido que ele estava tenso e chateado. A mandíbula estava cerrada, o arremesso era feroz.

Alguém gritou da arquibancada e assoviou:

— Weaver, onde está a sua treinadora?

Ele jogou a bola para Riley e encarou a arquibancada. Seu olhar aterrissou nela, mas rapidamente se desviou. Os olhos dela arderam quando novas lágrimas se formaram. Que merda! Por que ele não entendia?

Devin não podia ter deixado mais claro.

Ela poderia ficar com Eric. Ou poderia ficar com o cargo. Não com os dois.

— Ei, gata. — Nicki se sobressaltou ao ouvir a voz, seu alarme disparando no cérebro. Kas deslizou no banco para se sentar perto dela e quase colou os lábios no ouvido de Nicki. — Como você dormiu ontem à noite?

Harper Brody interferiu na hora.

— Pare com isso, Kas.

— Vá se foder, Brody.

Kas se inclinou para perto mais uma vez e deslizou a mão pela cintura dela.

— Você está dando aula particular pra todo mundo, ou só para o Eric? Porque estou tendo uns probleminhas em encontrar o ponto certo e...

Alguém o golpeou.

Kas grunhiu e segurou o nariz ensanguentado, cambaleando.

Então, a mão dela começou a latejar. Bosta, o braço dela inteiro começou a latejar.

Caracas. *Ela* tinha batido nele.

— Sua puta.

Kas avançou e o mundo se moveu em câmera lenta.

Eric ouviu o caos antes de ver qualquer coisa. Riley se levantou sobre a base, arrancou a máscara e apontou para a área dos bancos. Eric se virou a tempo de ver Kas dar um soco no rosto de Nicki.

Nicki caiu como uma boneca de pano no chão.

Eric gritou o nome dela e começou a correr.

Harper Brody empurrou Kas para trás.

Eric saltou as escadas do *dugout*, os olhos nublados pela raiva. Kas e Brody o viram ao mesmo tempo. Todos os três caíram no chão quando Eric se lançou em cima de Kas. Ele deu três socos bem dados antes de Riley o arrancar de cima do filho da puta.

Eric se debateu contra o agarre firme.

— Alguém me ajude aqui! — Riley gritou.

Outro jogador agarrou um braço de Eric e o conteve enquanto Kas rolava para longe de Brody e se levantava, com o sangue escorrendo pelo rosto.

Do outro lado do banco, Hunter gritava e pedia um médico.

Eric parou de se debater.

Os caras o soltaram e ele correu até onde Nicki estava.

Ele se ajoelhou no chão, ao lado dela. Estava vagamente consciente de Brody e Riley arrastando Kas para longe. Eric segurou o rosto de Nicki. Ela estava desmaiada.

— Nicki, querida. — Meu Deus, havia sangue ali. Kas abriu uma ferida em sua pele. — Nicki, por favor.

Ela gemeu e virou a cabeça. *Obrigado, Senhor.* Os olhos tremularam e se abriram; ela olhou para Eric, sem conseguir focar a visão e ainda confusa.

— Oi — Nicki sussurrou.

Ele riu. Não sabia o que mais poderia fazer.

— Bom trabalho, Clutch.

Então se abaixou e a beijou.

E sentiu o ofego chocado contra os próprios lábios.

Abby se sentou no banco do passageiro do carro de Devin. Ele pisou no acelerador antes que ela sequer tivesse fechado a porta.

— Qual é a gravidade? — ele perguntou, a voz tensa.

— Ela ficou com as vistas turvas e vomitou na ambulância.

— Concussão?

— É o que parece.

Devin esmurrou o volante, e Abby levou um susto com a explosão.

— Qual é o seu problema, Devin? O que foi aquilo tudo na sala de reuniões?

— A Nicki tem alguma noção do que fez, porra?

Abby ficou boquiaberta, e um medo sinistro percorreu seu corpo.

— Como é que é? A *Nicki*? Kas deveria estar preso nesse instante!

— Não vou discutir quanto a isso, e pode acreditar, nós vamos lidar com essa merda, mas, puta que pariu!

As palavras de baixo calão nem um pouco características dele a deixaram com mais pavor ainda.

— Você vai protegê-la de todo jeito, não é? Você não falou sério quando disse aquilo na sala...

Ele ficou calado.

— Devin...

— Você sabia sobre eles?

Ela hesitou.

— Eu só sabia que eles tiveram um relacionamento há muito tempo.

— Caralho, Abby! *Nunca* mais esconda qualquer coisa de alguém do time de mim!

— Nunca mais fique me dando ordens por aí como se eu fosse um dos seus lacaios. Não trabalho pra você e nem para o seu maldito time, Devin.

A mandíbula dele se contraiu.

— Como vamos resolver tudo isso?

— *Eu* vou resolver o assunto como uma profissional. *Você* vai parar de agir como um homem das cavernas.

Devin entrou no estacionamento de frente ao pronto-socorro. Abby começou a abrir a porta, mas sentiu a mão dele em seu braço. Ela se virou para ver do que se tratava.

— Me desculpa — disse ele. — Eu não deveria ter gritado com você.

— Você está certo. Mas ainda tem um monte de outras coisas pelas quais se desculpar do que só isso.

Ela desceu do carro e fechou a porta com força.

Eric foi expulso do jogo antes mesmo de a partida começar.

Como se ele desse a mínima. Ele não se incomodou nem mesmo em trocar o uniforme antes de correr pelo prédio em direção ao estacionamento. No meio do túnel, deparou com o pai.

— Pra qual hospital? — Chet perguntou, correndo para alcançar o filho.

— Memorial.

— Eu dirijo — disse o pai.

Fotógrafos e repórteres se aglomeravam como abutres em cima de uma carcaça fresca, chegando quase ao mesmo tempo que eles. Babando e rosnando, eles registravam suas fotos e lançavam perguntas enquanto Eric e o pai tentavam passar pelas portas do hospital.

— Eric, há quanto tempo você e Nicki estão dormindo juntos?

— O que Nicki disse pra você antes de a beijar?

— Você e Nicki transaram hoje antes do jogo?

Eric se virou de uma vez para o filho da puta que fez aquela pergunta, mas o pai o agarrou e o empurrou pelas portas do pronto-socorro.

Ele podia sentir o vômito subindo pela garganta. Isso não podia estar acontecendo. Como era possível que há apenas algumas horas, Nicki tenha estado em seus braços?

A equipe do hospital já estava familiarizada a lidar com todo o lance de celebridades que o time trouxe para a cidade. Assim que Chet o empurrou porta adentro, os seguranças bloquearam o acesso para manter a imprensa do lado de fora. A diretora do departamento de relações públicas do hospital cumprimentou Eric com um aperto de mão firme e um aceno de cabeça sem sentido.

— Por favor, siga-me, Sr. Weaver. Vou levá-los até a sala de espera privativa.

Cochichos e olhares os seguiam a cada passo. Eles chegaram ao final do longo corredor, e a mulher destrancou a porta. O cômodo era uma sala de espera ampla e luxuosa, decorada com uma TV gigante e sofás de couro.

— Reservamos esta sala para convidados importantes — explicou ela. — Um segurança ficará do lado de fora da porta. Nenhum visitante será autorizado a entrar sem a aprovação de vocês.

Ela indicou uma pequena cozinha.

— O mini freezer está abastecido com vários tipos de bebidas. Se tiver algum pedido especial, basta me ligar no celular. O número está afixado na porta da geladeira.

Eric grunhiu.

— Não dou a mínima para isso. Onde está Nicki?

A mulher deu um sorriso caloroso. Eric se sentiu um babaca por tratá-la daquele jeito, mas não se importava nem um pouco.

— Sinto muito — a mulher disse. — É claro que eu deveria ter abordado esse assunto primeiro. A Srta. Bates está sendo examinada. Gostaria que eu pedisse que um médico viesse aqui para te dar mais informações?

— Eu quero vê-la.

— Receio que isso não seja possível no momento. Mas nós os manteremos informados a todo instante, e vamos avisá-los assim que ela estiver liberada para receber visitas.

Eric grunhiu novamente e agarrou um punhado do cabelo. A mulher sorriu outra vez e saiu da sala. Ele começou a andar em círculos pelo meio do cômodo, então esbravejou:

— Porra!

Chet entregou uma garrafa de água ao filho.

— Beba.

— Não estou com sede.

— Beba.

Ele aceitou a garrafa e tomou longos goles. Em seguida, ouviu uma batida à porta. Na pressa de se virar, derramou água em seu uniforme.

JOGADA DECISIVA

Abby entrou, seguida de perto por Todd Marshall e o sócio dela, David. Que ótimo. Toda a equipe. O que eles fizeram? Alugaram um ônibus?

Devin foi o próximo a entrar.

— O que sabemos até agora?

— Você é muito cara-de-pau de aparecer aqui — disse Eric.

— Não foi isso o que perguntei.

— Vá se foder, Devin.

Chet colocou a mão no ombro de Eric.

— Ela está sendo examinada — ele informou. — Disseram que mandarão um médico vir até aqui quando tiverem qualquer notícia.

O telefone de Todd tocou e ele saiu da sala. Abby se aproximou de Eric, a expressão cautelosa, como se ela tivesse dado de cara com um animal selvagem enquanto fazia uma trilha.

— Como ela estava?

Ele balançou a cabeça, a voz embargada com algo entalado na garganta. Pelo resto da vida, ele nunca se esqueceria do momento em que a viu cair no chão. Ou do momento quando percebeu que ela estava desmaiada. Ou do momento em que ela percebeu que ele a havia beijado na frente do mundo inteiro.

"— O que você acabou de fazer? — ela sussurrou."

Devin disse:

— Eric, odeio atestar o óbvio, mas preciso saber de toda a verdade.

— Sim, você é um babaca.

Devin cerrou o maxilar.

— Não me encha o saco agora. Você não está em posição de fazer isso.

Eric quase grudou o nariz ao de Devin.

— E o que você quer dizer com isso?

— Você espancou um colega de time. No mínimo isso vai valer uma suspensão.

— Eu sou o culpado aqui? Ele bateu na Nicki!

— E ele vai responder por isso. Mas meus jogadores não podem sair por aí agindo como se fossem malditos namorados superprotetores!

Eric agarrou o colarinho da camisa de Devin e o empurrou para trás.

Chet se meteu no meio dos dois.

— Já chega!

Eric gritou por cima do ombro do pai.

— Você está me perguntando se estou dormindo com ela? É isso o que quer saber? Se estou *fodendo* a minha treinadora?

O rosto de Devin ficou vermelho de raiva.

— Você sabe muito bem o que estou perguntando.

— Eu amo aquela mulher. É o suficiente pra você?

Devin arrastou as mãos pelo cabelo.

— Bem, isso é simplesmente maravilhoso. Muito lindo. Quando será o casamento? — ironizou.

— Todos vocês, calem a boca! — Abby se postou no meio da sala e gritou. Todo mundo ficou calado, a não ser pelas respirações ofegantes diante de tanta testosterona. Com as mãos apoiadas nos quadris, ela disse:

— Vocês querem que o hospital inteiro ouça isso?

Então apontou o dedo para Devin.

— Você. Vá atrás daquela mulherzinha perfeita lá que eles chamam de relações públicas e mande que ela organize uma barricada em volta do hospital. Não há motivo para a imprensa estar aglomerada tão perto da porta de entrada.

Eric rangeu os dentes para Devin.

— É isso aí, Devin. Siga em frente.

Devin rosnou outra vez, mas Abby espalmou uma mão no peito dele e o bloqueou de um jeito que daria orgulho a um ganhador do troféu Heisman[6].

— Vá embora, Devin!

Ele saiu da sala na mesma hora.

Abby se virou e apontou para Chet.

— Você. Estou te dando a tarefa de entrar em contato com a família de Nicki. Eles provavelmente estão superpreocupados, e duvido que ela tenha trazido o celular para o hospital.

Chet assentiu, em obediência.

Por fim, ela apontou um dedo para Eric.

— E você, Sr. Vou espancar todo mundo... Será que pode, por favor, se acalmar por um segundo? Temos um controle de danos significativo para lidar, e preciso ter certeza de que não vai virar o Hulk pra cima da gente na hora errada e quebrar tudo ao redor.

— Não dou a mínima para essa porra de controle de danos.

— Mas você dá a mínima para a Nicki, certo?

Sua atitude feroz desinflou. Ele massageou a nuca e deu um aceno rígido com a cabeça.

---

6   Troféu Heisman é um cobiçado prêmio dado ao jogador de futebol americano eleito como melhor na liga universitária. O prêmio foi criado em homenagem ao ex-jogador da Brown University e treinador John Heisman.

JOGADA DECISIVA

Ela suspirou e ajeitou as lapelas do terninho.

— Ótimo.

Todd Marshall entrou correndo pela porta.

— Liguem a TV.

Eric praguejou. Nada de bom acompanhava aquelas palavras.

Chet pegou o controle da televisão na mesa ao lado do sofá. A TV já estava no canal da CNN.

Um vídeo mostrava em câmera lenta o momento em que Eric havia se abaixado e beijado Nicki.

Abby suspirou outra vez.

— Bem, acho que agora não adianta negar nada.

Nicki estava anestesiada, distante, como se estivesse flutuando acima do próprio corpo e assistindo a tudo se desenrolar em uma tela de cinema. A única conexão que ela tinha com a realidade era a dor latejante na cabeça, que começou segundos depois de acordar no chão do *dugout* e encontrar Eric se inclinando sobre ela.

"— Bom trabalho, Clutch."

E então ele a beijou.

Na frente de todo mundo.

Ai, meu Deus. O que ele tinha feito?

O que *ela* tinha feito?

A porta do quarto se abriu, e um homem de jaleco entrou. Ele se apresentou como Dr. Alguma Coisa. Ela ouviu mal e porcamente enquanto ele falava sobre fazer este e aquele exame. Eles tinham certeza de que não havia nenhuma fratura, mas os raios-X confirmariam com maior segurança. E uma tomografia computadorizada diria se ela tinha uma concussão.

Ela voltou a prestar atenção.

— Uma concussão? Só por levar um soco?

Ele sorriu.

— Isso não é filme, Nicki. Um golpe recebido de um jogador de beisebol, da liga principal, do tamanho de Al Kasinski não é muito diferente de bater a cabeça no painel de um carro em um acidente.

Seu estômago revirou. Ele deve ter reconhecido sua expressão, porque colocou uma lixeira plástica sob o seu queixo.

Ela desabou contra os travesseiros e balançou a cabeça.

— Estou bem.

"Estou cansado de ouvir isso, Nicki."

— Só aguente um pouco — disse o médico, colocando a lixeira em seu colo, caso precisasse. — Logo saberemos se procede ou não. Precisa de algo enquanto isso?

JOGADA DECISIVA 227

— Do controle remoto da TV.

— Tem certeza?

— Ah, sim. Quero assistir meu próprio reality show.

— Vou pedir para alguém trazer. — O homem deu um sorriso compassivo e saiu.

Por algumas horas abençoadas, ela enganou a si mesma pensando que de alguma forma eles poderiam fazer tudo dar certo. Agora ela sabia a verdade. A noite passada tinha sido boa demais para ser verdade.

Será que eles estavam lá fora – aqueles que a machucaram? Será que tinham assistido ao vídeo de Eric a beijando? Será que estavam rindo?

Eles vão ganhar. Ela vai perder o emprego e nunca vai derrotá-los.

Nicki recostou a cabeça no travesseiro e permitiu que as lágrimas escorressem livres.

Se Todd Marshall não parasse de estralar os dedos, Eric ia quebrar a cara dele. Devin havia desaparecido misteriosamente vinte minutos atrás. Abby estava trabalhando em seu celular e alternando momentos em que xingava ou gritava ordens ao redor.

Ninguém dizia nada a ele.

Ele estava, oficialmente, no inferno.

A porta se abriu. Eric se afastou da parede contra a qual estava apoiado quando um médico entrou. A sala explodiu em gritos enquanto todos falavam ao mesmo tempo.

O médico levantou as mãos.

— Acalmem-se, por favor. Não tenho muito para contar.

Eric passou por seu pai e Abby.

— Como ela está? Onde ela está?

— Em primeiro lugar, ela está bem. Vamos fazer exames de raios-X e tomografia computadorizada.

Seu estômago embrulhou.

— Para quê?

— Para descartar uma possível concussão.

Eric apoiou as mãos na cabeça. Kas a golpeou com tanta força assim? Ele ia vomitar. Sentiu a mão de seu pai em seu ombro.

— O corte no rosto dela não precisou de pontos — disse o médico. — Já fizemos o curativo. Mas isso é tudo o que posso dizer até avaliarmos as imagens por dentro.

— Eu quero vê-la.

O médico fez uma careta.

— Eu aconselho dar um tempo a ela.

— Não sou exatamente um estranho qualquer. Onde ela está?

O médico levantou as mãos novamente.

— Sr. Weaver, eu entendo que você está chateado...

— Qual. É. O. Quarto?

O homem baixou as mãos.

— Quarto dois.

Eric praticamente o atropelou ao sair correndo da sala.

As portas do pronto-socorro ficavam ao redor do canto e ao final de um corredor longo. Ninguém o impediu. Ele passou pelas portas giratórias e quase colidiu com uma auxiliar confusa. Ela se afastou.

Eric abriu a porta do quarto dois e sentiu o peito apertar. Nicki estava recostada aos travesseiros, os joelhos dobrados e contra o peito, uma bolsa de gelo envolvida em sua mão dominante e um curativo de sutura em seu rosto. Havia sangue em seu uniforme.

Seus olhos estavam fixos no canal da ESPN, na TV oposta à porta. Ray Fox estampava a tela, com arrogância.

— *Devin Dane não tem escolha a não ser se livrar dela agora* — disse o idiota, em tom vitorioso. — *Ela esteve mentindo o tempo todo. Manchou a reputação de um importante jogo americano.*

— Amor... — Eric soltou a maçaneta e a porta se fechou.

Ela olhou para ele, o semblante sério como se fosse uma estranha. Uma arremessadora em cima do monte. A treinadora Bates novamente.

Ele se aproximou da cama.

— Nicki, podemos superar isso.

— Por que você fez isso, Eric? Talvez eu pudesse ter sobrevivido à briga e à foto. Mas você me beijou. Na frente de todos. Por quê?

— Porque eu estava com um medo do caralho! Você estava inconsciente quando cheguei perto, e estava coberta de sangue. Você tem ideia

JOGADA DECISIVA

do que isso fez comigo? E quando você acordou... meu Deus. Eu não planejei isso. Aconteceu sem querer.

— Claro. Depois da nossa discussão sobre dar uma entrevista, aconteceu sem querer. E agora temos que lidar com as consequências.

Ela tinha dito a mesma coisa ontem à noite. Exceto que ontem à noite era uma absolvição. Hoje era uma acusação.

— Você... — Droga. Ele precisava parar e se recompor. — Você acha que fiz de propósito?

Os músculos de sua garganta se moveram enquanto ela engolia, e ela se virou para a TV.

Avery Giordano estava falando agora:

— *Nunca pensei que concordaria com Ray Fox* — disse a mulher. — *Mas se houver, de fato, um relacionamento entre Nicki Bates e Eric Weaver, um relacionamento a respeito do qual eles mentiram, pode ser algo que não possamos tolerar. Um chefe não pode se envolver com um funcionário em qualquer setor sem que seja um problema.*

Chefe.

Funcionário.

Eric sentiu a garganta subitamente seca.

— Nicki, olhe para mim. Podemos enfrentar isso juntos.

— Não acho que possa haver um "nós".

As palavras dela ergueram uma parede invisível, e ele se chocou contra isso de frente e com força. Acabou tropeçando para trás, atordoado.

— Você não pode estar falando sério, Nicki. Você está apenas com medo.

Ela nem sequer olhou para ele.

— Eu tenho que salvar minha carreira.

— Mesmo que signifique o fim entre nós?

— Sim.

Nenhuma palavra doeu tanto. Foi como um punho gigante atingindo seu peito e arrancando todos os órgãos vitais.

Mas a dor rapidamente se transformou em raiva. Isso o fez querer rugir como um animal selvagem. Isso o fez querer agarrar o objeto mais pesado por perto e arremessá-lo. Isso o fez querer quebrar janelas e bater em carros.

Isso o transformou no Hulk, e ele estava prestes a arrebentar tudo ao redor.

— Sabe qual é o seu problema? Você nunca realmente se levantou do chão.

Ela virou o rosto pálido na direção de Eric.

— O que você disse?

— Você ainda está encolhida, seminua, cobrindo o rosto com as mãos.

— Como você se atreve?

— Você pode fazer todas as tatuagens que quiser, mas ainda está apenas praticando arremessos em sua cabeça, com medo de lançar a bola de verdade.

Ela arrancou um travesseiro atrás de suas costas e o atirou nele.

— Some daqui!

O travesseiro o atingiu com a força de um marshmallow, mas com a finalidade de um *grand slam* para vencer o jogo.

Fim de jogo.

Ele o encarou no chão. Imaginou o cabelo dela espalhado sobre ele. O rosto dela virado para o dele. Os lábios inchados pelo beijo. Os olhos sorridentes e brilhantes.

— Estou desprovido de qualquer orgulho aqui, Nicki. Não me resta nada além de honestidade. E a verdade é que estou morrendo agora. Nem sei como vou sair daqui. Mas sinto ainda mais por você, porque um dia tudo isso vai acabar, e então o que você terá?

— Vitória — ela disparou.

— Bem... — Ele engoliu o nó na garganta. — Espero que vocês sejam felizes juntos.

Cerrou os punhos e saiu em passos firmes em direção à porta.

Me chame de volta, amor. Por favor.

Ele segurou a maçaneta.

Vamos lá, Nicki. Não me deixe ir embora.

— Seu cretino.

Então ele saiu. E deixou seu coração para trás.

Pelo amor de Deus... Será que todo o pessoal do hospital estava do lado de fora da porta, ouvindo sua completa e total destruição? Eles deram um salto e se dispersaram no instante em que Eric saiu a passos trôpegos do quarto e da vida dela.

Apenas uma pessoa ficou por perto.

Seu pai.

— Filho...

Eric apontou um dedo.

— Não. Não diga nada.

Suas chuteiras martelavam em um ritmo irritante no piso enquanto ele saía dali. Ele empurrou as portas giratórias.

E deparou-se com Devin.

Pelo amor de Deus.

Chet na mesma hora envolveu os braços ao redor de Eric para segurá-lo, mas depois soltou quando percebeu que não seria necessário.

Eric estava sem forças para brigar. Ele esteve lutando a vida toda, e isso só o deixara ensanguentado e quebrado.

Devin estava impassível.

— Suspensão de dois jogos. Brody fica como titular no jogo de abertura em casa. Você não começa até a segunda semana.

Era incrível o quão pouco ele se importava.

— E o que aconteceu com me colocar no *bullpen*?

Devin agarrou a própria nuca e fez uma careta.

— É, bem. Eu nunca te colocaria de verdade no *bullpen*. Só queria te dar um chacoalhão pra você acordar para a vida.

Maldito Devin.

— Você realmente gosta de manipular as pessoas, não é?

— Funcionou, não funcionou? Você finalmente se encontrou de volta ao monte.

— Isso não teve nada a ver com você.

Teve tudo a ver com Nicki. O pó de fada mágico que tinha devolvido sua habilidade de arremesso? Foi tudo por ela. Era ela que estava faltando, e agora ela tinha ido embora de novo. Devin havia acabado de devolver seu posto como titular. Era o que ele queria, mas não importava mais. Não sem ela.

O cansaço se instalou em seus ossos. Ele estava cansado demais dessa merda.

Eric se virou e olhou para o pai.

— Valeu a pena?

Chet parou, os lábios entreabertos. Então exalou um suspiro triste e baixo e balançou a cabeça, como se soubesse exatamente o que Eric estava perguntando.

— Não, não valeu. Eu abriria mão de toda a minha carreira se pudesse trazer sua mãe de volta e consertar as coisas com você.

Eric assentiu e olhou para baixo. As emoções o golpeavam rapidamente e com força, e ele não queria que o pai testemunhasse isso. Mas não pôde evitar de perguntar algo mais.

— E se eu não tivesse sido bom?

— Bom em quê?

— No beisebol. E se eu fosse ruim nisso?

— Se você não sabe a resposta para isso, então fui pior ainda como pai do que imaginei.

O chão oscilou por trás da visão nublada pelas lágrimas.

Seu pai estendeu a mão, hesitando por um segundo antes de segurar o braço do filho.

— O beisebol não é quem você é, Eric. É apenas o que você faz para viver. É um trabalho. Nada mais. Eu aprendi isso tarde demais na vida.

Merda. O nó em sua garganta ameaçava bloquear suas vias respiratórias.

— Eu não sabia como mostrar que me importava. Não sabia como ser as duas coisas: um jogador e um pai. Beisebol era tudo o que eu conhecia, então eu o empurrei para isso. Eu te pressionei demais e te afastei. Eu me destruí e destruí minha família. Pelo jogo. O maldito jogo.

Merda. Merda, merda, MERDA.

— Eu deveria ter garantido que entendesse que eu não me importava se você se tornasse um gari. Eu te amaria da mesma forma, não importava o que acontecesse. Você é meu filho. Isso é tudo que importa para mim.

JOGADA DECISIVA

Cristo. Ele estava chorando, porra. No meio do maldito hospital. Com pessoas passando e toda a imprensa esportiva do lado de fora.

Seu pai envolveu o braço em volta das costas de Eric e o abraçou. Eric arfou e soluçou. E, pela primeira vez, desde que era criança, retribuiu o abraço do pai.

Chet apoiou a mão na parte de trás da cabeça de Eric.

— Meu Deus, filho. Eu senti tanto a sua falta.

Eric não conseguia falar. Sentia-se como um menininho novamente, sendo consolado depois de cair.

Talvez ele fosse.

Eric deu várias respiradas profundas.

Atrás dele, Devin pigarreou.

Eric se afastou e se virou, limpando o rosto com o dorso da mão.

— Sabe de uma coisa, Devin? Estou realmente cansado de ser uma posse sua. Então, o que você acha disso? E se eu não começar em nenhum jogo?

Devin piscou.

— O que você quer dizer com isso?

— Eu desisto. Não quero mais saber de beisebol.

Já era fim de tarde quando os médicos de Nicki confirmaram o diagnóstico. Uma concussão, disseram a ela. *Você tem alguém que possa ficar com você?*

— Não — Nicki respondeu, exausta.

Não ter ninguém para ficar com ela significava que teria que passar a noite no hospital, em observação. Ela estava sendo observada, sem dúvida. O estacionamento do outro lado da rua havia sido tomado por vans e tendas de transmissão onde repórteres davam atualizações ao vivo e oficiais, mesmo quando não havia absolutamente nada de novo para relatar. Rumores e especulações eram suficientes.

Mas era sobre a vida dela que estavam discutindo. Eles zombavam, analisavam, debatiam e especulavam, mas nem uma vez pararam para perceber que ela era um ser humano.

Abby apareceu por volta das três e desligou a TV.

— Eu disse para você não assistir a essa porcaria. — Deixou uma bolsa de viagem no pé da cama. — Trouxe algumas coisas pra você.

Nicki vasculhou a bolsa e revirou as roupas e produtos de higiene.

— Preciso do meu celular.

— Não consegui encontrá-lo.

— E meu iPad?

— Também não.

— E o meu laptop?

Abby entregou um livro para ela.

— Comprei na loja aqui embaixo.

Nicki desabou de volta contra os travesseiros. Ela sabia que Abby estava apenas tentando protegê-la, mas era inútil. Ela já tinha visto o pior na TV. A repetição interminável da briga e Eric a beijando já havia se transformado em memes no Facebook e paródias no YouTube.

Ela era, oficialmente, o alvo de piadas do beisebol. Eles não se importavam que, sob o uniforme, ela era apenas uma mulher. Uma mulher cuja carreira inteira estava passando diante de seus olhos. Uma mulher cujo coração estava se partindo.

Abby arrastou a cadeira perto da janela para a cama e se sentou.

— Eric foi suspenso por duas partidas.

Ela já sabia disso. A ESPN relatava com prazer a cada dez segundos. Ainda assim, só de ouvir o nome dele, um novo buraco se abriu em seu coração.

— E o Kas?

— Ainda não saiu uma nota oficial, mas, provavelmente, ele será suspenso de forma indefinida. Essa é a boa notícia em tudo isso, se é que existe alguma. As pessoas definitivamente estão do seu lado na briga.

Ela também sabia disso. A CNN havia feito uma enquete no Twitter. Mostrava um apoio esmagador para ela por ter socado Kas.

O relacionamento com Eric era outra questão. Um fã que foi entrevistado chegou a dizer que ela mereceu a insinuação feita por Kas.

"Ela estava pedindo", em outras palavras.

— Alguma novidade sobre mim?

Abby tocou seu braço. Não era um bom sinal.

— Tente descansar — disse ela. — Você realmente precisa cuidar de si mesma. Uma concussão não é brincadeira.

Nicki assentiu e dedilhou com as bordas do livro – um mistério de assassinato. Pelo menos não era um romance. Ela não conseguia lidar com finais felizes quando o dela havia sido destruído.

Como ela tinha sido ingênua ao pensar que poderia ter um...

O telefone de Abby vibrou com uma mensagem de texto. Ela se levantou e leu a tela. Uma expressão sombria passou por seu rosto.

Ela estava distraída quando olhou de volta para Nicki.

— Tenho que ir. Entrarei em contato.

Nicki ligou a TV novamente depois que Abby saiu. A CNN voltou à vida bem a tempo das últimas notícias.

<blockquote>Fontes dizem: Dane, proprietário dos *Aces*, anunciará a saída de Nicki Bates após briga no banco e boatos de um caso...</blockquote>

— Seu filho da puta.

Devin andava de um lado para o outro em seu escritório no estádio de beisebol. Se ele pudesse entrar pelo telefone e estrangular o irmão, já estaria com as mãos em volta da garganta do bastardo. Bennett não apenas vazou uma notícia falsa de que Devin iria demitir Nicki, e nem estava envergonhado com isso.

Bennett riu.

— *Era óbvio que você precisava de um empurrãozinho. Eu te fiz um favor.*

— Eu ainda não decidi sobre ela.

— *Exatamente. Você acha que tem escolha. Não tem.*

— Este time é meu.

— *O time faz parte das Empresas Dane. Você é meu funcionário.*

O pânico se alastrou pelo corpo de Devin. Bennett estava blefando. Nada mais.

— Diga logo, Bennett.

— *Quer manter seus dedos na conta bancária da família? Então, escute, irmãozinho. Demita. Nicki. Bates.*

O pânico se espalhou por todos os membros como um vírus procurando um hospedeiro.

— Quanto tempo eu tenho para decidir?

— *Vinte e quatro horas.*

A linha ficou muda.

Devin olhou pela janela, apertando o aparelho com força e desejando que a merda se partisse em pedaços. Um movimento rápido no reflexo chamou sua atenção.

Ele girou e deparou com Abby.

Ele a observou se aproximar. Havia uma calma enganadora em seus passos. Ela estava vibrando de energia e raiva, mas seus movimentos eram controlados. Em sua mão havia apenas um pedaço de papel.

Seus dedos formigavam para tocá-la. Ele queria puxá-la contra o peito, arrancar suas roupas, deitá-la no sofá e esquecer tudo, exceto a sensação do contato de sua pele contra a dele.

— Foi uma notícia falsa, Abby. Eu ainda não decidi sobre Nicki.

— Quanto tempo ele te deu?

— Quem?

— Seu irmão. Era com ele que você estava falando, certo?

O suor se acumulou sob seus braços. Ela estava muito calma.

JOGADA DECISIVA

— Abby...

— Quanto. Tempo?

— Você não entende.

— Quanto. Tempo? — repetiu.

Ele se sentou e esfregou o rosto. A gravata sufocava sua garganta, uma corda que apertava a cada movimento. Suspirou e olhou para cima.

— Vinte e quatro horas.

— E se você não a demitir?

— Eu perco acesso às contas da família.

— Então, é Nicki ou o seu dinheiro.

Abby fechou os olhos, sentindo o corpo tremer. A visão incitou uma enxurrada de emoções nele, mas a única coisa que saiu de sua boca foi o que um idiota na defensiva diria. Ele jogou o telefone na mesa.

— Não tenho tempo para isso, Abby. Vejo que está brava comigo, mas talvez devesse direcionar um pouco dessa raiva para sua cliente. Ela trouxe isso para si mesma.

Abby abriu os olhos.

— Isso é tudo o que você tem a dizer?

— O que você gostaria que eu dissesse?

— Que você vai protegê-la. Que vai fazer o que é certo.

O idiota defensivo ressurgiu quando ele se levantou rapidamente.

— Eu farei o que for preciso para proteger o meu time.

— Quer dizer, proteger o seu dinheiro.

— A mesma coisa, Abby.

Ela pigarreou e ajeitou o tecido de seu blazer.

— Pode ser a única coisa que você já me disse e na qual acredito.

Ela percorreu o resto do caminho até a sua mesa e colocou lentamente o pedaço de papel á sua frente.

— O que é isso?

— Achei que gostaria de ver o e-mail que acabei de receber me informando que fui demitida do meu escritório.

O quê?! Ele pegou o papel. Passou o olho. E sentiu o ar escapar dos pulmões.

— Eles te demitiram por minha causa?

— Acredito que as palavras exatas de David no telefone foram que meu relacionamento com você criou um conflito de interesses, o que resultou em danos à reputação do nosso cliente.

— Por quê? Não entendo...

— Todd Marshall é a fonte. Contratamos um investigador particular para descobrir quem era. David me culpa. Disse que eu estava ocupada demais transando com você para notar o que estava acontecendo bem na minha frente. E ele estava certo.

Não. Devin contornou a mesa.

— Isso é absurdo, Abby. Você precisa lutar...

Ela recuou e se afastou.

— Havia algo mais nesse relatório, Devin.

Ele engoliu em seco. Não conseguia respirar.

— Você mentiu para mim — disse ela, com a voz trêmula. — Você vazou a notícia no primeiro dia. Eu te perguntei isso e você mentiu na minha cara. O que me faz questionar sobre o que mais você tem mentido.

— Não sobre nós, Abby. Eu nunca menti sobre nós.

— Tudo sobre nós é uma mentira, Devin.

Ele observou, paralisado no lugar, enquanto ela virava e saía de seu escritório e depois sumia de vista.

Sua mente gritava com ele. *Não a deixe ir embora. Seu idiota. Levante-se e vá atrás dela.*

— Abby, espera. — Correu atrás dela.

Os elevadores. Ele disparou pelo corredor.

— Abby!

Ele virou a esquina. As portas estavam se fechando.

— Abby, espera!

As portas se fecharam na sua cara. Devin bateu a palma da mão contra o metal frio.

Mal conseguiu se lembrar de ter voltado ao escritório, mas, de repente, ele estava de volta à sua mesa.

Seu celular tocou.

Era Bennett.

Devin atendeu o telefone.

E o jogou contra a parede.

Nicki sentiu as mãos deles em seu corpo. As vozes zombando dela. Ela caiu no chão e se encolheu, deitada em posição fetal, e deixou o asfalto frio e úmido penetrar em seus ossos.

Acordou arfando sob a escuridão.

— Ei... ei. Está tudo bem.

Ela se deitou de novo contra os travesseiros e virou o rosto em direção ao reconforto tranquilizador.

Robby estava ao lado de sua cama, dando um sorriso enviesado.

— Acho que vamos ter que mudar seu apelido para Rocky, né?

Ela irrompeu em lágrimas.

Ela assoou o nariz com o lenço de papel que Robby lhe deu e depois o jogou na lixeira ao lado da cama. Seu irmão estava sentado na cadeira que Abby havia arrastado para perto da cama mais cedo. Ele apoiou os cotovelos nos joelhos.

Ela fungou e fez uma careta ao se ver em seu estado patético.

— Quanto tempo você pode ficar?

— Um tempinho. Nosso jogo é amanhã cedo. — Ele olhou para o relógio. — Quero dizer, hoje.

Ele iria dirigir a noite toda, depois de ter dirigido até lá? Ela chorou um pouco mais.

— Obrigada por vir.

— Então... — ele suspirou. — Você e Eric.

— Acabou.

— Sinto muito em ouvir isso.

Nicki olhou de soslaio para ele.

— Quem é você e o que fez com meu irmão?

Ele deu um sorriso triste.

— Você está bem?

Bem. Sua resposta automática deixou um gosto amargo na boca. Ela não estava bem. Estava tão longe de estar bem quanto uma pessoa poderia estar. Estava cansada. Cansada de sentir raiva. Cansada de estar com medo. Cansada de lutar contra um inimigo que só parecia crescer quanto mais ela se esforçava.

Ela olhou para a janela e engoliu o nó na garganta.

— Sabe no que eu estava pensando hoje?

Ela sentiu o olhar dele sobre ela.

— Em quê?

— Naquelas festas que costumávamos fazer depois dos jogos da Vandy. Lembra delas?

A imagem da janela se distorceu diante de seus olhos, e ela pôde ver o quintal de seus pais. Pôde sentir o cheiro dos hambúrgueres de seu pai na churrasqueira e ouvir o tilintar dos cubos de gelo nos copos compridos e cheios de limonada. Lá estava sua mãe, os mandando sair enquanto ela terminava de cozinhar. Lá estava Robby, caçoando dela. E lá estava Eric, olhando para ela com aqueles olhos sedutores e acelerando seu coração. Todos estavam rindo. Sempre.

— O que aconteceu com a gente, Robby?

— O jogo muda todo mundo.

— Por quê?

— Às vezes, quando você persegue um sonho por tanto tempo, esquece de desfrutar do sucesso.

— Eu não sou um sucesso.

— Foi uma fonte anônima, Nicki. Você não pode acreditar nesse relatório.

— Não estou falando do meu emprego. — O ar escapou de seus pulmões quando a verdade de sua própria declaração a atingiu. Ela ficou tonta. *Embriagada* com isso.

Eric estava certo. Ela não tinha ganhado nada.

Mesmo que conseguisse salvar sua carreira a esta altura do campeonato, ainda não teria a justiça que vinha buscando há tanto tempo. Não se ela perdesse a alegria que sentia pelo jogo. Não se continuasse assim,

JOGADA DECISIVA

sacrificando tudo o que importava. Não se deixasse que eles a assustassem a ponto de fugir da luta.

Mas, especialmente, não se ela tivesse que abrir mão da pessoa que amava mais do que o próprio ar.

Ela realmente ainda estava se encolhendo no asfalto, cobrindo o rosto com as mãos.

— Eu o amo, Robby.

— Eu sei. — Ele sorriu na escuridão. — Volte a dormir, Nicki. Podemos resolver as coisas de manhã.

— Como?

— Não faço ideia.

Pelo menos ele era honesto.

Robby esperou até ter certeza de que ela estava dormindo novamente antes de sair em silêncio do quarto de hospital.

Vinte minutos depois, bateu na porta de Eric. Ele a atendeu com olhos vermelhos e uma aparência desgrenhada.

— Ah, merda. Robby...

Robby deu um murro no rosto dele.

— Ca-ra-lho! — Eric cambaleou de volta para o hall de sua casa e cobriu a boca com a mão. Seus dedos voltaram ensanguentados. — Estou realmente cansado de levar porrada.

Robby entrou descontraidamente como se nada tivesse acontecido e fechou a porta.

— Lugar bonito, Weaver.

— Que porra, Robby.

Chet desceu a escada usando uma calça de pijama de gente velha, olhou para os dois e balançou a cabeça. Então subiu de novo e gritou por cima do ombro:

— Tentem não quebrar nada.

Robby sorriu.

— Você está com uma aparência horrorosa, Eric.

— Já passa da meia-noite. O que você quer?

— Minha irmã também está um horror.

Ótimo. Justo quando ele finalmente havia estancado o sangramento em seu peito.

Eric recuou alguns passos no vestíbulo, então desistiu. Sentou-se no chão, caiu de costas e deixou os braços largados ao lado do corpo.

Robby riu e pairou acima.

— O que diabos você está fazendo?

— Só faça logo isso e acabe com essa merda.

— Fazer o quê?

— Arranque meu coração, porra.

Robby riu e endireitou a postura.

— Levanta daí, fracote.

— Eu larguei tudo hoje.

— Você não pode. Você está no meio de um contrato.

— Cal também estava.

— Circunstâncias excepcionais. Acho que um coração partido não conta.

— Sério... O que você está fazendo aqui?

— Pensei que poderíamos jogar HALO até você parar de resmungar.

Eric suspirou audivelmente.

— Por quê?

Robby estendeu a mão.

— Porque não vou deixar meu melhor amigo desistir na jogada decisiva, porra. Levanta.

JOGADA DECISIVA

Eles estavam atrás dela. Gritando com ela. Zombando dela. *Você é aquela vadia do time de beisebol.* Ele agarrou o braço dela. Deu um soco em seu rosto. Ela recuou e esperou pela dor latejante do golpe.

Mas não doeu.

Ele bateu mais uma vez.

Ela não sentiu nada.

Nicki se sentou de um sobressalto na cama e piscou em meio à escuridão. Robby tinha ido embora. O relógio da parede mostrava que eram três horas. Da madrugada.

Ela precisava de um telefone. Nesse instante. Nicki se inclinou na beirada da cama hospitalar e puxou a mesa de rodinha que ficava ao lado. Discou o número nove, que permitia chamadas para fora do hospital, e depois ligou para Abby.

Ela atendeu no segundo toque.

Nicki nem lhe deu a chance de dizer "alô".

— Preciso de um favor.

Abby estava nervosa, toda desgrenhada. Nicki nunca a tinha visto tão deslocada. O cabelo estava preso em um rabo de cavalo, seu rosto sem maquiagem, os pés enfiados em tênis de corrida em vez dos saltos vertiginosos que ela normalmente usava.

É verdade que Nicki a arrancou da cama no meio da noite, mas ela sempre imaginou que Abby acordasse arrumada e maquiada como as mulheres em novelas.

Demorou uma eternidade para receber alta de manhã e ainda mais tempo para a segurança liberar um caminho para que ela pudesse sair despercebida no carro de Abby. Agora que Nicki sabia o que ia fazer, o que queria, cada minuto que a impedia de atingir seu objetivo era uma tortura.

Avery Giordano concordou em encontrá-las no hotel em que Abby estava hospedada. Abby reservou um auditório para a entrevista e o The New York Times transmitiria ao vivo em seu site.

Era a parte do "ao vivo" que parecia ter levado Abby à beira do descontrole. Ela estava nervosa no banco do motorista.

— Talvez eu devesse participar da entrevista também.

— Para que pensem que preciso de alguém segurando minha mão? — Nicki balançou a cabeça.

— Você ao menos vai me deixar preparar alguns pontos para revisar?

— Não. Eu quero falar do coração. — Estremeceu em um gesto dramático. — Meu Deus, isso soou bem brega.

— Podemos levar a coisa a sério por um segundo? — Abby resmungou. — Isso é muito importante, Nicki. Você não preparou nada para a entrevista. Não tem prática. E não pense nem por um segundo que, só porque a Avery é justa, ela vai ser complacente.

— Eu não quero complacência. Só quero contar a verdade.

Nicki não tinha ideia do que aconteceria depois disso. Ela poderia perder sua carreira, e isso doeria muito, mas ela sobreviveria. Ela poderia não ter Eric de volta, mas ao menos tinha que tentar. Não tentar não era mais uma opção.

Abby entrou na garagem do hotel e seguiu para a entrada do pessoal, conforme a equipe de segurança havia instruído. Estacionou em uma vaga perto da porta que havia sido reservada para elas.

Em seguida, apertou a mão de Nicki no elevador.

— Você tem certeza de que sabe o que está fazendo?

As portas se abriram.

— Tenho. Estou revidando.

Esse não era o tipo de matéria que Avery Giordano queria fazer. Ela era uma jornalista premiada, não uma daquelas perseguidoras de celebridades que ficam rondando do lado de fora. Mas ela não podia recusar a chance de conseguir a primeira entrevista com Nicki Bates, mesmo que parecesse haver uma intenção por trás disso.

Avery vinha sendo atacada por Ray Fox e seus capangas por sua cobertura justa sobre Nicki até agora, como se relatar os fatos – como o fato de que Nicki Bates era tão boa quanto qualquer outro treinador de arremessos nas Ligas Principais – a transformasse em algum tipo de slogan politicamente correto. Mas a imparcialidade funcionava nos dois sentidos. Se Nicki achava que Avery seria condescendente agora, ela estava enganada.

Seu celular vibrou com uma mensagem de Abby Taylor. Ela olhou para o cinegrafista atrás dela.

— Elas chegaram.

A primeira coisa que Avery notou quando Nicki entrou na sala foi o curativo tipo sutura-borboleta sob seu olho. Em volta dele, havia um hematoma roxo que a fez estremecer de simpatia.

Ela estendeu a mão. O aperto de Nicki era firme, confiante. Avery repassou os parâmetros da entrevista que ela e Abby haviam acertado – quinze minutos, uma câmera, sem fotos estáticas – e fez um sinal para que Nicki se sentasse na cadeira em frente à dela.

Avery olhou para o cameraman novamente.

— Comece a contagem regressiva.

Ele assentiu e ficou pronto para apertar o botão que as colocaria ao vivo na internet.

— Em 5, 4, 3, 2… — Ele apontou.

— Obrigada por me receber hoje, Nicki.

— Obrigada por me entrevistar.

Avery apontou para a contusão.

— Isso parece dolorido.

Os dedos de Nicki tocaram o curativo.

— Acredite ou não, já tive contusões piores do que essa. Mas sim, dói.

Pior do que isso? Havia uma história ali, mas teria que esperar.

— Vamos falar sobre a briga com Al Kasinski daqui a pouco, Nicki, mas vamos lidar com o elefante na sala primeiro.

Nicki assentiu, seu olhar direto.

— Você está tendo um caso com Eric Weaver?

— Não.

O som de um murmúrio que Nicki ouviu do lado de fora da porta deve ter sido Abby desmaiando de repente.

Avery se inclinou para frente.

— Nicki, ele te beijou na área dos bancos. Ele passou a noite na sua casa. Você está negando…

Nicki levantou a mão.

— Pense no que você me perguntou.

— Eu perguntei…

— Você perguntou se eu estava tendo um caso com ele. Pense na conotação dessa palavra. Como se fosse algo sujo. Ou ilícito ou errado. Assim como milhares de pessoas me chamando de vadia. Assim como Ray Fox e suas insinuações nojentas sobre "reuniões no monte".

Os lábios de Avery se contraíram.

— Você está ou não em um relacionamento não profissional com Eric Weaver?

Uma pontada perfurou seu coração. Foi bem menos aguda do que ontem, mas não menos dolorosa.

— Não sei. Não sei onde estamos agora, para ser honesta. Mas você ainda não fez a pergunta que importa.

Claramente frustrada, Avery mudou de posição na cadeira.

— Tudo bem. Para seguir em frente, o que devo te perguntar?

— Como me sinto em relação a ele.

— E…?

— Eu o amo.

JOGADA DECISIVA

Nicki esperou as portas do elevador se fecharem antes de se virar para encarar Abby.

— E aí?

O olhar vago de Abby enviou um arrepio de inquietação pela coluna de Nicki. Ela achou que tinha corrido bem.

Mas então Abby se aproximou rapidamente, e Nicki quase caiu com o abraço desajeitado e embaraçoso das duas.

— Essa foi a melhor entrevista com um cliente que eu já vi — disse Abby.

Nicki se afastou, o alívio enfraquecendo seus joelhos.

— Sério? Você acha que vai... — Sua mente procurou pela frase que Abby sempre usava. — Mudar a narrativa?

Abby riu.

— Querida, você não mudou a narrativa. Você simplesmente mudou o jogo.

No entanto, o alívio durou pouco tempo. O elevador se abriu para o estacionamento no subsolo e elas voltaram para o carro. Nicki não estava interessada em mudar o jogo. Neste momento, ela só estava interessada em uma coisa.

Abby parecia ler sua mente.

— Vai ficar tudo bem, Nicki.

— Nós dissemos coisas terríveis um para o outro ontem. *Eu* disse coisas terríveis.

— As pessoas tendem a fazer isso quando estão assustadas. Mas acho que você acabou de compensar tudo.

— Não sei. Tenho sido uma teimosa idiota. Não acho que ele vai me perdoar.

— É isso que você quer?

— Sim.

Meu Deus, sim. De que adiantava o jogo se ela não o tivesse para curtir junto? De que adiantava vencer se ele não estivesse lá para comemorar a vitória? E que tipo de vitória seria se ele não fizesse parte dela?

— Então continue lutando.

— Foi você quem disse que eu não poderia tê-lo, que não poderia ficar com ele.

— Eu estava errada.

Abby ligou o carro, e Nicki percebeu pela primeira vez o que realmente parecia diferente em sua amiga. Ela andou chorando. Nicki estava tão envolvida em seu próprio drama que não percebeu que Abby também estava passando por algo pessoal.

— Você está bem?

Abby saiu do estacionamento e deu de ombros.

— Tive uma noite difícil.

— É por causa do Devin?

A cabeça de Abby virou tão rapidamente que ela tinha certeza de que sua amiga tinha quebrado o pescoço.

— Você sabia sobre nós?

— Eu suspeitava. Aconteceu alguma coisa? Foi por minha causa?

Abby levou um tempo para responder. Quando o fez, sua voz soou sem emoção:

— Não, não foi por sua causa. Foi por minha causa. — Ela piscou algumas vezes e respirou fundo. — Para onde, Nicki?

— Não faço ideia. — Ela não podia ir para o estádio. Nem sabia se ainda tinha um emprego. E a casa? Se tivesse perdido o emprego, provavelmente também perdeu o lugar onde morar.

Nicki ouviu o toque do celular e olhou em volta, confusa.

— No porta-luvas — disse Abby. — Carreguei a bateria pra você.

Nicki abriu o porta-luvas e tirou o aparelho do carregador.

Por favor, seja o Eric. Por favor, seja o Eric.

A decepção bateu forte no peito.

— É o Devin.

Abby retesou a postura, os nódulos dos dedos ficaram brancos enquanto ela segurava o volante. O telefone parou de tocar, e o celular de Nicki a alertou sobre uma nova mensagem de voz.

— Escute — ordenou Abby.

Nicki apertou o botão e colocou o celular no ouvido. O tempo pareceu desacelerar.

— *Nicki, é o Devin. Me ligue imediatamente. O emprego é seu...* — Então, fez uma pausa. — *Se você quiser, é claro. Você precisará resolver as coisas com a Carol em meu escritório para organizar a mudança para Las Vegas. Ela cuidará de tudo.*

Ele fez outra pausa.

— *E, por favor, diga ao seu namorado que a renúncia dele não será aceita. Não posso perder minha treinadora e um dos meus melhores lançadores ao mesmo tempo.*

Eric colocou o laptop no colchão e se sentou na beirada da cama. Seu estômago estava revirado, a cabeça latejava, mas ele não sentia nada disso.

"Eu o amo."

Ela não negou. Ela foi ao vivo, online, e disse ao mundo que o amava. Mesmo depois de tudo o que ele disse a ela.

Testou o equilíbrio e saiu cambaleando até a janela do quarto. A imprensa tinha se mudado do lado de fora do hospital para a rua em frente à sua casa. Abutres. Todos eles. Mas Nicki os enfrentou de frente. Ela olhou diretamente para a câmera e disse ao mundo que o amava.

Eric precisou assistir à entrevista duas vezes antes de, finalmente, aceitar que não era algum sonho bêbado.

"Não vou pedir desculpas por me apaixonar. Não vou pedir desculpas por ser humana, por querer mais da vida do que apenas esse jogo. Se isso me custar o emprego, que assim seja. Mas não vou permitir que a mesquinhez, a superficialidade e o ciúme de outras pessoas decidam o rumo da minha vida. Não mais."

Ele a chamou de covarde, mas a mulher que viu naquela entrevista era a mais corajosa e bonita que ele já tinha visto. Seu estômago deu um nó. O que diabos ele tinha feito?

— Eric?

Ele se virou e se arrependeu imediatamente. O martelo em sua cabeça soava como um alerta. Robby o tinha deixado terrivelmente bêbado.

Seu pai fez uma careta.

— Puxa vida. Você parece um urubu rabugento em uma carroça de esterco quente.

Eric conseguiu rir, mesmo com os sinos de alarme em sua cabeça. De todas as coloquialidades texanas de seu pai, essa era uma de suas favoritas. Ele não ouvia há muito tempo.

Ele respondeu com outra.

— Vá cagar no seu chapéu, velhote.

Quase imediatamente, porém, sua garganta fechou e o peito começou a doer. Ele voltou para a janela e escondeu o rosto conforme mais palavras que Nicki disse na entrevista se atropelaram em sua mente.

"Eu venho lutando por algo há tanto tempo que esqueci o porquê queria tanto isso. Tenho tentado tanto por tanto tempo fazer as pessoas me aceitarem. Abri mão de tudo, mas não importa o que eu faça ou diga. Não importa quão bem eu me saia. Sempre haverá alguém que acha que meu lugar não é aqui. Sempre haverá alguém que quer me ver fracassar. Sempre haverá caras que gostariam nada mais do que me dar uma surra no vestiário ou em um beco escuro."

E então ela entregou um pedaço de papel dobrado.

Na tela, Avery Giordano parecia confusa ao desdobrá-lo e dar uma olhada. Seus olhos se arregalaram.

— *Isto é uma cópia de um boletim de ocorrência.*

— *Sim.*

— *Ele lista você como a vítima.*

— *Sim. Eles me bateram, me estupraram e nunca foram pegos. E desde então, tenho ficado encolhida em posição fetal, protegendo meu rosto contra os golpes deles. Mas não serei mais o saco de pancadas deles. Estou pronta para enfrentá-los, porque, às vezes, você precisa revidar com tudo o que tem."*

Eric encostou a cabeça no vidro frio.

— Consegui estragar tudo direitinho, não é?

— Por quê? Por causa da briga de vocês?

— Porque eu disse coisas que não podem ser retiradas. Eu disse que ela era covarde. Eu a acusei de estar com medo, mas eu era o único aterrorizado.

— As pessoas dizem coisas que não querem dizer quando estão machucadas, Eric.

Eric se virou, devagar dessa vez. Pelos olhos de seu pai, ele sabia que ele não estava apenas falando sobre a briga com Nicki.

Chet entrou mais no quarto.

— Você sabe por que finalmente me livrei do vício?

Merda. Eric não sabia se conseguiria ter essa conversa agora. Engoliu em seco e tossiu.

— Porque eu disse algo verdadeiramente horrível para sua mãe, e ela me perdoou. O perdão dela me convenceu a colocar minha vida sob controle. E quando voltei da reabilitação, quando lutei para me manter sóbrio, perguntei por que ela ficou comigo. Por que ela me aguentou? Sabe o que ela disse?

Eric balançou a cabeça, com medo de falar. Ele queria saber disso por tanto tempo, mas tinha medo da resposta.

— Ela disse: *"Por algumas coisas vale a pena lutar"*. Eu nunca a mereci, mas ela ficou comigo. E sabe quem sempre me lembrou mais dela?

Eric tossiu novamente.

— Nicki. Elas têm a mesma força, a mesma lealdade. Ela vai te perdoar, Eric. Você pode ter que se esforçar. Pode ter que implorar. Mas vale a pena lutar por isso.

Eric respirou fundo.

— Então acho que é hora de revidar com tudo.

Ele atravessou o quarto em direção ao banheiro.

— O que você está fazendo? — perguntou seu pai.

— Preciso tomar um banho. Tenho algumas súplicas a fazer.

Os dois apresentadores da ESPN balançaram a cabeça, boquiabertos. O que se chamava Jim olhou para seu parceiro.

— Você já viu algo no beisebol como os acontecimentos das últimas vinte e quatro horas?

O que se chamava Brad negou com outro aceno.

— Nunca, Jim.

Ele se remexeu e olhou para a câmera.

— A novela que se tornou o time de beisebol *Vegas Aces* pode ter alcançado seu clímax dramático hoje com o chocante anúncio feito pelo dono esta manhã. Devin Dane alegou que, apesar de relatos anteriores, não demitiu a treinadora dos lançadores, Nicki Bates após uma briga no banco entre Bates e o arremessador Al Kasinski, e nem mesmo depois que Bates confirmou em uma entrevista ao *New York Times* que ela, de fato, estava tendo um caso com outro arremessador da equipe, Eric Weaver.

Ele deu uma falsa risada típica de repórteres.

— É de dar nó na língua, pessoal. Temos cobertura contínua.

Abby fechou os olhos para afastar a onda de emoção que tinha sido uma ameaça constante nas últimas duas horas. As malas estavam aos seus pés, arrumadas e prontas para a viagem. Parecia errado, antinatural, ser apenas uma mera espectadora das notícias. Ela deveria estar no telefone, trabalhando com suas fontes, trabalhando, ponto-final.

Mas não era mais seu trabalho.

O apresentador da ESPN continuou:

— O dirigente da Liga de beisebol deve anunciar hoje sanções contra Kasinski, que, provavelmente, incluirão uma suspensão de cem jogos.

Cem jogos. Em lugar nenhum isso era bom o bastante. O bastardo deveria estar na cadeia.

Abby ouviu uma batida à porta e uma voz anunciar:

— Maleiro.

Ela se levantou com pernas trêmulas e desligou a TV. Seu celular tocou pela sexta vez em vinte minutos. Provavelmente não precisava, mas olhou para a tela mesmo assim.

Devin. Outra vez.

Abafou o soluço que queria escapar e desligou.

Devin pisou fundo no acelerador e rosnou.

Ele teria jogado seu celular pela janela se não estivesse com esperança suficiente de que ela ligasse de volta. Ela ainda devia estar no hotel. Seu voo só sairia ao meio-dia. Pelo menos foi o que Nicki contou mais cedo.

Nicki, que por algum milagre não o odiava. Que naquela manhã havia realmente ligado para ele e dito que consideraria sua oferta de emprego sob uma condição – que ele cuidasse de Abby.

Cuidar dela? Ele podia fazer melhor do que isso. Ele ia se casar com ela.

O hotel apareceu à vista. Ele girou o volante, quase batendo em um táxi estacionado na calçada, e entrou em um espaço vago. Pulou para fora do carro. Atirou as chaves para o manobrista e começou a correr.

Ele atravessou o saguão e contornou um canto para chegar aos elevadores. As portas de um deles estavam prestes a se fechar.

Ele correu e enfiou o corpo entre a fresta.

Havia uma família de quatro pessoas dentro. Os pais o olharam como se ele fosse louco e puxaram as crianças para mais perto. Devin não os culpava. Ele não tinha tomado banho, se barbeado ou até mesmo trocado de roupa desde ontem. Provavelmente até cheirava mal. Apertou o botão para o décimo andar e tentou não xingar em voz alta quando o elevador parou em outros quatro andares. As portas nem tinham aberto direito quando ele saiu correndo.

A porta do quarto dela estava aberta. Havia um carrinho na frente. Ele derrubou uma pilha de papel higiênico ao desviar e correu para dentro do quarto.

— Abby!

A camareira deu um pulo e gritou.

Ele se virou e deparou com o lugar vazio.

— Onde ela está?

— Quem?

— A mulher que estava hospedada aqui?

— Ela foi embora, senhor.

Não. Ele se curvou e pressionou as mãos nos joelhos, ofegante.

— Quando?

— Há uns cinco minutos.

Devin saiu correndo dali. Não tinha tempo para o elevador, então usou as escadas. Desceu de dois em dois degraus, suando em bicas quando abriu com tudo a porta do saguão. Uma senhora idosa com um pequeno cachorro nos braços gritou e pulou para fora do caminho.

Ele correu até a recepção onde um jovem cheio de espinhas e usando o uniforme do hotel estava roendo as unhas.

— Abby Taylor. Ela já fez o *check-out*?

O jovem olhou para cima.

— Hã?

Devin rosnou e esmurrou a bancada. Uma garota do outro lado olhou por cima.

— Abby Taylor? Eu acabei de fazer o *check-out* dela.

Ela apontou para a porta.

Devin seguiu a direção para onde ela apontava. E a viu imediatamente. Parada ao lado de um táxi. Seus joelhos começaram a tremer.

— Abby! — Sua voz ecoou pelo *lobby* amplo e atraiu o silêncio chocado de todos ali.

Ele não se importava. Simplesmente saiu correndo.

Ele bateu as mãos contra a porta.

Ela se virou.

Ele continuou correndo.

Seus olhos se arregalaram.

Ele a ergueu do chão e a beijou.

Abby se contorceu no abraço enlouquecido de Devin. Ele a colocou no chão com um som que poderia ter sido um riso ou um grunhido. Mas manteve os braços ao redor dela e pressionou a bochecha no topo de sua cabeça.

— Meu Deus, Abby. Nunca mais faça isso comigo.

— O que você está fazendo aqui?

Ele se afastou e olhou para ela.

— Eu vim te impedir de ir embora.

Tudo dentro dela começou a doer e se despedaçar.

— É tarde demais, Devin.

Ela se afastou de seus braços e se virou em direção ao táxi.

— Espere um minuto.

— Eu tenho que ir. Meu voo sai em noventa minutos.

— Abby, me escuta, por favor. Eu sinto muito.

Ela pegou sua bolsa com o laptop do chão.

— Pelo quê?

— Por tudo.

Ela balançou a cabeça. Que original.

Ele a forçou a encará-lo.

— Só me escuta... Por favor.

Ele parecia um caco. Seus olhos estavam vermelhos e cansados. Ele precisava fazer a barba e trocar de terno; tinha toda a aparência de um homem desesperado e apaixonado. Tinha todos os elementos de um grande gesto romântico. Um que ela não confiava.

— Não posso, Devin. Eu tenho que ir.

— Espere. Eu... vou manter a Nicki. Eu não a demiti. Ofereci a ela o emprego.

— Eu sei.

— Talvez eu até perca o time.

— Eu sei.

— O Bennett cancelou meu acesso a todas as contas da família Dane.

— Sinto muito por você.

— Abby...

Ela balançou a cabeça, para se distrair das lágrimas que ameaçavam se formar.

— Eu tenho que ir.

— Espere. Eu não posso te perder.

Ela abriu a porta do táxi e colocou a bolsa no banco.

Ele segurou seu braço novamente.

— Abby, não. Me desculpe por ter mentido para você.

— Você estava apenas desesperado e com medo de fracassar, certo?

— Por favor. É diferente dessa vez.

— Por quê?

— Porque eu te amo!

Seus pulmões pararam de funcionar. Seu coração se despedaçou no peito. Ela se virou lentamente e ergueu o olhar.

Ele segurou seus ombros.

— Eu te amo, Abby. E nunca amei ninguém antes. V-você é minha *consciência*.

Não adiantava. Ela não conseguia mais conter as lágrimas. Elas escorreram soltas pelas bochechas. Seu rosto suavizou em uma expressão de alívio. Ele segurou seu rosto e disse de novo. E de novo.

— Eu te amo. Meu Deus, eu te amo.

Ela se afastou de seu toque. Balançou a cabeça. Se afastou.

— Abby?

Ela tentou formar as palavras. As palavras mais difíceis que já tinha dito.

— Devin, eu... — Então parou em um soluço. Meu Deus, ela queria acreditar, mas tinha acreditado nele tantas vezes. Quando aprenderia?

Devin estendeu a mão para ela.

— Querida...

Com os olhos fechados, ela sussurrou:

— Não acredito em você.

E antes que pudesse desmoronar, entrou no táxi e fechou a porta.

Devin agarrou a maçaneta.

— Abby, espera.

Ela trancou a porta.

O motorista do táxi se virou no banco e olhou para trás.

— Senhora?

— Só vá. Vá.

Ouviu a voz desesperada de Devin:

— Abby!

— Vá logo!

O motorista balançou a cabeça e partiu.

Não olhe para trás. Não olhe para trás.

Não conseguiu evitar. Apenas mais um olhar para ele. Isso era tudo o que ela queria. Ela se virou no banco e olhou pelo vidro traseiro. Ele estava parado no meio da rua, as mãos na cabeça, observando-a partir, alheio aos olhares curiosos e silenciosos de todos ao redor.

Abby se recostou mais uma vez ao banco.

E chorou o caminho todo de volta para casa.

JOGADA DECISIVA

Nicki pressionou o celular ao ouvido. Ela tinha vinte minutos até precisar estar no *bullpen* para o aquecimento antes da partida.

A TV na parede estava sintonizada na CNN. Abby ficaria tão pau da vida.

As bochechas de Nicki queimavam enquanto a rede repetia uma entrevista com Brody.

"— *Nos importamos se eles são um casal? Claro que não. Cara, todo o time está apaixonado por ela. Eric Weaver é o cara mais sortudo dos Estados Unidos.*"

Exceto que Eric Weaver não estava atendendo suas ligações.

Ela ligou para Robby, que atendeu imediatamente.

— Ele ainda não me ligou de volta, Robby.

— *Ele vai ligar.*

— Não. Eu o conheço. Ele já teria feito isso se... — Parou. Fechou os olhos e tentou respirar. Não podia entrar no jogo assim. Não era a coisa mais importante do mundo para ela, mas era importante. Ainda tinha um trabalho a fazer. Um trabalho pelo qual tinha lutado durante toda a sua vida.

A porta do consultório de fisioterapia se abriu, de repente. Ela se virou.

— Ai, meu Deus.

A voz de Robby soou alerta.

— *O que aconteceu?*

— Ele está aqui.

Robby riu.

— *Falo com você depois.*

Nicki fechou a boca.

Eric fechou a porta.

Ela tinha tanto para dizer e tão pouco tempo para isso. Então se apressou em sua direção.

— Eric, eu tentei ligar para você. O que você está pensando, tentando desistir?

— Nicki...

— Por favor, me perdoa. Você estava certo sobre mim. Tudo o que você disse.

— Nicki...

— Eu estava com medo. Uma covarde. Eu quase perdi tudo.

Ele segurou a nuca de Nicki e puxou sua boca para a dele. Foi rápido e intenso. Ele se afastou apenas o suficiente para sussurrar contra seus lábios:

— Pare de falar.

— Mas...

Ele a beijou novamente. Um beijo mais longo dessa vez. Mais profundo. Até que seus pés formigassem e os joelhos bambeassem a ponto de ela ter que se segurar a ele para não cair. Ou talvez fosse o braço dele em volta dela que a segurava firme. Tudo o que ela sabia era que Eric tinha um gosto tão bom e cheirava tão bem e sua barba fazia cócegas em sua pele... e ela não sabia se deveria rir ou chorar ou ambos.

Ele se afastou novamente, ofegante.

— Não diga uma palavra até que eu termine.

— Tá bom.

— Você não tem que se desculpar por nada, Nicki.

— Mas você estava certo.

Ele a beijou. Um beijo com a boca aberta, com os corpos colados. Suas línguas se enroscaram em uma dança apaixonada que fez tudo cantarolar. Mas ele interrompeu o beijo outra vez.

— Eu disse para não falar.

— Tá bom.

Ele pressionou a testa à dela.

— Você é a pessoa mais corajosa que poderia existir. Quando assisti sua entrevista hoje de manhã, eu mal conseguia respirar. E eu sinto muito por ter te pressionado daquele jeito. Eu sei que você não estava pronta.

— Eu precisava ser pressionada.

— Você está falando de propósito só para que eu tenha que te beijar?

— Não, mas até que eu gosto da ideia.

Então os dois se beijaram outra vez. Foi um beijo que envolveu o corpo todo, com braços, pernas e corações abertos entrando em ação. Eles desabaram contra a porta e começaram a rir. Nicki segurou o rosto dele e encontrou seu olhar. Havia uma paz ali que ela não via há muito tempo.

Ela passou a mão por sua bochecha.

— Você não pode desistir, Eric. Não vou permitir isso.

JOGADA DECISIVA

— Não vou desistir. E não vou para o *bullpen*. Isso foi tudo uma mentira. Devin disse que só queria me acordar.

Mesmo com as emoções quentes e derretidas amolecendo suas pernas, ela ficou tensa com suas palavras.

— O quê? Você está brincando? Esse filho da...

Ele a beijou e riu contra seus lábios.

— Meu Deus, eu te amo.

Ela se entregou a ele.

— Eu te amo também.

Houve mais beijos então. Muitos deles. E uma represa rompeu por dentro, e pode ser que ela tenha começado a chorar. Eric enxugou as lágrimas com os polegares.

— Não chore. Por favor. Está tudo bem.

— Não consigo evitar. Eu fui tão cega, tão estúpida.

— Não, eu fui muito burro.

— Mas fui eu que...

Mais beijos. O corpo inteiro de Nicki começou a formigar.

— Nada do que aconteceu antes deste momento importa, Nicki. Eu nunca, jamais vou parar de lutar por você.

Uma batida à porta vibrou pelas costas dela.

— Hora do show, pessoal. Terminem aí — Hunter gritou.

Nicki enxugou o rosto com as mãos e a manga do suéter.

— Está muito óbvio que eu estava chorando?

Eric negou com um aceno e acariciou sua bochecha machucada com os nódulos dos dedos.

— Você está linda.

Ela agarrou a camisa dele com as pontas dos dedos.

— O que acontece depois disso, Eric?

As mãos dele ladearam a cabeça de Nicki, contra a porta. Em seguida, ele se inclinou, todo delicioso e sexy.

— Vamos para Las Vegas, querida.

Meu Deus, isso soou bem. Ela aprumou a postura.

— Okay. Vamos fazer isso.

Nicki se virou e abriu a porta.

E deu um baita grito.

Parados do lado de fora do consultório de fisioterapia, todo o time começou a aplaudir. Em vez de suas camisas de jogo, eles usavam camisetas iguais que diziam: "Lute como uma garota."

Ela explodiu em risadas quando Eric sussurrou em seu ouvido:

— Surpresa, querida.

Eric a empurrou de leve e ela tropeçou no corredor. Os aplausos se transformaram em assovios, gritos e soquinhos de cumprimentos. Harper Brody estava no final da fila, e Nicki sentiu as bochechas esquentarem.

Eric disfarçou o constrangimento da situação com um olhar de falsa irritação.

— Dá um tempo, Brody.

Ele levantou as mãos, fingindo rendição.

— Estava apenas dizendo a verdade, Weaver.

A equipe os seguiu pelo corredor. Nicki desacelerou o passo quando a área dos bancos da equipe surgiu à vista.

O mundo estava lá fora com todas as suas câmeras, seus julgamentos, seus comentários maliciosos no Twitter. Ela olhou para o homem ao seu lado e concluiu que não importava. Não importava o que jogassem contra ela, contra eles, nada disso importava. Não mais.

Eric entrelaçou os dedos aos dela.

— Está pronta, treinadora?

Ela beijou a bochecha dele.

— Amor, vá para a marcação.

JOGADA DECISIVA

EPÍLOGO

A redenção de Devin Dane

Devin revirou os olhos. *Que manchete idiota.*
Ele jogou o jornal na crescente pilha de tralhas na bancada da cozinha. A porcaria escorregou do topo e caiu no chão. Nada poderia resumir melhor a atual condição de sua vida.

Mudar-se era um processo confuso. Vender tudo o que se possui era ainda pior. Já foi ruim o suficiente quando era apenas a casa na Flórida, mas agora ele estava se desfazendo da casa em Vegas. A equipe da imobiliária estava examinando tudo, documentando o valor. Registrando tudo em seus pequenos livros contábeis e embalando para vender.

Cada pedacinho ajudava quando você estava, de repente, falido.

Nicki se inclinou e pegou o *The New York Times* do chão. Ela, Eric e Hunter Kinsley tinham chegado aquela manhã para ajudar — o que na maioria das vezes significava dar apoio moral enquanto ele observava toda a sua existência material sendo encaixotada. Assim que tudo fosse embora, ele levaria suas roupas e se mudaria para a casa de Hunter.

Eric e Hunter tinham saído há meia hora para buscar pizza, e Nicki lhe fazia companhia enquanto ele organizava os últimos itens soltos.

Ela se apoiou na bancada, abrindo o jornal e virando as páginas do artigo com um suspiro profundo e dramático.

— *Há um caminhão de mudança do lado de fora da casa, na Desert Rose Drive* — leu em voz alta —, *e uma placa de venda no amplo gramado da frente. É uma cena comum nesta parte de Las Vegas, onde os grandes apostadores vêm e vão com as constantes brisas econômicas. O que torna essa cena um destaque é o homem observando de um canto escuro do alpendre. Seus jeans estão rasgados nos joelhos e ele não se barbeou. Em seu rosto há uma expressão de resolução estoica misturada com a velha e clássica humilhação. Porque na vida e nos tempos do playboy transformado em magnata do beisebol, Devin Dane, este é um momento de fracasso público embaraçoso e triunfo pessoal arduamente conquistado.*

Devin gemeu e arrancou o jornal de suas mãos.

— Pare. Já foi ruim o suficiente ler essa bosta para mim mesmo.

Nicki balançou a cabeça.

— Na verdade, não é ruim. Especialmente considerando que você nem colaborou com a Avery.

— Eu odeio isso.

— Mas é bem preciso, não é?

— Sim. Tenho que admitir.

— É como se ela tivesse uma fonte interna.

Devin deu de ombros novamente.

— Alguém que o conhece muito bem.

Devin olhou para cima. Nicki arqueou as sobrancelhas.

Ele balançou a cabeça.

— Não é possível.

— Por quê?

— Porque duvido que ela teria algo bom a dizer sobre mim.

Ele esperava que Nicki o contradissesse. Ela não o fez. Ele seria um mentiroso se dissesse que não estava decepcionado.

Mas agora que o elefante na sala finalmente anunciou sua presença, ele podia pelo menos fazer a pergunta que estava morrendo de vontade de fazer o dia todo.

— Como ela está?

JOGADA DECISIVA

— Ela gostaria que eu acreditasse que está bem e que tudo está perfeito.

— Você não acredita nisso?

— Não. — Nicki deu de ombros. — Quero dizer, o negócio dela está indo muito bem. Três dos seus clientes do antigo escritório a acompanharam, e ela conseguiu alguns novos clientes rapidamente. Ela está expandindo para além de atletas e equipes esportivas, o que acho que é uma coisa boa. Mas pessoalmente, eu acho que...

A voz de Nicki vacilou.

— Você acha o quê?

— Devin, você já pensou em apenas *ligar* para ela?

— Não realmente. Quero dizer, sabe, apenas umas vinte vezes por dia. — Ele balançou a cabeça. — Sou como um viciado em drogas.

— Isso é meio romântico.

Ele conseguiu rir.

Nicki mordeu o lábio.

— Não sei se devo te contar isso ou não, mas acho que você provavelmente descobriria de qualquer maneira.

Ele levantou uma sobrancelha.

— Ela foi contratada pelo hospital dos veteranos de guerra aqui em Vegas.

Seu estômago quase despencou.

— Para quê?

— Para fazer assessoria de imprensa para um novo programa que ajuda veteranos com Transtorno Pós-traumático. Parece que tem um novo médico chegando, pelo que eu sei.

O pulso de Devin disparou.

— Então ela está...

— Ela estará em Vegas com frequência.

Santo Deus. Puta merda. Devin se afastou dela e tentou controlar a respiração.

Houve um silêncio constrangedor.

— Posso te perguntar uma coisa?

— Claro — a voz de Devin vacilou.

— Tudo no artigo é verdade?

— Em sua maior parte.

— Até mesmo a parte sobre o dinheiro?

— Até mesmo a parte sobre o dinheiro.

— Então, sua mãe devolveu sua herança... e você rejeitou?

A incredulidade em sua voz o fez rir apesar da sensação nauseante em seu estômago.

— Sim.

— Por quê?

— Há muitas amarras ligadas ao dinheiro da minha família.

— E o time?

— Bennett está determinado a colocá-lo no mercado de ações. Vou lutar contra ele com base no meu próprio mérito.

Nicki ficou em silêncio, atraindo o olhar de Devin.

— Você acharia condescendente da minha parte se eu dissesse que estou orgulhosa de você? — ela perguntou.

Ele riu.

— Não.

— Então, estou orgulhosa de você.

Ela o abraçou. Devin não merecia a amizade dela, nem de Eric. Mas por algum milagre, ele a tinha. Eric e Hunter entraram naquele momento, carregando pizza e cerveja.

Eric parou no meio do caminho.

— Ei, ei. Tire as mãos de cima da minha mulher, Dane.

Nicki riu e recuou. E, só para provocar seu futuro marido, deu um beijo delicado nos lábios de Devin. Eric rosnou na mesma hora.

Devin se desvencilhou de Nicki e se afastou.

— Quando é o casamento?

— No final de dezembro — disse Nicki.

Eric lhe entregou uma cerveja. Devin a aceitou com um agradecimento e fingiu não notar o olhar faminto que os dois trocaram.

Ele e Hunter se entreolharam e reviraram os olhos. Ambos ainda estavam se acostumando com a estranheza de uma das treinadoras namorando um dos jogadores.

— Vão comendo. Eu já volto — ele disse.

Precisava de um tempo a sós para processar o que Nicki acabara de contar. Ele seguiu pelo corredor e virou à esquerda. As paredes estavam vazias, todas as suas obras de arte já embaladas para a venda na Sotheby's.

Seu coração parou. Os quadros.

Virou-se às pressas, a tempo de alcançar a mulher responsável pela catalogação de seu patrimônio. Ele se aproximou como uma fera selvagem.

— Onde estão os quadros da casa na Flórida?

— Já estão embalados. Estamos fazendo uma avaliação de mercado.

— Preciso de um deles de volta.

— Qual deles?

— O Faragamo. Não vou vendê-lo.

— Mas, senhor, estimamos que ele vale mais de duzentos mil dólares.

— Não vou vendê-lo. Traga-o de volta.

Ela piscou e assentiu antes de se afastar.

Duzentos mil dólares. Jesus amado, ele precisava desse dinheiro.

Mas também sabia de alguém que iria apreciar o quadro por muito mais do que seu valor monetário.

Ele se recostou à parede, os joelhos subitamente fracos e o estômago embrulhado. Abby estaria em Vegas. Com frequência.

Ele tinha que tê-la de volta.

Ele tinha que conseguir isso.

POSFÁCIO

Obrigada por terem lido Jogada decisiva. Espero que tenham gostado da história de Eric e Nicki. Tive a ideia de criar estes dois personagens há mais de dez anos, então, finalmente publicar a história deles me enche de emoção.

Este é o primeiro livro na série sobre o time de beisebol *Vegas Aces*. O livro 2, *Jogada heroica*, trará a história do Técnico principal do time, Hunter Kinsley, e trará a continuidade da história de Abby e Devin. O livro 3, *Jogada esperada*, conta a história de Cal Mahoney, um dos arremessadores titulares que conhecemos no primeiro livro.

SOBRE A AUTORA

Lyssa Kay Adams é o pseudônimo de uma jornalista premiada que abandonou o mundo das histórias de vida reais em prol de romances sensíveis. Ela também é uma fã obcecada pelo *Detroit Tigers* e que, de vez em quando, torce para o *Red Sox* porque o marido é de Boston.

Lyssa mora no Michigan com a família e um Maltês ansioso que adora roubar comida e esconder por toda a casa e que, sem sombra de dúvidas, ainda virará um personagem de um futuro livro.

Coisas que Lyssa mais ama: calças de beisebol, purê de batata e aquele barulhinho que as tesouras fazem quando você está cortando tecido na mesa.

Coisas que ela não gosta: pessoas maldosas, sorvete de casquinha derretendo na mão e quando encontra comida na gaveta de calcinha.

Fique ligado no Twitter de Lyssa – @LyssaKayAdams. E preste atenção: ela sempre tuíta sobre calças de beisebol e purê de batatas.

AGRADECIMENTOS

Um livro nunca é um trabalho de uma pessoa só. O autor depende da ajuda, do aconselhamento e do conforto de muitas pessoas para trazer uma história à vida.

Agradeço à minha família, em primeiro lugar, por aguentar a dificuldade que é viver junto com um autor em tempo integral. Eu JURO que ouvi alguém batendo na porta aquela vez... Não eram alucinações por causa do prazo de entrega. Eu acho...

Obrigada enorme às minhas amigas do mundo da escrita, que me ajudaram e inspiraram durante todo o percurso. Para o meu grupo sensacional de leitoras beta – Mary, Jennifer, Dana, Michelle e Paula. Vocês sempre serão minhas "garotas no porão".

Um superagradecimento às minhas amigas escritoras de romance dos EUA: Jennifer Lyon, Marianne Donley, Alissa Alexander, Isabelle Drake, Jenn Stark, MJ Summers e tantas mais que daria para escrever um livro inteiro com todos os nomes.

E, por fim, obrigada, Michelle Baty, minha capista fantástica da edição original. Eu sei que te viciei em livros de romance. Nem tente negar.

A The Gift Box é uma editora brasileira, com publicações de autores nacionais e estrangeiros, que surgiu no mercado em janeiro de 2018. Nossos livros estão sempre entre os mais vendidos da Amazon e já receberam diversos destaques em blogs literários e na própria Amazon.

Somos uma empresa jovem, cheia de energia e paixão pela literatura de romance e queremos incentivar cada vez mais a leitura e o crescimento de nossos autores e parceiros.

Acompanhe a The Gift Box nas redes sociais para ficar por dentro de todas as novidades.

 www.thegiftboxbr.com

 /thegiftboxbr.com

 @thegiftboxbr

 @GiftBoxEditora